WYNY ECU

SKANDAL

DAS
IRDISCHE CHAOS
IST
GOTTGEWOLLT

AF222153

WYNY ECU

SKANDAL

DAS
IRDISCHE CHAOS
IST
GOTTGEWOLLT

AHITA
Kinderärztin (Rufname nach Lebensgöttin Anahita)

GANINI
Violinvirtuose (Künstlername nach Niccoló Paganini)

DIABOLISCH
Arkanum

GOTTGEWOLLT
Erleuchtung

TELLO
Bildhauer (Künstlername nach Donatello)

Mit
4 Abbildungen

Impressum

© Wyny Ecu, Berlin, 2007

Covergestaltung und Layout: Wyny Ecu

© Titelbild:
Wyny Ecu, „Europid & Aphrodite", 1995, Acryl, 90 x 90 cm

wyny@tiscali.de

www.wyny-ecu.de

Herstellung und Verlag: Books on Demand GmbH, Norderstedt

ISBN 978-3-8334-8498-8

INHALT

AHITA Einen großen Schritt persönlicher Entfaltung bietet die berufliche Tätigkeit im Ausland, insbesondere dann, wenn diese in der Weltoffenen Stadt Berlin gegeben ist. Fasst vergessen ist die anfänglich wetterbedingte Umstellung von der gewohnten Beständigkeit ihres südlichen Heimatlandes zu hiesiger Wetternormalität der Unbeständigkeit.

So wie sie die fremde Sprache erlernte, auf die sie nun ihre individuelle Freiheit aufzubauen gedenkt, so wird sie auch an ihrem neuen Wohnsitz der ihr noch ungewohnten Lebensweise gewachsen sein. Sie ist es gewohnt früh aufzustehen, sich ihrer Herkunft zu besinnen und sich der Tradition der Soomlem und deren Gebräuchen zu widmen.

Aber dennoch, in der neuen großen Stadt ist zwar alles anders, aber auch hier gibt es Teilbereiche des Lebens, die sie an ihre alte Heimat erinnern. Morgens begegnen ihr sehr viele Frauen die traditionell ein Kopftuch tragen. Auch sie fühlt sich dieser Tradition verpflichtet und so begleitet sie unaufgefordert ein kleines Stück ihrer soomlemischen Heimat. Gelegentlich begegnen ihr Frauen, die sich der gewohnten Herrschaft ihrer Männer widersetzten und frische modische Frisuren tragen. Auch das ist ihr Ziel, welches aber nicht so leicht zu erreichen ist. Falls sie nach soomlemischer Tradition bereits einem Mann zugesprochen, wäre sie diesem verpflichtet und könnte dann nicht mehr ihr Leben in alleiniger Verantwortung bestimmen.

Aus diesem Grund verließ sie den Ort, an den sie von Eltern geboren wurde, die ihrerseits bereits die Heimat verlassen hatten. Sie allerdings ging nach Berlin, um sich nun als Kinderärztin an einer Klinik weiter zu bilden. Auf Grund ihrer außergewöhnlichen Begabung andere Sprachen zu erlernen, brauchte sie nur einen kurzen Zeitraum, um sich der deutschen Sprache zu bemächtigen.

Es ist gelegentlich auch in ihrem Sinn sich weitere allgemein nützliche Kenntnisse zu verschaffen. Dieser selbst gewährte Freiraum ermöglicht es ihr an arbeitsfreien Tagen die Schönheiten der Stadt zu erkunden, deren Museen und andere bedeutende Veranstaltungen zu besuchen.

Heute ist so ein Tag und morgen wird sie dienstfrei haben. Sie hatte sich schon lange darauf gefreut und für sich beschlossen, einen der bedeutendsten Orte dieser Stadt, die große Philharmonie anlässlich eines Konzertes mit dem berühmtesten Violinvirtuosen der Gegenwart zu besuchen.

Auf dem Programm steht das Violinkonzert von Peter Tschaikowski, einem russischen Komponisten, der zwar Weltruhm genießen soll, der aber in ihrer soomlemischen Heimat nicht, oder nur wenigen Menschen bekannt ist.

Sie hatte den bisherigen Tag mit unbedeutenden Nebensächlichkeiten verbracht. Sie quälte sich gedanklich damit, in welcher Kleidung sie das Konzert besuchen könne. Wie verhalte ich mich in dieser Gesellschaftsordnung? Darf ich mein Kopftuch tragen, oder wage ich einen Schritt der Anpassung, in dem ich zuvor meine Haare so gestalte, dass ich möglicherweise einen Kompromiss finden kann? Mit dieser schwierigen Entscheidung verbringt sie bereits mehrere Stunden, welcher gedanklich sogar so weit geht, möglicherweise die bereits vor langer Zeit gekaufte Eintrittskarte verfallen zu lassen, weil sie sich noch zu sehr ihrer Glaubensrichtung verpflichtet fühlt.

Die Zeit drängt, in weniger als einer Stunde müsste sie ihre Wohnung verlassen, um rechzeitig am Ort der Konzertaufführung zu sein. Vor ihrem Spiegel im Schlafraum stehend fasst sie den Mut und fällt ihre Entscheidung. Die Kleidung ist inzwischen schon lange ausgewählt: Sie hat sich für das hübscheste dunkle Kleid mit flachen Absatzschuhen entschieden und trägt darüber einen ebenso gut anzusehenden, aus leichtem Stoff gefertigten Mantel, und dazu passend ein ebenso dunkles Kopftuch aus feinstem Gewebe

Sie betrachtet sich nochmals von allen Seiten und verlässt anschließend ihre Wohnung. Der Weg zum Bus, der sie zur Philharmonie bringen wird, hält kurze Zeit später an der für sie nahen Haltestelle. Wegen ihrer auffallenden allgemeinen Schönheit wird sie insbesondere von jungen deutschen Männern beachtet und fühlt sich in ihrer Kleiderwahl bestätigt.

Nach einigen Haltestellen besteigt ein junger, aggressiv aussehender, fettleibiger junger Mann den Bus und drängelt sich frech an anderen Mitfahrern vorbei zu dem kurz zuvor frei gewordenen ihr gegenüberliegenden Sitzplatz. Sie zieht ihre Schuhe zurück und blickt aus dem Fenster des Busses, um damit nicht dem Mann in die Augen sehen zu müssen.

Die Fahrt geht ohne besondere Vorkommnisse weiter, bis zu der Haltestelle, an dem sich ein weiterer sehr korpulenter, junger Mann mit deutlich erkennbarer Kahlköpfigkeit zu dem ihr gegenübersitzenden jungen Mann gesellt und sich sogleich mit ausländerfeindlichen Bemerkungen wichtig tut.

Nachdem beide jungen Männer sich mit ihrem beschränkten Vokabular gegenseitig überbieten, entschließt sie sich zu handeln! Sie blickt beiden Männer abwechselnd direkt in die Augen, nimmt ihr Kopftuch ab und sagt mit dem Akzent arabisch gefärbter Tonlage, aber in sehr klarer deutscher Sprache: „Na, haben Sie unter Ihren Frauen auch etwas derartig Schönes anzubieten oder sind diese genau so geistig beschränkt und fett anzusehen wie Sie?"

Todesstille herrscht nun im Bus, der Busfahrer, der im Innenspiegel den Vorgang beobachtet hatte, wäre fast gegen einen Baum gefahren. Den beiden glatzköpfigen Gegenübersitzenden stockt der Atem, ihre Gesichter schwellen hochrot an, ihre Hände zittern. In diesem Augenblick sagt ein kleiner fünfjähriger Junge: „Papa, schau mal, wie schön diese Frau ist, kann das nicht meine Mutter sein? Du suchst doch immer eine neue Frau!"

Einige Fahrgäste kichern, aber eine junge deutsche Frau sagt sehr bestimmend zu den beiden verdutzten Kahlköpfen:

„Sie sind hier fehl am Platze! Worauf warten Sie denn noch? Steigen sie aus! Hier ist Ihre Haltestelle!"

Der Busfahrer hält den Wagen an, obwohl noch gut einhundert Meter zur nächsten Haltestelle zu fahren sind. Wortlos verlassen die zuvor sich Wichtigtuenden den Bus und drohen, nach dem sie ausgestiegen sind, mit ihren geballten Fäusten.

Nun sitzt sie da, hat ihr Kopftuch in den Händen und ist über ihre Handlung selbst so überrascht, dass sie zunächst nicht weiß wie sie sich gegenüber den anderen Fahrgästen verhalten soll. Alle Anwesenden schweigen, nur der kleine Junge sagt nochmals: „Papa, ist diese Frau nicht schön, warum willst Du sie denn nicht haben?"

Einige der anwesenden mitfahrenden Frauen belächeln den Vater des Jungen, der nun sehr verlegen mit hochrotem Kopf flüstert: „Wir steigen jetzt aus!"

Als der Bus später vor der Philharmonie anhält, hat sie ihr Kopftuch bereits in die Manteltasche gesteckt und beschlossen, am heutigen Abend auf äußerliche Dinge zu verzichten und das Konzert zu genießen. Sie geht stolz, sich ihrer Schönheit bewusst, zu ihrem Sitzplatz und bedauert, dass viele ihrer Geschlechtsgenossinnen nicht ihre wahren Attraktivitäten in der Öffentlichkeit preisgeben dürfen, weil religiöse Bestimmungen das nicht erlauben. Mit Furchtlosigkeit, so wie sie es im Bus erlebte, konnten sich Frauen gegenüber wichtigtuender Männlichkeit behaupten.

Während sie sich im Sessel zurücklehnt, einen kurzen Blick in das Programm wirft, verwandelt sich das allgemeine Licht, sodass für den Dirigenten und das Orchester das Podium in bestausgewogener Beleuchtung erstrahlt. Mit erstaunen nimmt sie wahr, dass sich unter den Mitgliedern des Orchesters nur wenige Frauen befinden. Der Violinvirtuose steht äußerst konzentriert, in seiner linken Hand hält er seine Violine, die sich in warm-rötlicher Holztönung mit seiner einheitlich grauen Kleidung im Einklang befindet. Die neben ihr sitzende Frau murmelt leise: „Ganini ist nicht nur ein musikalisch außergewöhnlich begabter Mann, sondern auch optisch sehr hübsch anzusehen. Dieser Abend wird für alle anwesenden Frauen sicher ein Genuss sein! Gefällt er Ihnen auch?"

Ohne nur einen Augenblick zu zögern sagt sie: „Ja!" Ihre Nachbarin erwähnt noch kurz den Vorgang im Bus, den sie miterlebt hatte und sie beschließen nach Beendigung des Konzerts die Philharmonie gemeinsam zu verlassen.

Nun beginnen die ersten Takte des Violinkonzerts von Peter Tschaikowsky. Mit virtuoser Unbeschwertheit überzeugt der Solist und bestätigt offensichtlich auf genialste Weise die in ihm gesetzte Erwartung. Das Violinkonzert findet sie zwar sehr interessant, aber ihre musikalische Wurzel ist doch zu tief von soomlemischer Musik geprägt worden. Der Applaus will nicht enden. Selbst die Mitglieder des Orchesters erwarten eine Zugabe des Meisters, die er wohlwollend mit einem äußerst perfekt gespielten Capriccio von Niccolo Paganini beendet.

Während andere Konzertbesucher weiterhin ausharren und sich nicht entfernen möchten, gehen die beiden Frauen bereits nach dem Ende der Aufführungen zur Garderobe. Sie sind noch fast allein, ziehen ihre Mäntel an und holen zunächst automatisch ihre Kopftücher aus der Manteltasche. Sie lachen über die von ihnen gewohnte Tätigkeit, zögern einen Moment und lassen diese traditionsbeladenen Utensilien wieder in ihren Manteltaschen verschwinden und erklären den heutigen Tag als ihren persönlichen Befreiungstag von herkömmlichen Riten. Ihre neue Bekanntschaft hatte einen deutschen Ingenieur geheiratet zu der Zeit, als das noch ohne Komplikationen möglich war und nun lebt sie mit ihrem Mann und zwei erwachsenen Kindern seit vielen Jahren in Berlin. Nachdem im Bus vorangegangen Vorfall ist es sicherlich ein außergewöhnlicher Entschluss beider Frauen, dass sie ein in der Nähe befindliches deutsches Restaurant aufsuchen möchten.

In der Gaststätte entdecken sie einen gemütlich erscheinenden, separaten Tisch. Verunsichert prüfen sie die ihnen vorliegende Speisekarte. Der Kellner, ein Araber mit deutschem Pass, der wegen seiner deutschen Frau nach Berlin kam, versucht einen Scherz, in dem er sagt: „Nehmen Sie kein Eisbein mit Sauerkraut!"

Und fügt schmunzelnd hinzu: „Das Essen ist urdeutsch und macht in großen Mengen verzehrt, junge Männer kahlköpfig."

Mit diesem „Menu" hatten beide Frauen bereits heute schon im Bus Bekanntschaft gemacht, und da diese Randbemerkung unpassend war, beschließen sie nach einiger Überlegung ein anderes Lokal aufzusuchen, das ihnen vielleicht mediterrane Leckereien anbietet.

Sie treten vor die Tür und stehen im zwischenzeitlich eingesetzten Regen. Minuten vergehen, zunehmend stärker werdend scheint es, als würde das schlechte Wetter noch längere Zeit anhalten. Deshalb sind die Frauen irritiert, sie laufen plötzlich in schnellen Schritten zu den jeweils heranfahrenden Bussen, ohne dabei den gleichen Bus zu besteigen. Jede bemerkt das Versäumnis erst nach dem Beginn der Fahrt.

Nach dem etwas ärgerlichen Ausgang des abendlichen Vergnügens betritt sie ihre Wohnung und beschließt zunächst sich ihrer nass gewordenen Kleidung zu entledigen. Dabei nimmt sie das Programm des Konzertes aus ihrer Manteltasche, auf dessen Rückseite ein Foto des Solisten abgebildet ist. Sie vertieft sich in das Bildnis, denn sie war nicht nur von seiner Virtuosität, sondern vielmehr von dessen männlicher Ausstrahlungskraft beeindruckt. Sie drückt das Foto an ihre zarten Brüste, dann geht sie zu Bett, löscht das Licht und bleibt mit ihren Gedanken bis zum Einschlafen bei ihm.

Anderntags schiebt sie mit ihrer wohlgeformten geraden Nasenspitze behutsam den leichten Vorhang ihres Fensters beiseite, um so das sonntägliche Geschehen der für sie fremden Christlichen Welt ins Auge fassen zu können. Ihr Interesse gilt einer ungefähr fünfzig Jahre alten Frau, die aus der nahegelegenen Kirche kommend, offensichtlich ihrer Sünden entlastet erscheint. Diese begibt sich nun mit schwerfällig schlürfenden Schritten zu einem kleinen Laden, dessen Eingangstür mit beiderseits schmalen, langgezogenen hohen Spiegeln versehen ist. Hier kann sie gewohnheitsgemäß ihren gesamtkörperlichen Umfang gut überblicken. Seltsam unbeholfen wirkt sie, wie sie nun ihren Körper dreht, sich kritisch betrachtet. Ihre Kleidung ist zwar gut erhalten, aber der Mode entsprechend unzeitgemäß und vielfach getragen, hat diese sicherlich bereits vor mehreren Jahren ihre Produktionsstätte verlassen. Vermutlich stammt sie aus dem reichhaltigen Angebot des benachbarten Trödelmarktes. An ihrem Fußgelenk glitzern schmale silberne Kettchen, die sie vermutlich sexy findet, die aber ebenso vom riesigen Fettberg ihres massigen Körpers überlappt werden, wie ihre im Gesicht blinzelnden kleinen Schweinsäugelein. Obwohl ihre Haare hellblond gefärbt sind, blitzen doch an einigen Stellen schwarze Naturhaare hervor. Ihre Lippen sind, so könnte man sagen, zeitgemäß raffiniert geschminkt. Sie stellt das Gegenteil dessen dar, was landläufig unter einer von Gott geschaffenen Evastochter zu verstehen ist, denn kurios sind ihre Proportionen anzusehen. Da sie bei einer Körpergröße von nur Einhundertfünfzigzentimetern gleichzeitig ein Gewicht von fast neunzig Kilo auf die Waage bringen könnte, erscheint sie vielmehr der Vorzeitlichen Plastik, der berühmten Venus von Willendorf zu gleichen. Aus der viel zu engen Kleidung quellen plastisch glänzende Fettpolster hervor und ihre lauten, ordinären Sprachfetzen gelten denen, die ihr selbstgefälliges Erscheinungsbild mit abfälligen Bemerkungen bewerten. Der ohne Partner

13

lebenden Frau gehören sechs uneheliche Kinder verschiedener Väter. Gerüchten zufolge sollen es die Ergebnisse ihrer schönsten zentralafrikanischen Urlaubsreisen gewesen sein. Sie geht dann dem „ältesten Gewerbe der Welt" nach, wenn ihre Kinder zu Gelegenheitsarbeiten auf verschiedenen Wochenmärkten aushilfstätig sind. Während dieser Zeit vergnügt sich die inzwischen Alkoholabhängige mit zahlenden Männern aller Jahrgänge, die teilweise in makellosen Anzügen erscheinend, sich offensichtlich von dieser weiblichen Macht überwältigt fühlen. Wobei sich Ahita die Frage stellt: wie sich bei einer derart korpulenten, unattraktiven Frau überhaupt noch männliche Lust entwickeln kann?

Bei diesem Gedanken überkommt sie ein Unwohlsein. Sie zieht ihre Nasenspitze zurück, so dass der Vorhang glatt herabfallend wieder seiner beabsichtigten Funktion dient, und damit im Gleichklang zu ihrer geschmackvoll eingerichteten Inneneinrichtung prächtig zur Geltung kommen kann.

Zeitgleich läutet die Klingel ihrer Wohnungstür. Sie öffnet diese sehr vorsichtig einen kleinen Spalt breit. Vor ihr steht ein sehr gut aussehender schlanker großer Mann, der nur mit Einziehung seines Kopfes durch ihre Eingangstür gelangen könnte. Sie betrachtet ihn einige Sekunden. Bemerkenswert ist seine sehr gepflegte Kleidung, die ihr einen sympathischen Gesamteindruck vermittelt.

Er fragt: „Darf ich eintreten?"

„Was möchten Sie – wer sind Sie?"

„Ich habe hier – er hält einen Zettel in seiner Hand – Ihre Anschrift."

„Darf ich diese Notiz sehen – woher haben Sie diese Hausnummer?"

„Von meinem Kollegen – Sie würden Männern Einlass gewähren, deshalb bin ich hier. Ihr Name steht zwar nicht auf dem Zettel, aber er nannte mir diese Hausnummer und gab mir den Hinweis, dass die Wohnung im zweiten Stock gelegen sei. Deshalb habe ich hier geläutet. Darf ich nun eintreten?"

Ahita erwidert: „Nein! Sie haben sich geirrt, denn hier ist die Hausnummer sechsundneunzig. Sie möchten vermutlich zu der Dame, die im Haus mit der Nummer neunundsechzig und ebenfalls im zweitem Stock wohnt. Das ist genau gegenüber, dort könnten Sie sicher das von Ihnen Gewünschte bekommen."

Von Ahitas äußerer Erscheinung geblendet schiebt der fremde Mann einen seiner Schuhe in den geöffneten Spalt ihrer Tür. Mit dieser frechen Handlung beabsichtigt er sich den Zugang zu ihrer Wohnung zu sichern und verlangt: „Die Adresse stimmt, jetzt lasse ich mich nicht mehr abweisen."

Ahita zeigt sich plötzlich sehr entgegenkommend. Sie öffnet weit die Tür mit dem Hinweis: „Bitte, wenn Sie unbedingt meinen Pitbull streicheln möchten, dann kommen Sie herein!"

Gleichzeitig betätigt sie einen kleinen Schalter, mit dessen Auslösen sie das Knurren eines Hundes vortäuschen kann.

Sich einem Kampfhund gegenüber zu sehen, erscheint dem aufdringlichen Mann dann doch zu abenteuerlich. Verunsichert, sich mehrfach ängstlich umsehend, verlässt er mit schnellen Schritten das Haus.

Diese rasche Reaktion auf ihre Notlüge amüsiert sie, aber angenommen, er hätte gegenteilig gehandelt und furchtlos, männlich kraftstrotzend den Raum betreten? Was wäre dann geschehen? Mit diesem Gedanken ergreift sie den Schlüssel ihrer Wohnungstür und dreht, jetzt überreagierend, schnell das Schloss zweimal zu. Anschließend begibt sie sich in ihren Schlafraum, um sich zunächst zu beruhigen. Nach einer gewissen Zeit der Entspannung ergreift sie dort zwei bereitliegende Bücher. Sie vertieft sich in heilige Schriften des Christentums und der Soomlem, um die Gemeinsamkeiten und Unterschiede zu ergründen, die sich aus der jeweiligen religiösen Denkweise ergeben. Ahita ist mit dieser Arbeit so sehr beschäftigt, dass sie die einbrechende Dunkelheit nicht bemerkt und sich erst um Mitternacht zur Nachtruhe begibt.

Frühmorgens, nach dem Öffnen ihrer Augen glaubt sie stets in einen Spiegel zu schauen, denn ihr Blick fällt zunächst auf ein Gemälde, auf dem ihre Namensgeberin Anahita, von deren Name ihr Rufname abgeleitet dargestellt ist. Selbst noch von reinweißem Leinen bedeckt mag sie die Art dieser Darstellung: ein Kleid aus strahlendem Gold umrahmt das Gesicht der Schutzgöttin der Frauen und der Fruchtbarkeit. Als Liebesgöttin gilt die Dargestellte als Göttin des Planeten Venus und entsprechend diesem Kult war vor mehreren hundert Jahren die Tempelprostitution üblich. Bei diesen Gedanken schaudert sie allerdings, umfasst ihre Brüste, streichelt diese und versetzt sich in eine Welt, die ihr dann unheimlich erscheint. Sie hatte bisher noch nicht die zärtlichen Hände eines Mannes an ihrem Körper verspürt. Sie ist noch jung und makellos rein. Obwohl Aruk, ein Mitarbeiter einer Handelsgesellschaft sie auswählte und sich als rechtmäßiger zukünftiger Ehemann betrachtet. Mit religiöser Begründung hatte sie sich bisher geschickt seiner Versuchung entziehen können.

Am gestrigen Abend empfand sie doch noch in einer allzu fremden Welt zu leben. Die Zusammenstellung des Konzerts in der Philharmonie war für sie ungewohnt. Sie hatte wohl das Violinkonzert mit der nachfolgenden Zugabe der virtuosen Komposition von Paganini bewundert, aber ihr Herz gehörte inzwischen dem Mann, der mit souveräner Fertigkeit den Erfolg des Abends garantiert hatte, dem Solisten.

Zögernd verlässt sie ihr Bett, in dem sie während der Nacht völlig unbekleidet gelegen hatte. Sie reckt sich, geht einige Schritte, um aus dem Fenster schauend die Wetterlage zu beurteilen. Sie ist unentschlossen, denn der ein wenig blaue, fast halbweiße und an einigen Stellen auch etwas grau bedeckte Himmel lässt keine klare Beurteilung zu. Sie wünschte sich für den heutigen Tag einen weiten blauen Himmel und würde allzu gern ihr Kleid aus strahlendem Gold anziehen, so, wie es auf dem Gemälde die göttliche

Schönheit vorgibt. Sie hätte dazu auch das passende Schuh-
werk, aber sehr selten bekleidet sie sich mit diesem Gewand
und zwar, wenn sie sich an einem verregneten Tag in dieser
großen Stadt hilflos fühlt und deshalb von der strahlenden
Sonne ihrer südlichen Heimat träumend die Wohnung nicht
verlässt.

Sie geht zu ihrem Kleiderschrank, öffnet die Tür so weit,
dass sie sich im Spiegel sehen kann. Auf der linken Seite,
säuberlich von einer Folie umhüllt, hängt das goldene
Traumkleid. Sorgfältig fein nach Farben geordnet hängen
weitere, von links nach rechts der hiesigen Mode angepasste
wunderschöne Kleidungsstücke. Ihr Körper ist ideal ge-
formt, gut durchtrainiert und ihre langen schwarzen Haare
unterstützen optisch das Gleichnis makelloser Göttlichkeit.
Sie wählt das himmelblaue Kleid, das farblich für den heutigen Tag am geeignetsten erscheint und sie möchte, dass von
ihr eine optimistische Ausstrahlung ausgeht. Sie zieht es an,
prüft mit weiblich sachkundigem Blick ihre Erscheinung und
beschließt alle weiteren Utensilien derart abzustimmen, dass
als Ergebnis eine „Symphonie in Blau" zur Folge hat.

Mit sicherem Schritt verlässt sie ihre Wohnung, um mit
dem Bus zu fahren. Nur ihre Augen sind frei, denn sie trägt
heute ein blaues Kopftuch, das gleichzeitig auch gegenüber
anderen unangenehmen Vorkommnissen einen Schutz bietet. Bei einigen männlichen Randbemerkungen lächelt sie
und geht mit für sie normal üblichem Schritt ihres Weges.

Ein bestimmtes Ziel hat sie nicht, sie möchte im Tiergarten lediglich ihre Kleidung mit dem Grün der Pflanzen kor-
respondieren lassen. An einer Stelle befinden sich im flachen
Wasser mehrere schwarze Schwimmvögel mit einem kleinen
weißen Schopf, deren Art sie nicht bestimmen kann und
geht auf dem nicht zu breiten Weg, an dessen Seiten sich
violett-rote Blüten des Rhododendron befinden, weiter am
Wasser entlang. Dieser Weg scheint der Schönste des Tier-
gartens zu sein wegen seiner einzigartigen, weitreichenden
Blütenpracht. Sie genießt den sie umgebenden Raum blü-

hender Pflanzen, geht durch das Metalltor, um die Luisen-Insel zu betreten, in deren Zentrum eine hübsche Ansammlung verschiedenster Blumen zu bewundern sind.

Sich umblickend, einem eindringlichen Vogelgeräusch aufmerksam folgend, bemerkt sie im Gipfel des Baumes einen Vogel, der gewaltiger, wesentlich größer als die vorher gesehenen Vögel sind. Es ist ein Habicht, der dort oben seinen Horst eingerichtet hat. Offensichtlich droht ihm Gefahr, denn er stürzt im Steilflug in die Richtung des nahegelegenen Gewässers. Dort nun entbrennt ein Kampf zwischen dem Habicht und zwei herannahenden Fischreihern, die sich offenbar in seinem Jagdrevier aufzuhalten scheinen. Der Luftkampf bezeugt deutlich die unvermutete Wendigkeit der Fischreiher. Gegen ihre weit ausgebreiteten Schwingen kann sich der Habicht nicht durchsetzen und ihre blitzartig zustoßenden langen Schnäbel verjagen den Raubvogel. Dieser entzieht sich geschickt der Gefahr, um seinen Horst besser im Geäst der Bäume zu verteidigen. Die Fischreiher fühlten sich zuvor offenbar grundlos angegriffen, aber sie verzichten nun auf eine weitere Auseinandersetzung. Mehrere Leute verfolgten den ungleichen Kampf, verwundert diskutieren sie nun den Ausgang des Streites. Aber sie möchte sich daran nicht beteiligen, denn unweit von ihr entfernt erblicken ihre Augen einen Mann von beeindruckender Gestalt, der wie angebannt stehend sie ebenfalls wohlwollend betrachtet. Sie wagt es nicht sich fortzubewegen, kann ihre Augen nicht von ihm wenden.

Die anderen Leute gehen weiter, ihre Stimmen werden zunehmend leiser und verschwinden dann völlig. Obwohl das ungleiche Paar nun seit geraumer Zeit nur wenige Meter voneinander entfernt sich allein gegenüber steht, wagt keiner sich dem Anderen zu nähern. Jeder scheint von der faszinierenden Ausstrahlung des Anderen so überwältigt zu sein, dass sie später niemals würden sagen können, wie lange sie sich in Wirklichkeit gegenüber gestanden hatten.

GANINI

Es gehört zu seiner selbstauferlegten Disziplin, frühmorgens bereits seine nahe dem Joseph-Joachim-Platz gelegene Villa zu verlassen, um zu Fuß zum Halensee zu gehen. Unbeständiges, oder stark verregnetes Wetter, das ihn daran hindern könnte, spielt für ihn keine Rolle. Heute allerdings wird der Tag besonders warm werden. So geht er zunächst bis zu der Straßenkurve, an der in den Zwanziger Jahren der damalige Außenminister der Weimarer Republik von fehlgeleiteten Gesinnungsgenossen politisch Radikaler im offenen Auto erschossen worden war. Jedes Mal, wenn er an diesem Ort vorbei geht, ballt er seine schlanken Finger zu Fäusten. Eigentlich hätte ihn die damalige Tat, die nur dem politischen Hass diente und wenige Jahre später zum Krieg führte, nicht besonders beeindrucken müssen, da er zu jener Zeit noch nicht geboren worden war, denn erst viele Jahre nach dieser unseligen Zeit erblickte er in St. Gallen das Licht der Welt. Er war daher ein Schweizer Staatsbürger. Nur zögernd schreitet er an der Stelle tödlicher Schüsse vorbei, überquert die Königsallee und erreicht einen mit Altersfalten ähnlich strukturierter Rinde versehenen Baum, der möglicherweise das damalige Geschehen als Zeitzeuge hat verfolgen können?

Aber ein ihn ankläffender kleiner Hund, er mag diese Töne nicht, lenkt ihn von diesem Gedankengang ab. Dennoch bleibt er gegenüber der Besitzerin des Hundes, einer älteren Dame höflich und grüßt sie freundlich. Beide kennen sich, sie begegnen sich täglich frühmorgens, wenn er seine Villa nutzt, um in Berlin seiner beruflichen Tätigkeit nach zu gehen. Nach wenigen Schritten wäre sein eigentliches Ziel erreicht gewesen, aber wegen der Aufdringlichkeit des Hundes tritt er unverhofft in dessen Hinterlassenschaft, die ihn nun äußerst unangenehm belästigt von seiner Halterin nicht beseitigt worden ist. Er versucht mit einem kleinen auffindbaren Ast seine rechte Schuhsohle zu reinigen und betrachtet dabei kopfschüttelnd seine ihm bekannte Nachbarin mit ihrem Verursacher, wie sie ohne ein Wort der Entschuldigung an ihm vorbeigehend sich einem anderen Hund nähert, von dessen Leine sich eine weitere ältere Frau führen lässt. Gedankenlos, findet er es, ohne Rücksicht auf ihre Mitbürger zu nehmen geben sie ihren Tieren die Möglichkeit der Umweltverschmutzung.

Sein beabsichtigter frühmorgendlicher Gang ist durch das vorherige Missgeschick durchkreuzt. Vorsichtig, um erneutes Ungemach zu vermeiden, geht er nun mit stets nach unten gerichteter Blickrichtung wieder nach Hause. Es ist still, keinerlei Musikgeräusche dringen aus irgend einem Wohnhaus nach draußen. So fühlt er sich wohl und kann sich gedanklich auf die vor ihm liegende Probe vorbereiten.

Natürlich ist das für ihn eine der üblichen Konzerte in der Philharmonie, bei denen er als Solist das Violinkonzert D-Dur op.35 von Peter Tschaikowski spielen wird, eine technisch äußerst schwierig zu spielende Partitur, die zu damaliger Zeit sogar als fast unspielbar galt: So soll der berühmteste Geigenvirtuose seiner Zeit, Joseph Joachim, ein Freund von Johannes Brahms, angeblich fast zwei Jahre zur Einübung des Violinkonzertes gebraucht haben.

Er denkt täglich an den geschichtlichen Vorgang und ist aus naheliegenden Gründen auch Besitzer einer Villa in Berlin-Grunewald, die wenige Querstraßen vom Joseph-Joachim-Platz entfernt errichtet worden war. Die von der Straße zurückversetzte Anlage bietet die erforderliche Ruhe, um sich auf musikalische Aufgaben vorbereiten zu können.

Nach dem Erreichen seiner Villa und Durchschreiten der Räume begibt er sich in sein Reich der Musik, um sich mit den täglichen Übungen zu befassen. Nur der selbstausübende Musiker kann ermessen, wie viel Fleiß erforderlich ist, um ein derartiges Instrument beherrschen zu können. Diese für Konzertbesucher nicht einschätzbare Tätigkeit erfordert zudem sehr viel Selbstdisziplin, und so wird er mehr als vier Stunden auf seiner unschätzbar wertvollen Stradivari die schwierigste Kadenz spielen, die er eigens für das Violinkonzert des bevorstehenden Konzerts in der Berliner Philharmonie überarbeitet und einstudiert hat. Die meist in traditioneller Manier hochgejubelte Kadenz im ersten Satz interpretiert Ganini völlig neu – hochexpressiv und schlank zum Singen, Klagen, Schweben. Er zählt zu den höchstbezahltesten Violinvirtuosen der Gegenwart und ist sich seines Ruhmes bewusst. Da der Gastdirigent ihn für dieses Konzert verpflichten konnte vergrößerte auch dieser seinen eigenen Ruhm. Der entbehrungsreiche Weg einer derartigen Karriere wird von den Mitgliedern des Orchesters geachtet und anerkannt, wobei teilweise hochbegabte Konzertmeister von einem derartigen Erfolg nur träumen können.

Nach den Übungen wird es langsam Zeit, jeden weiteren Schritt vorzubereiten, folglich legt er zunächst äußerst sorgsam seine Violine in den weich ausgelegten Geigenkasten. Der Bogen und die Ersatzsaiten werden an der dafür vorgesehenen Stelle hinzugefügt und alles zusammen wird sicher verschlossen.

Danach betritt er seinen Schlafraum, um sich für den Auftritt einzukleiden. Er liebt es, sich nach eigener Auffassung zu kleiden. Es ist stets die gleiche Wahl seiner Garderobe, folglich lässt er den normalerweise bei derartigen Veranstaltungen getragenen Frack in seinem Schrank hängen. Selbstzufrieden betrachtet er sich im Spiegel. Sein Äußeres erstrahlt im mittelhellen Grauton. Aus feinstem Zwirn, maßgenau geschneidert ist sein Anzug. Die Schuhe entsprechen diesem Gesamteindruck, sind folglich grau lackiert und die Krawatte ist in gleicher Farbe ausgewählt. Seine Haare erscheinen fast zu kurz geschnitten, in Wahrheit aber beherrscht der hohe Scheitel sein Aussehen. Alles zusammen vollendet ein kleiner grauer Bart, der den Übergang maßgerecht vom Kopf zum Körper schafft. Während die Hautfarbe seines Gesichtes in einem sehr warmen Braun den stofflichen Teil seiner äußeren Erscheinung verfeinert, blitzen seine klugen Augen perlenartig, kontrastreich Hellblau aus diesem Gesamtbild hervor. So denkt er: Mein Äußeres ist schon ein kleines Kunstwerk.

Diese Erscheinung setzt sich schichtweise bis zum Inneren des Mannes fort, auch unter dem edlem Stoff des Anzuges bekleidet eine aus feinster grauer Seide geschaffene Unterwäsche seinen Körper, der von der Sonne gebräunt der Farbe seines Gesichts entsprechend fast einer bronzenen Statue entspricht. Es ließe sich sogar vermuten, dass auch das Blut in seinem Herzen von dieser Farbe wäre und damit nicht mehr dem normalen Blutrot entspräche.

Warum sollte sich ein derartig medizinisches Wunder nicht gleichwertig entwickelt haben bei einem hochsensiblen Künstler, der seit frühester Kindheit sich der Musik verpflichtet fühlt und inzwischen sein Instrument virtuos beherrscht. Dazu brauchte es dennoch viel Zeit, um das wertvolle Instrument an seinen meisterhaft spielenden Virtuosem anzupassen. Ruhig und besonnen, sich seiner Sache sicher, hängt er nun seinen gut verschlossenen Geigenkasten über die linke Schulter. Seine empfindsamen Finger und Handgelenke möchte er vom zusätzlichen Gewicht des Kastens nicht überstrapazieren.

Bei sonnigem schönem Mai-Wetter schreitet er an herrlich blühenden Blumen vorbei, die ein Gärtner pflanzte und den er anschließend beauftragte diese, insbesondere während seiner Abwesenheit bei Konzertreisen, ganzjährig zu pflegen. Die Garage hat zwar vom Haus einen direkten Zugang, aber den nutzt er nur an regnerischen Tagen. Er legt den Geigenkasten mit seinem wertvollem Inhalt in den Kofferraum, verschließt diesen und besteigt das Auto. Innerhalb Berlins fährt er sehr gern diesen silbergrauen Wagen, der farblich seiner äußeren Erscheinung angepasst ist, sodass sich ein vollkommenes Gesamtwerk ergibt. Das Innere des Wagens ist braun-rötlich auf den Farbton seiner Violine abgestimmt.

Auf Grund dieser Farb-Zusammenstellung bleibt er auch optisch seiner wertvollen Stradivari sehr nahe, die sich in einem mit verstärkten Stahl versehenen Kofferraum-Tresor des Fahrzeuges befindet, um damit gegenüber einem möglichen Auffahrunfall besser geschützt zu sein. Alle seine Instrumente sind zudem vor Schäden aller Art versichert, dennoch darf die wertvolle Fracht nicht sorglos irgend einer Gefahr ausgesetzt werden und folglich fährt er seinen Wagen auch selbst. Von seiner Villa aus sind es nur wenige Meter bis zur Hubertusallee. Auf dieser erreichten Vorfahrtstraße ist der Verkehr normal, so dass es sich bis zum Rathenau-Platz ruhig fahren lässt. Im dortigem Kreisverkehr wird sein Fahrzeug aber in eine Karambolage verwickelt. Eine Touristin kommt mit ihrem Auto von der vorgeschriebenen Fahrbahn ab und rammt seitwärts seinen Wagen. Die Verursacherin des Unfalls schreit unter Schock stehend: „Sie sind Schuld, Sie, Sie, Sie!"

Obwohl keiner der Wageninsassen verletzt wurde und lediglich leichter Sachschaden entstanden war, hatten sich sehr schnell Schaulustige angesammelt, wobei jeder von ihnen die Unfallursache anders gesehen hatte und seine Wahrnehmung auch felsenfest hätte bezeugen können.

Ganini aber schweigt! Da er in Kürze das äußerst schwierig zu spielende Violinkonzert von Peter Tschaikowsky in der Philharmonie vortragen wird, möchte er sich jetzt nicht unnötig aufregen. Sein Schweigen werten deshalb mehrere der Anwesenden als Schuldeingeständnis. Bis zum Eintreffen der Polizei vergeht für ihn eine viel zu lange Zeit, und er wird ungeduldig, während die Verursacherin des Unfalls sich um Zeugen bemüht, die ihre Unschuld beweisen sollen.

Endlich! Einer der Polizeibeamten kommt und möchte ihn zum Hergang des Unfalls befragen. Ganini winkt aber kurz ab und sagt: „Bitte veranlassen Sie, dass ohne meine Anwesenheit der Unfallhergang geklärt wird. Ich brauche dringend ein Taxi, das mich und meinen Geigenkasten zur Philharmonie bringt. Ich habe dort in weniger als einer Stun-

Stunde als Solist meinen Auftritt. Hier sind meine Papiere, bitte erledigen Sie alles weitere. Danke!"

Der Polizist ist erstaunt, möchte noch etwas fragen, aber Ganini lässt seinen Wagen am Unfallort zurück und besteigt ein zufällig vorbei drängelndes Taxi mit den Worten: „Bitte fahren Sie zur Philharmonie!"

Der Taxifahrer fragt ihn: „Wo ist das?"

Ganini erwidert die Gegenfrage: „Seit wann fahren Sie ein Taxi?"

Der Fahrer schaut in den Rückspiegel seines Fahrzeugs und sagt freudig: „Eine Woche, ich komme aus „kalte Heimat!"

Ganini lehnt sich zurück und schmunzelt. Demzufolge wäre er aus dem ehemaligen Ostpreußen, denn er hatte diese Bezeichnung schon einmal während seiner Konzertreise im Ruhrgebiet gehört, als er bei einem der dortigen Orchester ein Gastkonzert gab.

„Ich fahre für Chef, Chef will mich" –

Hier unterbricht Ganini und fordert ihn auf nur seiner Angabe zu folgen, denn er möchte keine Zeit verlieren: „Fahren Sie gerade aus, den Kurfürstendamm hinunter und bitte, ich möchte kein weiteres Gespräch führen. Ich möchte jetzt nochmals kurz die schwierigsten Passagen meines Violinkonzertes überprüfen! Danke!"

Nun herrscht im Innern des Wagens eine außergewöhnliche Stille. Gelegentlich, dennoch viel zu oft wird diese Ruhe durch sinnloses und überflüssiges Hupen anderer Fahrzeuge gestört. Neugierig beobachtet der Taxifahrer im Rückspiegel nun die linke Hand seines Fahrgastes, dessen Finger sich flink bewegen, sich in einer „Trockenübung" offenbar nach der Vorgabe eines Notenblattes richten. Nach langem Schweigen gelangen sie zur Gedächtniskirche. Von dort geleitet er ihn in Richtung Potsdamer Straße.

Mit seiner außergewöhnlich stark behaarten Hand zeigt der Taxifahrer in der Kurfürstenstrasse auf eine bestimmte Stelle und sagt: „Da, meine Tochter, ist sehr schön. Wenn Du willst, kannst Du sie haben, nix teuer, wir machen für Dich billig, weil Du nix sagen Polizei – ich bin nix Taxifahrer!" Ganini antwortet: „Ja, ja sie ist wirklich sehr schön, aber ich muss jetzt zur Philharmonie. Fahren Sie bitte bis zur nächsten Straße und biegen dort links ab, dann sage ich Ihnen, wo Sie halten müssen!"

Der Taxifahrer aber beginnt noch einmal: „Tochter gefällt nix? Ist doch schön, warum willst Du nix haben? Du spielst Geige, schön, ich auch!"

Ganini geht nicht auf diese Äußerung ein, sondern gibt nach dem Halt des Wagens ein fürstliches Trinkgeld und lächelt mit den Worten: „Nix für Taxi, aber für Tochter so schön!"

Danach begibt er sich mit schnellen Schritten zum Künstlerzimmer, vor dessen weißer Tür bereits der Dirigent Zapadusti mit großer Ungeduld wartet. Ganini gibt sich gelassen, erwähnt seine Autokarambolage nicht. Zapadusti wäre möglicherweise viel zu aufgeregt, denn Dirigenten leiden einerseits unter dem Mangel eigener solistischer Fähigkeit, während sie andererseits aber auch nicht als Orchesterspieler tätig sein möchten.

Ganini reicht Zapadusti mit den Worten die Hand: „Maestro, bleiben Sie ruhig, aber als Zugabe spiele ich heute nicht das ursprünglich Vorgesehene, sondern Paganini. Bereiten Sie bitte das Orchester darauf vor!"

Zapadusti ist darüber nicht glücklich und entgegnet: „Das kommt aber überraschend spät, warum? Wir konnten das nicht proben!"

Darauf erwidert Ganini: „Aber Maestro, dieses außergewöhnliche Orchester, und Sie als weltberühmter Dirigent werden das mit meiner Hilfe problemlos schaffen, oder zweifeln Sie daran?"

„Nein, nein, danke für Ihr Vertrauen! Ich werde vom Orchesterwart die Noten herbeischaffen lassen! Aber welchen Paganini werden Sie spielen?"

Ganini: „Capriccio diabolico"

Zapadusti: „Oh, komplizierter geht es wohl nicht?"

Ganini: „Ich brauche heute diese Herausforderung, nur Mut, gehen wir!"

Beim Betreten der Bühne herrscht für einen Augenblick völlige Stille. Die zahlreich anwesenden Damen scheinen von der außergewöhnlichen Ausstrahlung Ganinis entzückt zu sein, auch die sie begleitenden Herren verhalten sich kaum anders, dann aber löst sich mit großem Beifall die Spannung. Nach einer kurzen Pause der Konzentration erwartet das Orchester aufmerksam den Einsatz des Dirigenten und dann folgt der erste Bogenstrich des Virtuosen.

Mit großen Augen und teilweise offenem Mund verfolgen die Zuhörer im Parkett sein fantastisches Spielen und bewundern die virtuose Darbietung des Interpreten bei den schwierigsten Passagen des Violinkonzertes von Peter Tschaikowski.

Die Orchesterprobe zahlt sich jetzt aus, denn das Gesicht des Dirigenten strahlt. Nach dem ersten Satz wagt sich niemand vom anwesenden Publikum in die vorhandene Spannung hinein zu räuspern. Konzentriert tragen die Ausführenden ihre weiteren Sätze vor. Das Violinkonzert endet mit euphorischem Beifall des Publikums, sodass die von allen erwartete und auch vom Virtuosen beabsichtigte Zugabe mit der Begleitung des Orchesters von ihm gespielt wird. Es herrscht völlige Stille. Keines der sonst üblichen Geräusche eines Räusperns sind zu hören und so spielt Ganini mit unglaublicher Gewandtheit scheinbar mühelos die schwierigsten Passagen des von Paganini komponierten „Capriccio diabolico", und er bemerkt auch das schweißgebadete Gesicht des Dirigenten, das einige Unsicherheiten verriet, bei denen dieser nicht mehr Chef seines Orchesters war.

Nach dem letzten Bogenstrich und nicht enden wollendem Applaus verbeugt sich Ganini lächelnd vor dem Publikum, und legt seinen Arm auf die Schulter des Dirigenten. Anschließend geht er zum Konzertmeister, reicht ihm die Hand und sagt: „Sie waren der wirkliche Chef des Orchesters. Falls wir mal erneut zusammen spielen werden, wünsche ich Ihnen und dem Orchester einen Dirigenten Ihrer Qualität!"

Der Konzertmeister ist von diesem Lob so sehr berührt, dass er nicht antworten kann, da gleichzeitig Zapadusti auf Ganini zu kommt, ihn umarmt und sich mit den Worten bedankt: „Meister Ganini. Ich bin sehr glücklich, das Orchester folgte auch bei der nicht geprobten Zugabe meiner genialen Stabführung."

Der Konzertmeister steht erstaunt daneben, schaut abwechselnd Ganini und Zapadusti an, sagt aber nichts. Ganini lächelt ihn dagegen an und sagt dann zu Beiden: „Es war heute ein anstrengender Tag. Ich bin so froh, dass nach meinem vorangegangenen Autounfall die Aufführung noch stattfinden konnte."

„Was hatten Sie, einen Autounfall und das sagen Sie jetzt so ruhig?" fragt Zapadusti erstaunt

„Ja – er ist aber, wie Sie sehen, gut ausgegangen. Nur der Wagen erlitt einen Blechschaden. In irgend einer Weise werde ich den Schreck ausschlafen! Gute Nacht! Ich gehe jetzt und nehme das zuerst vorbei kommende Taxi!"

Der Konzertmeister, der noch seine Violine in der Hand hält, legt diese zur Seite und sagt zu Maestro Zapadusti: „Es ist gut, dass er uns vorher nicht informierte, möglicherweise hätten wir vor Aufregung Fehler begangen, die uns die Kritiker niemals verziehen hätten. Nun wirkt Zapadusti in seinem Gesicht aschfahl und stammelt kaum wahrnehmbar: unglaublich!

Wortlos verabschieden sie sich und gehen zu ihren Autos, die auf den für sie reserviertem Parkplatz stehen. Ganini geht während dessen bereits wenige Schritte zu Fuß, hebt dann leicht den linken Arm, um die herannahende Taxe anzuhalten. Der Wagen hält! „Ach Du, der spielt Geige, komm, wir fahren jetzt bei Tochter."

Ganini will nicht einsteigen, aber flink entreißt ihm der Taxifahrer den Geigenkasten und sagt: „Du kommen, Geige schon in Taxi, Dich fahren umsonst bei Tochter!"

Glücklicherweise kennt der Taxifahrer den Wert seiner Ladung nicht. Erzwungenenmaßen steigt Ganini in das Taxi und überlegt, wie er sich dieser Situation entziehen kann. Während der Fahrt redet der Taxifahrer unaufhörlich. Mit verdrehten Worten sagt er: „Tochter schön, gut. Du Mann für Tochter, Du spielen Geige, ich spielen Geige. Du heiraten Tochter. wir spielen in Dorf Geige, gut!" Nun ist der Wagen in der Kurfürstenstraße angekommen. Dort steht sie, die schöne Tochter im inzwischen eingesetzten Regen. Sie ist dennoch wirklich zauberhaft anzusehen. Der Wagen hält.

Ganini verlässt mit seiner wertvollen Stradivari das Fahrzeug und besteigt plötzlich eine ebenfalls haltende Taxe, welche soeben ein dunkelhäutiger junger Mann verlässt und ruft dem verdutzten Fahrer zu: „Fahren Sie schnell, sehr schnell, ich möchte von keinem Taxi verfolgt werden!" Dieser folgt der Aufforderung und fährt mit überhöhter Geschwindigkeit durch die beleuchtenden vor Nässe glitzernden nächtlichen Straßen Berlins. Dennoch bleibt im Rückspiegel ein mit ebenfalls hoher Geschwindigkeit fahrendes, ihnen verfolgendes Taxi sichtbar. Sie fahren in gleichbleibenden Abstand über den Kurfürstendamm bis zu einer bestimmten Querstraße, dort kurz rechts abbiegend, dann sofort wieder links einfahrend, um dann geradeaus bis zu einer Einfahrt zu gelangen. Da für einen Augenblick der Verfolger nicht sichtbar ist, benutzt der Taxifahrer die dortige Durchfahrt, um eine Tankstelle mit gleichzeitigem Zugang zur Tiefgarage zu erreichen. Der Wagen hält. Obwohl das automatische Licht die Tiefgarage erhellt fühlen sie sich sicher.

Ganini ist von dieser strapaziösen Autojagd schwer beeindruckt und fragt den mutigen Fahrer: „Warum konnten Sie so gezielt diese Tankstelle auswählen?"

„Das ist sehr einfach, ich stehe praktisch auf meinem Parkplatz. Diese Tankstelle ist Tag- und Nacht geöffnet und gleichzeitig bewacht. Außerdem lasse ich hier alle anfallenden Reparaturen meines Wagens von qualifizierten Meistern vornehmen!"

„Sehr praktisch" antwortet Ganini, „aber wie komme ich unerkannt nach Hause, zu meinem im Grunewald liegenden Haus?"

Der Taxifahrer entgegnet dem fragenden Ganini: „Wir könnten mit meinem Privatwagen fahren, möchten Sie?" Ganini nickt. Beide besteigen einen kleinen, rot lackierten Wagen, der ebenfalls in der Tiefgarage abgestellt ist.

Während der Fahrt zum Grunewald, die Straßen sind wegen des Regens fast leer, sagt der Taxifahrer: „Als Kind habe ich bereits sehr früh das Geigenspiel erlernt, aber das stete Üben empfand ich jedoch zu anstrengend. Ich interessierte mich viel mehr für schnelle Autos und schicke Frauen. Mein Bruder war dagegen sehr ehrgeizig und studierte an der Hochschule für Musik. Er ist heute als Konzertmeister in einem Orchester tätig."

Ganini hört aufmerksam zu und denkt an den Konzertmeister des heutigen Abends, sagt aber nichts, denn dessen Name ist ihm nicht bekannt. Nach einer nicht allzu langen Fahrt über den Kurfürstendamm erreichen sie den Unfallort. Dort steht Ganinis silbergrauer Wagen auf dem Bürgersteig, aber sie fahren über die Hubertusallee weiter bis zur Villa. Dort angekommen bedankt er sich und bezahlt die entstandenen Kosten mit den Worten: „Grüßen Sie bitte Ihren Bruder von Ganini, möglicherweise kennt er ihn."

Nach Betreten seines Grundstücks öffnet er die Haustür, stellt an ungewohnter Stelle seine Stradivari ab und lässt sich in voller Kleidung aufs Bett fallen, denn dieser Tag war mit außergewöhnlichen Vorkommnissen beladen.

Zögernd verlässt er sein Bett, auf dem er während der Nacht in voller Kleidung gelegen hatte. Er reckt sich, geht einige Schritte, um aus dem Fenster schauend die Wetterlage zu beurteilen. Er ist unentschlossen, denn der ein wenig blaue, fast halbweiße und an einigen Stellen auch etwas grau bedeckte Himmel lässt keine klare Beurteilung zu. Er wünschte sich für den heutigen Tag einen weiten blauen Himmel und würde allzu gern den grauen Anzug tragen, in dem er in der Nacht gelegen hatte, um für ein paar Stunden im Tiergarten spazieren gehend sich von Stress des gestrigen Tages zu erholen.

In seinem Schrank befinden sich nur wenige Anzüge, denn er passt sich ungern der stets wechselnden Mode an. Er könnte eine einfache Jeans mit einem Pullover tragen und völlig entspannt den Tag verbringen. Aber irgend etwas hindert ihn daran, ein innerer Zwang sagt ihm, fordert ihn sogar auf, den grauen Anzug zu tragen. Deshalb prüft er während der nächtlichen Schlafzeit entstandene Falten, die ihm plötzlich männlich unbekümmert gering erscheinen.

Er meidet wie nach jedem Konzert auch heute das Frühstück, denn die gestern im Saal anwesenden, teils überfetteten älteren Konzertbesucher zwingen ihn automatisch zur eigenen Enthaltsamkeit, weil Geist und Körperfülle für ihn nicht miteinander vereinbar sind. Da er sich auch von materiellen nicht unbedingt erforderlichen Dingen beeindrucken lässt, interessiert ihn auch der gegenwärtige Zustand seines Autos nicht besonders. Er ist kein Mann, der sich wegen einer derartigen Blechkarosse aufregen kann und verschiebt deshalb die Bergung seines Wagens auf einen anderen Tag.

Um aber sein heutiges Ziel zu erreichen, beabsichtigt er mit dem Linienbus zu fahren, der ihn schon gelegentlich zur Philharmonie und damit zum Tiergarten gebracht hatte. Es wäre für ihn unerträglich, wenn er ausgerechnet heute erneut mit dem Taxi „Tochter so schön" zusammen treffen würde. An der Haltestelle erwarten außer ihm nur zwei weitere Fahrgäste den fahrplanmäßig eintreffenden Bus. Diese Genauigkeit hängt unmittelbar mit der für Busse und Taxifahrer reservierten eigenen Spur auf dem Berliner Kurfürstendamm zusammen.

Nach einer eindrucksvollen und für ihn abwechslungsreichen Fahrt sind es nur wenige Schritte, um in den wunderschönen Park zu gelangen. Auf dem Weg zum Tiergarten überquert er die Straße, in der während des Krieges das Attentat auf den Diktator geplant worden war und in dem heute ein Museum eingerichtet ist. Als neutraler Schweizer Staatsbürger hatte er hier bereits den geschichtlichen Hintergrund erkundet. So ist noch in seiner Erinnerung: Es wurden im Zusammenhang mit führenden Widerstandskämpfern Pläne erarbeitet, mit denen die Verschwörer sich beim Umsturz die vollziehende Gewalt sichern wollten, um dem In- und Ausland zu zeigen, "dass die deutsche Widerstandsbewegung vor der Welt und vor der Geschichte den entscheidenden Wurf gewagt hat".

Nach dem bekannt wurde, dass der Diktator den Anschlag nur leicht verletzt überlebt hatte, zeichnete sich bereits das Scheitern des Umsturzversuches ab. Die Hauptverantwortlichen wurden sofort erschossen. Andere Verschwörer wurden nach dem Urteilsspruch des Gerichtshofs erhängt und für deren Angehörige die Sippenhaft angeordnet, wobei Eltern, Frauen und Kinder ebenfalls inhaftiert worden waren. Bei diesem Gedankengang fröstelt Ganini, obwohl der Tag sehr sonnig und warm ist.

Nach wenigen Minuten erreicht er den Tiergarten und vernimmt von Spaziergängern, wie sie den Ausgang einer Luftschlacht zwischen verschiedenartigen Raubvögeln diskutieren. Aber er möchte sich daran nicht beteiligen, denn unweit von ihm entfernt erblicken seine Augen eine Frau von beeindruckender Gestalt, die in unüblicher Weise für Berliner Verhältnisse ihr Kopftuch zwar nach islamischem Glauben trägt, aber das Ergebnis einer „Symphonie in Blau" darstellt, aus der sie ihn mit glühendem Blick betrachtet.

Er wagt sich nicht fortzubewegen, kann sich diesem faszinierenden Blick nicht entziehen. Sie stehen wenige Meter voneinander entfernt. Obwohl das ungleiche Paar sich nun seit geraumer Zeit allein gegenüber steht, wagt keiner sich dem anderen zu nähern. Jeder scheint von der faszinierenden Ausstrahlung des Anderen so überwältigt zu sein, dass er später niemals würde sagen können, wie lange sie sich in Wirklichkeit gegenüber gestanden hatten.

Nun aber geht er mit federnden, fast musikalisch anmutenden Schritten, nähert er sich ihr und fragt dann innerlich aufgeregt: „Waren Sie gestern in der Philharmonie? Ich meine Sie dort gesehen zu haben!" Dabei zittern seine schlanken Hände, als befürchte er, etwas oder alles falsch gemacht zu haben. Sie antwortet vollkommen erstaunt: „Nein, oder doch ja, ich weiß es nicht recht, ich trug doch kein Kopftuch und war dunkel gekleidet, warum erkennen Sie mich jetzt? Aber doch ja – das Violinkonzert und ich glaube Sie spielten?" Sie reden in deutscher Sprache, Beide mit jeweiligem Akzent: Sie in soomlemisch gefärbter Tonlage und er in Schwyzer-Dytsch, und vom jeweiligem Sprachklang überrascht schauen sich Beide gegenseitig verlegen an, lächeln und schweigen dann.

Unweit vom Rande des Wassers sind gelbe Teichrosen sichtbar, aus denen deutliche Töne quakender Frösche zu vernehmen sind. Kurzzeitig blicken Beide gleichzeitig dorthin, um sich dann anschließend wieder weiterhin wortlos in die Augen zu sehen. Sie stehen minutenlang wie angewurzelt an gleicher Stelle. Plötzlich unterbricht er das Schweigen, indem er gleichzeitig mit einer nervösen Handbewegung in die Richtung quakender Frösche weist und sagt: „Aus dem Chor vernahm ich vom Solisten Froschkönig den Rat, ich sollte es nicht versäumen, meine schöne Bekanntschaft zu einem Glas Wein einzuladen", und er quakte noch hinterher: „Sie wird die Einladung sicher annehmen?" Unsicher fügt er hinzu: „Ich fürchte aber, dass Sie den Vorschlag des Froschkönigs ablehnen werden." Ihre dunklen Augen öffnen sich weit und sie flüstert lächelnd: „Ein kluger Froschkönig, ich mag aber sein quaken nicht!"

Dann schaut sie aufs Wasser zu ein paar Enten, die an der anderen Uferseite um das ihnen zugeworfene Brot kämpfen. Noch zögert sie, dann sagt sie hastig: „Musisch begabte Menschen sind mir sehr angenehm, ich nehme Ihren Vorschlag an" und geht nun ihrerseits ein wenig auf ihn zu. Er atmet ungewöhnlich tief durch. Das nicht mehr von ihm erwartete Entgegenkommen dieser schönen Frau scheint ihn zu lähmen. Um die Situation zu retten, berührt sie ihn mit dem kleinen Finger ihrer rechten Hand. Er stammelt etwas Unverständliches vor sich hin und sagt dann aber deutlich vernehmbar: „Ich hatte soeben das berühmte Lampenfieber, das mir in der Anfangszeit meiner Musiklaufbahn erstmals auf der Bühne stehend erfasste, wobei ich den Bogen meiner Violine nicht im richtigen Moment einsetzte. Ursache war die Anwesenheit einer sehr schönen Frau, die ich beim Betreten des Podiums in der zweiten Reihe entdeckte, und die mich damals sehr verwirrt hatte. Ich gestehe, dass es mir jetzt mit Ihnen ebenso erging wie damals. Bitte verzeihen Sie und wenn Sie wünschen, sollten wir miteinander das vom Froschkönig empfohlene Glas Wein trinken, ich lade Sie ein, und – "

Hier bricht er ab, aber sie versteht sein Begehren, und das macht auch sie etwas verwirrt, denn sie gehen fix einen Schritt in die andere Richtung des Weges. Das geschieht so erregt, dass ein zufällig vorbei kommendes Paar sich die Frage erlaubt: „Können wir Ihnen behilflich sein? Es hat den Anschein als suchen Sie den richtigen Weg, wohin möchten Sie denn gehen?"

Er schüttelt den Kopf und antwortet: „Sehr freundlich von Ihnen, aber wir kennen die Richtung und fügt noch schnell hinzu: „Einen gemeinsamen Weg. Vielen Dank!"

Nun gehen sie, wobei sie ihn mit zögernden Schritten folgt. In ihren Gedanken weiß sie nicht recht, ob sie nun ihr Kopftuch abnehmen soll? Sie entschließt sich zu weitgehendster Zurückhaltung, um ihn mit weiblich Verborgenem faszinieren zu können.

Die bisher angespannte Situation löst sich langsam, während ihres Spaziergangs bewundert er ihre Kleidung die ihm als „Symphonie in Blau" sehr gut gefällt und da er sie mit kaum zu steigernden Komplimenten überschüttet, lässt sie ihn ohne Unterbrechung reden und hört aufmerksam zu.

Alles ist für sie ein Traum, seine Worte sind Rufe schönster Musik die ihr Herz erobern. Zielstrebend sucht er ein geeignetes Weinlokal, und sie folgt ihm blindlings. Bereitwillig lässt sie sich von seiner Hand lenken, die so verführerisch wirkt, dass sie diese nie mehr loslassen möchte. Sie lauscht nun nicht immer seinen Worten, sondern denkt auch darüber nach, wie sie ihr gefundenes Glück halten und darüber hinaus festigen kann.

Von diesen Gedankengängen weiß er natürlich nichts, aber von ihrer zarten Hand ausgehend überträgt sich eine Willigkeit, die ihn glücklich macht. Dennoch irritiert ihn das plötzliche Stehen bleiben seiner zauberhaften Schönheit. Sie folgt nicht mehr den vorgegebenen Schritten. Er schaut sie an und fragt: „Habe ich Sie mit meinen Worten verletzt?"

Sie richtet ihren Blick seitwärts, schaut ihm nicht wie bisher in die Augen und sagt kurz: „Nein!"

Ganini lässt ihre Hand los, seine Gedanken gehen in die Richtung eines für ihn ähnlichen Erlebnisses, erhebt dann mit virtuoser Gewandtheit seinen rechten Arm und streichelt ihre vom blaugefärbten Kopftuch verdeckten Haare. Er kann diese zunächst nur erahnen, dann aber doch eine ihn glücklich machende dichte Masse erfühlen. Sie erzittert. Das Wohltuende wirkt gleichzeitig beängstigend! Ihre stets begleitende Sorge von einem streng gläubigen Landsmann beschattet zu werden, veranlasst sie zu sagen: „Bitte verstehen Sie das, ich kann als Soomlem kein Weinlokal aufsuchen. Es tut mir leid!"

„Soomlem? Ist das eine religiöse Sekte? fragt Ganini.

Ahita denkt kurz nach, um dann zu sagen: „Man könnte das so nennen, aber unsere Religion hat auch Inhalte der Christlichen, Islamischen und Jüdischen Glaubenslehre aufgenommen. Wir Soomlem sind eine religiöse Minderheit, und so werden wir von den anderen Religionen als Sekte angesehen."

Intuitiv geht er einen Schritt zurück. Blitzschnell, als würde er die schwierigsten Passagen einer Partitur nach Stellen einer möglichen Variation überprüfen. Er schließt seinen Mund und summt eine Tonfolge arabischer Klänge.

Anlässlich einer Einladung eines berühmten Ud-Spielers hatte er diese für ihn unbekannte Kunstform kennen gelernt und mit ihm gemeinsame Konzerte gegeben. Er ist mit seinen Gedanken allein und wenn er die wunderschöne Frau betrachtet, sieht er nur noch das ihm erscheinende zarte Hellblau ihrer Kleidung, dass ihn vollkommen in die damalige Traumzeit zurückversetzt.

Einen Moment lauscht sie, denn sie kennt diese Töne, die auf einer Kurzhalslaute mit fünf Saiten im sechszehnten .Jahrhundert von Troubadouren auch nach Europa gebracht worden waren.

Sie nähert sich und berührt ihn so seltsam in anmutender Weise, dass er dieses als fremdartig arabisch-weibliches empfindet. Nun wirkt für ihn das Blau wieder real. Nebentöne erscheinen und dunkle Flecken heben sich perlartig aus dem Nebel zartester Töne hervor. Das verwirrt ihn, weil diese gleichzeitig sich als die für ihn wunderbarsten Augen der einzigartigsten Frau der Welt darbieten. Er ist wieder in der Realität angekommen. Niemand hätte aber seine leisen Worte vernommen, denn nur die ihn Anbetende versteht diese, denn er stammelt: „Ich, ich, bitte . . . "

Ahita versteht die in allen Sprachen der Welt zu deutenden Worte richtig.

Beide fragen gleichzeitig lächelnd: „Was machen wir nun?"

„Kein Weinlokal, das ist unsere gemeinsam beschlossene Sache!" sagt Ganini und fragt: „Was schlagen Sie vor?. Immerhin sind wir in Berlin und hier sind Frauen gleichberechtigt!"

Ahita antwortet sehr leise: „Wie groß ist denn die Meinungsfreiheit Ihrer Frau, oder sind sie unverheiratet, dass Sie das so leichtfertig behaupten können?"
Etwas zu sehr zurückhaltend antwortet Ganini: „Darf ich diese Frage zunächst zurückstellen und erst in einem Restaurant oder auch zu einem anderen Zeitpunkt beantworten? Dieser Ort hier scheint mir nicht der Geeignete zu sein!"
Diese Antwort wirkt auf Ahita sehr ausweichend. Sollte sie sich doch zurückhalten? Ist sie ihm vielleicht zu sehr entgegengekommen? Als Soomlem kann sie sich doch nicht einem Ungläubigen leichtfertig unterwerfen! Intuitiv stockt ihr Schritt. Blitzschnell, als hätte sie bei einem kranken Kind eine Fehldiagnose gestellt, sieht sie ihre Problematik: Vielleicht würde ich die finanzielle Unterstützung meiner Eltern und damit meine Weiterbildungsmöglichkeit in der Klinik verlieren, und wäre möglicherweise sogar aus unserer Gesellschaftsordnung ausgestoßen und geächtet. Dann aber erinnert sie sich an den gestrigen Tag und sagt kurzentschlossen in die Offensive gehend: „Nach Ihrem Konzert in der Philharmonie besuchte ich mit einer in Berlin verheirateten Landsfrau ein in der Nähe gelegenes Lokal mit Deutscher Küche. Vielleicht sollten wir dort hingehen, oder mögen Sie die Deutsche Küche nicht? Auf neutralem Boden könnten Sie mir von Angesicht zu Angesicht Ihre bisherigen Frauengeschichten erzählen."
Spontan sagt er zu, denn für Ganini ist das eine begehrenswerte Wendung, so dass er sich Ahitas Vorschlag nicht mehr entziehen will. Er wünscht diese Frau bis ins letzte Detail kennen zulernen, wenn auch langsam beginnend mit vorsichtiger Offenlegung ihres bisher verborgenen Gesichts und anderen ihm noch unbekannten Geschehnisse der soomlemischen Welt.
Ahita überkommt ein Triumphgefühl welches darin besteht, dass gegenüber bisheriger Gewohnheit sie nun als Frau erstmals bestimmen und ein Christ, also aus soomlemischer

Sicht ein „Ungläubiger", den von ihr vorgegebenen Weg folgen wird!

Nun geht sie selbstsicher voran und für Außenstehende kaum merkbar, folgt er im Abstand einer halben Körperbreite. Die Welt der „Aufführungen" hat sich für Ganini verändert: Auf der Bühne folgt der Dirigent dem Höheren, also ihm, dem Solisten. Als Mann folgt er nun der diabolischen Macht einer Frau im Sinn des von Paganinis komponierten Violinkonzerts „Capriccio diabolico", von dessen Kraft nicht nur der Konzertbesucher, sondern nunmehr auch der berühmteste Interpret der Gegenwart verhext zu sein scheint.

Ahita spürt zunehmend ihre Macht, die sich feinfühlig über ihre inzwischen ineinandergelegten Hände vermitteln. Seine Hände sind extrem feingliedrig und mit langen Fingern versehen. Gelegentlich wagt er in ihre Handfläche mit dem Mittelfinger zarte Takte zu übertragen, und so empfindet sie feinfühlig begehrendes, das sie in ihrer Auffassung bestätigt. Während Ganini in Gedanken versunken versucht, das ihm auferlegte Rätsel zu begreifen, gehen Beide in ihren wohlkomponierten grau-blauen Bekleidungen an Schaufenstern zahlreicher Geschäfte vorbei.

Ahita schweigt, denn sie sucht das von ihr erwähnte Deutsche Lokal. Ganini ist dagegen von ihrer fast katzenhaft anmutenden Gangart derart gefesselt, dass er ihr nur noch blindlings folgen kann. Seine zuvor angestrebte Einladung, diese wunderschöne Frau bei einem Glas Wein näher kennen zu lernen, erfuhr eine für ihn unverhoffte vorzeitige Wende.

Inzwischen hat die Sonne ihren höchsten Stand erreicht, es ist fast unerträglich heiß geworden, so dass sie anstelle Deutscher Küche oder eines Weinlokals doch lieber einen Italienischen Eis-Salon aufsuchen. Sie begeben sich an einen Tisch, der etwas abseits gelegen ein ungestörtes Gespräch ermöglichen könnte. Aber kaum haben Beide den Tisch ausgewählt und ihren jeweiligen Platz eingenommen, da verdreht Ahita ihren Körper blitzschnell abweisend zur Eingangstür und zeigt damit auch ihrem Begleiter den Rücken. Davon überrascht, dreht Ganini sich ebenfalls zur Tür, aber da er den Grund nicht erkennen kann, sie dennoch einige Minuten in dieser Haltung verweilt, fragt er sehr behutsam nach dem Anlass ihrer Handlung: „Warum wenden Sie sich jetzt ab?"

Sie antwortet kaum vernehmlich kurz: „Ich werde verfolgt! Man darf mich nicht in der Begleitung eines fremden Mannes sehen! Bitte warten Sie alles Weitere ab!"

Ganini dreht sich um und entdeckt unter den anwesenden Gästen des Eis-Salons einen Mann südländischer Erscheinung mittleren Alters im dunklen Anzug.

Während Ahita sich immer noch in der gleichen Haltung befindet, beschreibt Ganini ihr diesen Mann mit allen Details. Sie sagt leise: „Ja, das ist er, er arbeitet offiziell bei einer Handelsgesellschaft unseres Landes. Er ist ein Mensch, der alle Weisheiten der Welt zu kennen glaubt und für sich beansprucht. Er nimmt sich das Recht, wobei er sich gleichzeitig uralter längst überholter Tradition bedient, das auch den Tod eines anderen Menschen nicht ausschließt, denn in Wirklichkeit zählt er zu den streng Gläubigen. Nach deren Vorstellung dürfte ich mich niemals mit einem Mann treffen, der nicht der unserer Religion zugehörig ist und in dieser Haltung wird er von seinen Glaubensbrüdern unterstützt. Noch nie war mir so bewusst, dass ich während meiner freien Zeit überwacht werde!"

Nun rückt Ganini seinen Stuhl in der Art zurecht, dass dem beobachtenden Mann die Sicht auf Ahita genommen wird, während er gleichzeitig seine Haltung verändern kann, falls der Beobachter in eine andere Position wechselt.

Ahita sagt etwas jammernd: „Ach wären wir doch besser in das Lokal mit der Deutsche Küche gegangen, dort hätte er mich sicher nicht vermutet!"

38

Ganini fragt: „Darf ich den Namen des Mannes wissen?"
Zögernd sagt Ahita: „Eigentlich nein – ja doch, Aruk heißt er!"
Während der gesamten Zeit, es sind wohl zwanzig Minuten vergangen, bleibt die Situation unverändert. Doch dann betritt plötzlich ein ebenfalls südländisch erscheinender Mann den Eis-Salon und geht auf Aruk zu: „Wo ist sie?"
„Dort!"
„Ach! – Kaum wieder zu erkennen! Ist das Ahita?"
„Ja! Wenn sie sich ihrer soomlemischen Verpflichtung entzieht und sie den „Ungläubigen" lieben sollte, müssen wir sie fassen – und fügt zögerlich hinzu: notfalls auch töten! Lass uns gehen, wir werden sie zunächst weiterhin beobachten!"
Beide verlassen den Eis-Salon, um sich zu ihrem im Parkverbot haltenden Fahrzeug zu begeben. Die verängstigte Ahita weiß sehr genau um ihre Gefährdung. Sie würde sich am liebsten in Luft auflösen, oder vielleicht an einem sicheren Ort den weiteren Tagesverlauf verbringen, ja, mit ihm auch in seine Wohnung gehen wollen, aber das wagt sie nicht zu sagen. Sie bittet Ganini lediglich nachzuschauen ob draußen, an irgend einer Stelle, sich noch einer dieser Männer aufhalten könnte. Ganini verlässt das Gebäude, geht quer über die Straße, um sich dementsprechend zu vergewissern. Er ist von seinem Naturell kein Polizist oder gar Detektiv und folglich ist er dieser Aufgabe nicht gewachsen. Er sieht nichts Verdächtiges. Vor dem Überqueren der Straße hält vor ihm ein Taxi. Der Fahrer dreht das Seitenfenster herunter und begrüßt ihn mit den Worten: „Was machen Sie hier, haben Sie mich erwartet?"
Es ist der Fahrer, dessen geigenspielender Bruder in einem Orchester tätig ist. Hastig sagt Ganini: „Warten Sie kurz, ich komme sofort wieder!"
Mit eiligen Schritten begibt er sich in den Eis-Salon und nötigt kurz entschlossen Ahita, in dem er ihre Hand mit ungewöhnlicher Festigkeit umfasst, ihm zügig zu folgen. Beide erreichen das Taxi mit dem Wunsch, schnell zu fahren. Der

Taxifahrer ahnt bereits, dass hier Unheil zu erwarten ist. Ganini gibt nur noch die Anweisung dort hinzufahren, wo das rote Auto steht.

Der Taxifahrer schaut deshalb kurz in den Rückspiegel, bemerkt einen dunklen Wagen und fragt deshalb: „Soll ich diesen Wagen abschütteln?"

Während Ganini die Anweisung mit: „Ja! Bitte!" gibt, kauert sich Ahita so zusammen, das Insassen eines jeden vorbeifahrenden Autos sie nicht entdecken würden. Ganini fordert den Fahrer auf: „Bitte versuchen wir den gleichen Trick mit der Tankstelle! Fahren Sie schnell, sehr schnell, ich möchte von diesem Auto nicht eingeholt werden."

Dieser folgt der Aufforderung und fährt trotz zunehmendem Verkehr mit überhöhter Geschwindigkeit über die hitzeausstrahlenden Straßen Berlins zum Zielort. Dort angekommen fragt die von der Autojagd beeindruckte Ahita den mutigen Fahrer: „Warum konnten Sie so gezielt diese Tankstelle auswählen?"

Er lächelt und schaut dabei Ganini an und antwortet ihr: „Das ist sehr einfach, ich stehe praktisch auf meinem Parkplatz."

Nun wird der weitere Tagesablauf verzwickt. Ganini weiß nicht recht, was nun mit Ahita geschehen soll. Aber er hat nicht mit der Clevernis Berliner Taxifahrer gerechnet, denn dieser wendet sich Ahita zu und fragt: „Darf ich Sie nun zu Ihrer Villa fahren? Wir könnten dazu das kleine dort stehende rote Auto nehmen! Niemand würde vermuten, dass Sie sich darin aufhalten!"

Damit versetzt er Ganini in eine Lage, die er wohl insgeheim erträumte, aber niemals gewagt hätte, Ahita in seine Villa einzuladen. Noch hat Ahita die Frage nicht beantwortet, sie zögert, sieht aber den überraschten Ganini so zärtlich an, dass der Taxifahrer kurz entschlossen die Türen des kleinen Autos öffnet und sagt: „Ich fahre ganz langsam, damit Sie aus dem Fenster heraus schauend die Schönheit des Kurfürstendamm genießen können."

Ahita besteigt das rote Fahrzeug und streckt sogleich ihre schlanken Beine quer über die hinteren Sitze. Ganini denkt – welch ein Unterschied, zwei Taxen: einmal „Tochter so schön" und nun meine „Traumfrau." Dennoch ist ihm nicht wohl. Wie soll er sich in der Wohnung verhalten? So anständig, dass sie enttäuscht ihn nie wieder sehen möchte? Wie weit kann er oder darf er gehen, um sie nicht zu verlieren? Ahita denkt ebenso: eine Villa, wohnt er wirklich allein? Wie soll ich mich verhalten, wenn er mich küssen will? Ich entwickele liebende Gefühle zu diesem Mann! Sollte es vielleicht sogar möglich sein, dass ich seine Frau werden könnte? Dann wäre ich von den Zwängen Religionsbesessener befreit und so ließe sich endlich das von mir erhoffte Leben einer europäischen Frau führen. Vielleicht sogar als Schweizer Staatsbürgerin lebend in einem eigenen Haus in der Schweiz?

Während dessen fahren sie von der Uhlandstraße zunächst rechts abbiegend den Kurfürstendamm entlang in Richtung Grunewald, am U-Bahnhof Adenauerplatz vorbei zum Lehniner Platz. Dort wird das Theater der Schaubühne sichtbar. Der Taxifahrer ist offenbar gut informiert, denn er gibt den nicht gebürtigen Berlinern die kurze Information: „Das Gebäude errichtete in den zwanziger Jahren ein später bekannt gewordener Architekt, denn er hatte in Potsdam auch den berühmten Einsteinturm errichtet."

Ahita unterbricht seine Erklärungen mit der Frage: „Einsteinturm? Bedeutet das, dass der Turm nur aus einem einzelnen großen Stein besteht?"

Beide Männer lächeln ob dieser naiv gestellten typisch weiblichen Frage. Deshalb fügt der Fahrer hinzu: „Nein, der Turm wurde zur Überprüfung der Relativitätstheorie errichtet. Das neuerrichtete Bauwerk galt in seiner Formgebung gleichzeitig als ein Paradebeispiel expressionistischer Architektur. Heute ist es zusätzlich ein Monument der Wissenschaft. Damals verwendete man erstmals neue Materialien, wie Stahlbeton und andere für uns inzwischen selbstverständlich technische Neuheiten. Anfang der zwanziger Jahre war allerdings diese Bauweise revolutionär. Ganini schaut lächelnd Ahita an, als sie zum Taxifahrer sagt: „Sie sind gut informiert, und ich würde mit Ihnen eine große Stadtrundfahrt machen, das aber erlauben mir leider die gegebenen Umstände nicht."

Der Wagen fuhr für alle Beteiligten trotz langsamster Fahrt viel zu schnell. Am Ziel angekommen macht der Taxifahrer noch die Randbemerkung: „Mein Bruder kennt Ganini, er war beim gestrigen Konzert als Konzertmeister tätig!"

Ganini antwortet: „Ihr Bruder ist ein guter Konzertmeister, ich wünschte, seine spielerische Qualität wäre in jedem Orchester anzutreffen!"

Mit einem allseitigem Gruß und Hinterlegung seiner Rufnummer setzt der hilfreiche Taxifahrer seinen kleinen roten Wagen wieder in Bewegung, um zu seinem in der Tiefgarage abgestellten Taxi zu fahren.

DIABOLISCH Nun steht Anita vor dem Grundstück, auf dem sich von schönsten Blumen umgeben seine Villa befindet. Sie nimmt sofort wahr, dass sich im dortigen mit Bäumen bepflanzten Vorgarten ein kleiner im Steingussverfahren gestalteter Brunnen befindet. Ein leicht zu betätigendes, ornamental verziertes Tor an der äußeren Steinmauer ermöglicht den Zugang zur Eingangstür des Hauses.

Ganini bittet seinen schönen Gast zu den Säulen die eine darüber liegende große Terrasse abstützen. Dieser sonnenreiche, zur Südseite ausgerichtete Bereich, sowie der ebenfalls zu ebener Erde liegende Wohnraum beeindrucken Ahita sehr. Dieser hat, wie bei Bauwerken jener geschichtlicher Stilrichtung üblich, einen direkten Zugang zum Garten. Innerhalb des Raumes befinden sich von Konzertreisen mitgebrachte Kunstwerke, die sich wegen ihrer künstlerischen Qualität von den handwerklich gestalteten Möbeln des Raumes eindrucksvoll abheben.

Der größte Raum des Hauses ist der Ostseite zugewandt, er dient als Musikzimmer und ist damit der Ort seines Wirkens. Dort schauen von weiß gestrichenen Wänden Fotos berühmter Musiker auf den in der Mitte des Raumes stehenden Konzertflügel und auf den täglich über mehrere Stunden übenden Violinvirtuosen.

Im Schatten, fern jeder Sonneneinstrahlung, hängen in einem Schrank Violinen und Bratschen, die vor Temperaturschwankungen geschützt sind. Ansonsten ist der Raum schmucklos und zweckdienlich eingerichtet. Es gibt in diesem Zimmer keine Pflanzen, aber an deren Stelle unzählige Notenblätter Klassischer Musik großer Komponisten. Einzustudierende Solokonzerte für Violine liegen leicht zugänglich auf einen, dem Flügel farblich angepassten Tisch.

Wortlos hatte Ganini ihr alle Räume seiner Villa gezeigt. Beim Durchschreiten wurde ihr klar: es gibt in diesem Haus keine Anzeichen weiblicher Attribute. Er lebt wirklich allein in diesem Haus.

Vom Gesehenen überwältigt bleibt sie vor einer halbgeöffneten reichverzierten Glastür stehen. Sie möchte diesen Raum nicht so betreten wie alle anderen Räume, denn ein leicht anmutender seidener Vorhang beeinflusst in angenehmer Temperatur die von außen wirkende Wärme des sonnenreichen Tages. Sie zögert, ist unschlüssig, ob sie jetzt ihr feines blaugefärbtes Kopftuch abnehmen soll, um sich ihm offen zuzuwenden?

In dem Augenblick verspürt sie wohl die zarteste Berührung ihres noch jungen weiblichen Körpers, denn leicht senkrecht streichelnd berührt er mit seiner Hand ihren Rücken, vom Halswirbel bis zum untersten Lendenwirbel streichelnd kann er sie zum Eintritt des Raumes bewegen. Dieser Raum ist weiß gestrichen und der Fußboden mit warmrotbräunlichem Parkett versehen, aber alle stofflichen Teile sind in zartem Blauton gehalten. Sie geht bis zum Fenstervorhang, betrachtet diesen und legt den unteren Teil über ihre Schulter und bemerkt eine genaue Übereinstimmung mit dem Farbton ihrer Kleidung.

Er beobachtet sie wortlos, während sie nun vergnüglich ob dieses Phänomens sich auch der Überdecke seiner Schlafstelle nähert, die wie schon zuvor von ihr bemerkt, ebenfalls in diesem wunderbaren zarten hellen Blauton gehalten ist. Kurzentschlossen setzt sie sich keck auf diese von Männerhand außergewöhnlich glatt gespannte Fläche, um dann blitzschnell, sich ihrer Handlung schämend, den Raum wieder durch die halboffene Glastür zu verlassen. Er lächelt und folgt ihr. Sie darf und soll diese neue Umgebung kennen lernen und in vollen Zügen genießen.

Sie geht in den Musikraum, hebt vorsichtig den Deckel des Flügels, schaut ihn fragend an und tippt mit dem Finger ihrer linken Hand auf eine der weißen Tasten. Er kommt hinzu und tippt in wohl abgestimmter Harmonie auch nur einmal mit dem Finger seiner rechten Hand, aber auf eine der schwarzen Tasten.

Sie lächelt überglücklich, denn dieser Mann unterscheidet sich in seinem charmanten Wesen von den Männer ihrer soomlemischen Welt und besitzt vermutlich auch keinen, der von ihr verabscheuten männlich-athletischen Körperbau. Dann fragt sie unvermittelt: „Darf ich jetzt ein Glas Rotwein haben, der Froschkönig hatte es mir versprochen!"

„Jetzt? Um diese noch viel zu frühe Tageszeit?"

„Ja bitte, ich bin überglücklich und möchte Ihnen das in diesem Moment – oder?" Sie fasst einen ungewöhnlichen Entschluss, sie neigt sich zu Boden und berührt im Fußreflexzonenbereichs seines Fußes die Zone sexueller Erregung, die sich über dem Fußrücken befindet. Mit dieser außergewöhnlichen Geste demonstriert sie ihm ihr Entgegenkommen und verbleibt für eine längere Zeit in dieser Haltung. Noch nie wurde ihm eine derartige Zuneigung entgegen gebracht.

Als sie sich aufrichtet erfasst er ihre Unterarme und beabsichtigt sie mit europäisch männlicher Selbstverständlichkeit zu küssen, aber geschickt verschließt sie ihr Gesicht mit dem Schleier.

Nun spielt sie mit ihm, überzeugt, dass er ihr folgen wird und fragt erneut: „Bringt uns der Froschkönig jetzt den versprochenen Wein?"

Er nickt, geht zu einem neben dem Fenster hängenden Foto eines berühmten Dirigenten und klappt dieses zur Seite. Öffnet eine kleine Glastür, die eine ins Mauerwerk eingelassene rechteckige Vertiefung sichtbar werden lässt. Dort liegen eine Anzahl verschiedenster gutgekühlter Weinflaschen, er will gerade eine Flasche herausnehmen, da lächelt sie ihn an: „Bitte nicht! Das lassen wir jetzt! Bitte entferne zuvor mein Kopftuch und küsse mich!"

Als würde der Dirigent eines Orchesters den Einsatz zu seinem Konzert geben, folgt er ihrem Wunsch und sie dirigiert ihn so leidenschaftlich, dass er sich Zugabe für Zugabe erwünscht.

Sie spürt mit zunehmender Gewissheit, dass sie hier für immer glücklich sein würde. Sie löst sich von ihm, hebt das zuvor zur Erde gefallene Kopftuch auf und geht damit zu den daliegenden Weinflaschen. Sie entnimmt einen Rosé, hält diesen Farbton neben ihr blaugetöntes Kopftuch und bittet ihn, diese Flasche zu öffnen.

Die Gläser waren längst bereitgestellt und nachdem er den Wein eingeschenkt hatte, tastet sie mit der rechten Hand zu einer fast unmerklichen Öffnung ihres Gewandes und holt aus sorgsam verpackter Schachtel zwei äußerst feine mit Puderzucker überzogene Leckereien. „Bitte, das ist eine islamische Köstlichkeit, die etwas Honig enthält und eine weitere geheimnisvollen Zutat. Das Herstellungsrezept vererben die Frauen unsere Region von Generation zu Generation. Ich habe sie selbst noch nicht gekostet, sie soll aber sehr gut zu einem Glas Wein schmecken. Einige unserer Frauen nennen sie „Hamal."

Noch während sie dieses sagt erinnert sie sich, dass die Zutat aus mit Alkohol vermischt frischem Hoden geschlechtsreifer Schafe besteht, die später getrocknet und zu Pulver verarbeitet, wird dann der überaus strenge Geruch mit süßem Honig vermischt, und geschmacklich verfeinert, geruchsfrei als Zutat dem Gebäck hinzugefügt und mit Puderzucker überzogen.

„Wie ist die deutsche Übersetzung dieser Zutat zu verstehen?" fragt Ganini.

Ahita zögert ein wenig, lächelt ihn zärtlich an und flüstert fast ängstlich: „Das bedeutet Schafsbock!"

Diese so frei geäußerte Bedeutung hält ihn für keine Sekunde ab, im Gegenteil – ihre Ausstrahlung hatte ihn bereits besiegt und so nimmt er diese Köstlichkeit automatisch an.

Ihn erfassen nun Erinnerungen an vergangene Liebesabenteuer. Fast in jeder Stadt war er mit Frauen zusammen: Einmal war es die russische Cellistin Mascha aus dem Orchester, wo anders eine ihn verehrende Sekretärin, wiederholte Male die Ehefrau des auf Konzertreisen weilenden Dirigenten von Lackerle.

Er konnte sich diesbezüglich nicht beklagen. Aber niemals war er so verliebt diesem mit einem Glas Wein vor ihm sitzendem weiblichen Wesen ausgeliefert.

Ihre Gedanken dagegen galten der auf sie zukommende Schwierigkeit, wenn er sich nicht auf eine feste Bindung einlassen würde. Wie soll der morgige Tag verlaufen?

Sie erscheint entweder wie gewöhnlich morgens in der Klinik, dabei schaudert sie ein wenig wegen, oder sie – weiter kann sie nicht denken, denn . . .

Sie sackt plötzlich in sich zusammen. Sie ist von der Kraft der sie sexuell anregend wirkenden, kleinen Köstlichkeit „Hamal" derart hilflos geworden, dass er sie aufnehmen und auf sein Bett niederlegen muss. Selbst auch diese Wirkung verspürend entkleidet er sich und entledigt auch sie ihres so zauberhaft erscheinenden Gewands. Sie kuscheln sich zusammen, um das zuvor bewusst herbeigeführte sexuelle Begehren zu genießen. Unersättlich ist ihr beiderseitiges Verlangen nach vollendeter Liebe. Sie denken an nichts anderes und haben kein Zeitempfinden mehr.

Je mehr er später darüber nachdenkt, dass sie zuvor noch keinen Mann geliebt hatte, umso deutlicher wird seine Neigung, diese Frau für immer behalten zu wollen. Seine männliche Kraft ist unerschöpflich, sie stöhnt leise fast flüsternd: „Aruk!"

Plötzlich bekommt seine Begierde einen Schock. „Aruk? Was bedeutet das? Ist das der Mann, vor dem wir flüchteten? Du denkst an ihn während unserer Liebe?"

Ganini wendet sich ab, bringt seinen Körper in die Rücklage.

Ahita flehend: „Nein, nein! Bitte lass mich das erklären!"

„Erklären?" fragt er zurück: „Ja bitte!"

„Erste Frage: waren wir soeben miteinander sehr glücklich?"

„Ja – ich zumindest!"

„Zweite Frage: hatte ich zuvor einen anderen Mann gehabt?"

„Nein!"

„Dritte Frage: würdest Du mich heiraten wollen?"

„Ja – aber, Du wolltest mir erklären, wer Aruk ist!"

„Ich bin sehr glücklich, dass Du mich heiraten möchtest und ich wünsche es ebenfalls!

Aber nun zu Aruk!"

„Erzähl mir aber bitte keine Märchen aus Tausend und einer Nacht"

„Nein, da ich mit einem „Ungläubigen" eine Liebesbeziehung habe, könnte ich auch jederzeit getötet werden! Aruk, ebenfalls ein Soomlem wie ich, glaubt ernsthaft, er sei als mein zukünftiger Ehemann bestimmt!"

„Ach – ich verstehe das so: Du liebst mich gar nicht, wolltest Dich lediglich vor Aruk retten lassen? Oh ich Dummkopf!"

„Nein, bitte, glaube mir! Ich habe Dich doch mit einer Leidenschaft geliebt, immer wieder und immer wieder, fast bis zu meiner Erschöpfung. Ich möchte auch, das es weiterhin so geschieht! Du liebst mich! Ich weiß das, spüre das und ich möchte, dass es immer so bleiben wird.!"

„Ahita, mein traumhaft soomlemischer Engel! Du hast recht! Ich bin unsterblich in Dich verliebt und möchte Dich niemals verlieren! Aber nun brauche ich etwas Zeit, um das zu verarbeiten! Ich muss in zwei Tagen zu einer Konzertreise nach Paris und spiele dort als Zugabe Paganinis „Capriccio diabolico", so ist gegenwärtig unsere Situation. Wenn Du möchtest, kannst Du während meiner Abwesenheit in diesem Haus bleiben! Ich werde zu Deinem Schutz eine entsprechende Firma beauftragen. Und jetzt komm bitte in meine Arme, meine liebe Frau Ganini!"

Ahita fliegt engelsgleich auf ihn zu. Sie weiß, dass sie ihn mit feinsten weiblichen Empfindungen beherrschen kann, denn sie ist eine äußerst kluge Frau, die dem Mann auch in der richtigen Situation die Sprache der Liebe zu vermitteln vermag. Da er zunehmend ihre ihm angebotene allerfeinste Köstlichkeit „Hamal" begehrt, macht sie ihn mit ihrem weiblichen Geschick zunehmend nachgiebiger.

Aruk ist als ehemaliger Ringkämpfer im Fliegengewicht nur einmetersechsundfünfzig groß und mit seinem stechend, fast leblosen Blick erscheint von ihm Furchterregendes auszugehen. Seine kurz geschnittenen schwarzen Haare, und sein starker Oberlippenbart betonen die vertikale Achse seines Gesichtes, welche im Verhältnis zu seinem mächtig breiten Oberkörper aber keiner normalen menschlichen Proportion entspricht. Stets gepflegt ist seine Kleidung, aber seine kurzen Beine und viel zu großen Füße ergeben ein sehr kurioses Gesamtbild, so dass er aus weiblicher Sicht eine bemitleidenswerte männliche Kreatur darstellt.

Aruk wurde wegen seiner sportlichen Fähigkeit zum Dienst ins Ausland versetzt, um in Berlin lebende Bürger seines Heimatlandes zu überwachen. Während dieser Tätigkeit entdeckte er eine wunderschöne Frau namens Ahita, die als Kinderärztin in der Klinik tätig ist. Er verliebte sich in sie und beschloss diese als seine künftige Ehefrau zu betrachten. Unterstützung findet er bei denen, die sich auch außerhalb ihres Landes ihrem Glauben verpflichtet fühlen.

Nun aber sieht alles anders aus. Seine ihm von soomlemischen Glaubensbrüdern zugesprochene Frau wurde in der Begleitung eines „Ungläubigen" gesehen und hat nach deren Auffassung Aruks Ehre verletzt.

In einem separaten Raum, in dem sich modernste Techniken befinden, wird dagegen noch nach uralter Tradition beschlossen, dass die Ehre Aruks wieder herzustellen ist, was für Ahita eine lebensbedrohende Lage bedeutet.

Während Ganini einer Konzertverpflichtung nachkommt, findet Ahita in unverschlossen gebliebenen Schubladen Notizen, die seinen bisherigen Lebensverlauf für sie verständlicher machen.

Sie interpretiert die gefundenen Unterlagen: So war die Geige kindheitsfrüh sein Instrument, die aus Holz hergestellt und in angenehm warmbrauner Farbe lackiert sich tief in seinem Herzen eingeprägt hatte. Das bedeutete Verzicht. Während andere Kinder sich leicht einzuprägende Kinderliedern sangen, langweilte ihn derartig Angebotenes im Musikunterricht seiner Grundschule, denn er erlernte auf seinem Instrument bereits in seiner unterrichtsfreien Zeit am Nachmittag komplizierte Fingerübungen, die es ermöglichten, kleine Meisterwerke von Mozart oder Haydn zu spielen.

Später dann, in der Pubertät, hatte er es nicht leicht gehabt. Die von ihm begehrten Mädchen verlachten ihn wegen seiner disziplinierten Musiktätigkeit, sie hatten anderes im Sinn und glaubten nicht daran, dass auch dieser junge Mann zu lieben fähig sei. Sie spürten trotz ihrer Jugend sehr genau, dass sie später doch nur als zweitrangige Geige betrachtet würden. Somit blieben dem zielstrebenden jungen Mann erotische Abenteuer vorenthalten.

Deshalb konzentrierte er sich in noch verstärkterem Maß auf seine eigentliche Aufgabe, das Geigenspiel vollendet beherrschen zu können. Im Schulorchester seines Gymnasiums war er bereits als Konzertmeister tätig, besetzte damit schon den begehrtesten Platz innerhalb des Orchesters, das eine hohe Anzahl von Mitschülerinnen enthielt. Einige unter ihnen waren aber ebenso zielstrebig wie er selbst und hatten den Wunsch, später einmal ein Musik-Studium erfolgreich abschließen zu können.

Auch während seines Studium am Konservatorium gab es aus seiner Sicht einen enttäuschenden Annäherungsversuch an das weibliche Geschlecht. Die von ihm Auserwählte und erstmals auch ihn begehrende Kommilitonin blies überraschend gut ihre Trompete, ein Musikinstrument, dass seiner sensiblen Geigensprache nicht entsprach. Obwohl er sich von dieser Frau stark angezogen fühlte, beherrschte doch seine Selbstdisziplin das menschlichen Miteinander, was sie folglich nicht zusammen führte.

Nach seinem erfolgreichem Studium gelang ihm wegen seiner außergewöhnlichen Begabung die Anstellung in einem Orchester. Hier wurde er in kürzester Zeit zum Konzertmeister ernannt. Er ist ein hervorragender Solist, geht viel auf Reisen und ist als besonderer Kenner und Interpret Paganinis berühmt geworden. Sein Künstlername ist Ganini, eine Abkürzung des von ihm verehrten Meisters Paganini.

Ahita hatte bisher wesentliche Daten ihres zukünftigen Ehemanns kennen gelernt, aber erstaunlicherweise keine Briefe auf gegenwärtig existierende Frauen gefunden. Deshalb durchsucht sie alle Winkel in den Räumen nach möglichen Hinweisen, findet aber keine. Dennoch spürt sie plötzlich eine große Eifersucht in sich aufkommen. Irritiert und nicht mehr der Vernunft folgend verlässt sie das Haus, geht in europäischer Kleidung durch das Eingangstor zur nahe gelegenen Bus-Haltestelle.

Doch bevor sie diese erreicht, ergreift sie der äußerst starke Arm eines kleinen Mannes, der sie zu erwürgen droht. Sie erkennt Aruk und fleht ihn an, aber seine Ehre ist so sehr verletzt, dass er in seinem Wahn nur noch gedenkt sie zu töten. Als sie nur noch stammelnd ein paar Töne von sich gibt, wird Aruk vom Schäferhund des zu ihrem Schutz beauftragten Wachmannes so unglücklich an der Halsschlagader verletzt, dass dieser seine Hände von ihr lässt und verblutet, bevor noch eine Rettungsmöglichkeit gegeben ist.

Der Wachmann steht unter Schock, Ahita rennt verzweifelt in die Villa und informiert die Leitung einer Klinik. Bevor sich deutsche Behörden einschalten können, ist Aruk bereits von einer dunklen Limousine aufgenommen und mit unbekanntem Ziel abtransportiert worden. Mit seiner Tat war Aruk nicht in das Geschichtsbuch schicksalhafter Märty-

rer eingetragen worden. Durch die konsequente Handlungsweise bleibt dieser Vorfall geheim, dass sich sowohl für den
hundeführenden Wachmann, als auch für Ahita keine weiteren Unannehmlichkeiten entwickelten und selbst die sonst
aufmerksame Presse notierte lediglich in knapper Form die
offizielle Bekanntgabe seines Landes: „Der Olympiateilneh-
mer Aruk wurde mit sofortiger Wirkung zurückberufen, um
im Sportzentrum seines Heimatlandes eine leitende Funktion zu übernehmen."

Ganini ist wie stets üblich bis ins kleinste Detail organi-
siert. Er liebt diese Präzision, die ja auch bei der Interpretation seiner ausgewählten Kompositionen erwünscht ist. Es
ist kein Zufall, dass erneut der weltberühmte Dirigent Zapadusti das Orchester leitet. Die Konzertreihe, die mit diesem
Konzert zum Abschluss kommt, hatte Beide über verschiedene Kontinente geführt und die jeweilige Presse verzaubert.
So wird es auch nach diesem Konzert sein. Es lässt sich un-
beschwert sagen: niemals zuvor hatte ein Violinvirtuose Paganinis „Capriccio diabolico" so teuflisch interpretiert.
    Nach dem Lob des Dirigenten Zapadusti bemerkt Ganini
schmunzelnd: „Meiner Frau Ahita gebührt der größte Anteil
unseres heutigen Erfolgs!"
„Wie bitte? Sie sind verheiratet? Seit wann? Ich hatte bisher
nichts davon gehört!"
Ganini: „Bis heute Abend war ich noch nicht sicher, aber
nun ist eine Heirat meinerseits eine beschlossene Sache!"
„Unglaublich! Ganini heiratet!"
    Zapadusti dreht sich um und sieht eine Dame auf Ganini
zukommen. Natürlich kennt er sie, denn es ist Tiane, die
Ehefrau seines Kollegen von Lackerle, der gegenwärtig in
Amerika große Erfolge feiert. Sie hat nicht die geringsten

Skrupel Ganini in Anwesenheit Zapadustis den Schlüssel ihres Hotelzimmers zu reichen. Warum auch? Zapadusti versteht ihre Handlungsweise, nur der auf Konzertreisen tätige Ehemann von Lackerle hat keine Ahnung!

Dennoch vernimmt Zapadusti mit Erstaunen, dass Ganini, sonst begierig den ihm gebotenen Zimmerschlüssel annehmend, diesmal ablehnt und ihr etwas kleinlaut, aber dennoch für alle Anwesenden deutlich vernehmbar entgegnet: „Ich bin verliebt und werde heiraten!"

Die Abgewiesene ist völlig empört: „Puh – was mag das für eine „dumme Pute" sein? Du wirst in aller Kürze zu mir zurückkommen! Glaubst Du etwa, ich lasse mich wie eine Dirne behandeln? Du stehst in meiner Pflicht!

Ich habe über meinen Mann die Macht Dich fertig zu machen. Wenn ich es will, wirst Du niemals wieder als Solist auftreten können! Wer glaubst Du eigentlich, hat Dir diese Karriere ermöglicht?

Ganini der berühmte Interpret, dass ich nicht lache. Also kommst Du oder – ?"

Nun antwortet Ganini aufgebracht, was ihm niemand zugetraut hätte: „Vielgeliebte Tiane! Seit Jahren vermisse ich bei Dir das diabolische Gefühl der Liebe, das auch Paganini eigen ist, und somit seinen Interpreten zu dem macht was er ist. Wenn Du, oder möglicherweise Dein jeweils mit Orchestern reisender Ehemann, der großartige Herr von Lackerle, in der Lage ist, auch nur zwei Passagen dieses „Capriccio diabolico" fehlerfrei zu spielen, dann könntest Du jederzeit über mich verfügen – so aber nicht!"

Zapadusti schmunzelt. Er selbst hatte mit dieser Frau Erlebnisse, bevor Ganini auftauchte. Nun – vielleicht greift sie zum Strohhalm Zapadusti? Ungelegen käme ihm das nicht und so reibt er sich bereits genüsslich die Hände.

Und tatsächlich erklingen ihrerseits wunderbare Töne: „Ach Maestro Zapadusti, Sie haben soeben die ungeheuerlichen Worte des Herrn Ganini gehört. Ich möchte die neu entstandene Sachlage gern mit Ihnen im gegenüberliegenden

Restaurant erörtern, ich bitte Sie meiner Einladung zu folgen!"

„Aber sehr, sehr gern, ich war ebenfalls überrascht und empfand seine Formulierungen nicht unserem Niveau entsprechend."

Angesicht dieser Wandlung schüttelt Ganini nur noch seinen Kopf und verlässt wortlos den Ort des Geschehens.

Er weiß nunmehr sehr genau, dass sein bisheriges Sexualleben sehr weitschweifend und unaufrichtig war und erhofft sich nun mit Ahita das Glück, das ihm bisher verwehrt worden ist.

Ganini hatte, um schnell bei seiner Geliebten zu sein, den direkten Flug zum Flughafen Berlin-Tegel gewählt. Dort gelandet, besteigt er eine Taxe und stellt zu seiner Freude fest, dass zufälligerweise der Bruder des von ihm gelobten Konzertmeisters ihn aufnehmen kann.

Nach wenigen Minuten ihrer Fahrt fragt dieser: „Bitte sagen Sie, ist Ihnen bekannt, dass sich vor Ihrer Villa ein Unglücksfall ereignet hatte?"

„Vor meiner Villa? Nein! Was ist dort passiert? Wissen Sie mehr über diesen Fall?"

„Na ja, genaues weiß ich auch nicht, Sie wissen ja, die Gerüchteküche!"

„Wurde jemand getötet?"

„Ja, das ist eine undurchsichtige Sache, das Opfer soll ein Mann gewesen sein, aber ob das stimmt?"

Nun rast Ganinis Gehirn so, als würde er ein ganzes Violinkonzert herunter spielen. Er will schnellstens Ahita sehen. Er wird ungeduldig, zumal sich das Fahrzeug im üblichen Stau des Jakob-Kaiser-Platzes befindet. Erst nach langer Zeit fließt der Verkehr wieder normal. Ursache war eine Absperrung zugunsten diplomatischer Aktivitäten.

Nun geht es schnell bis zur Ausfahrt, von dort über den von ihm ungeliebten Kreisverkehr Halensee, dort, wo sich immer noch auf dem Bürgersteig sein beschädigtes Fahrzeug befindet.

An seiner Villa angekommen, verlässt er das Taxi und bedankt sich mit einem fürstlichem Trinkgeld für die Information. Der Wachmann grüßt und dessen Schäferhund beschnuppert ihn kurz, aber ansonsten ist keine besondere Auffälligkeit zu bemerken. Nach mehrmaligem Klingeln öffnet er mit seinem eigenen Schlüssel die Tür. Eigentlich hatte er einen stürmischen Liebesempfang erwartet, aber alles ist ruhig. Sehr besorgt und vorsichtig geht er suchend durch alle Räume. Nirgendwo ist von Ahita eine Spur zu finden. Er wird ungeduldig, ruft mehrmals: „Ahita, Ahita!"

Aber sie gibt keine Antwort.

Er durchsucht das ganze Haus. Nachdem er nirgendwo eine Spur seiner Geliebten findet, öffnet er die Tür zum Kellerraum und erst dort empfängt sie ihn völlig verängstigt. Sie hatte sich nach dem Vorfall dort verschanzt, kaum etwas gegessen, geschweige sich mit frischer Kleidung versehen. Während sie vor Kälte an allen Gliedern zittert, fällt sie ihm schluchzend in die Arme und küsst ihn so heftig und ausdauernd, dass auch aus seinen Augen Tränen fließen. Er umarmt sie, gibt ihr das Versprechen Berlin umgehend zu verlassen und mit ihr gemeinsam in sein Schweizer Haus umzuziehen. Das beruhigt sie, denn nun ist ihr klar, er wird sie nie mehr verlassen wollen. Alle Strapazen des vergangenen Tages sollen nun vergessen sein, in dem sie nur noch bemüht ist, ihn unendlich glücklich zu machen.

Sie lächelt auch schon wieder und reicht ihm wortlos ihre „Hamal". Er kann sich diesem Angebot nicht entziehen. Folglich genießen sie dieses Zaubergebäck und beginnen mit einem Glas Wein eine erneute teuflische, beide glücklich machende Nacht!

Diese war außer gewöhnlich lang, so dass sie erst mittags darauf aus ihrem Schlaf erwachen. Die Sonne erstrahlt mit mächtigster Kraft. Nun erst ist Ahita in der Lage, den wahren Ablauf des Vorfalls zu erzählen: „Aruk hatte mich überfallen, wobei der herbeieilende Hund des Wachmannes ihn unabsichtlich tötete. Aber wir sind seitdem gefährdet. Überall sehe ich Männer, die durch ihre Verhaltensweise als sehr Strenggläubige erkennbar sind. Einige dieser ehrbaren Herren beneideten Aruk und würden sehr gern an dessen Stelle treten, mich also gern als ihre Ehefrau betrachten wollen. Ich bin sehr begehrt. Deshalb glaube ich auch nicht, dass sie uns bei Verlassen des Grundstücks überfallen und mich entführen werden. Auszuschließen ist allerdings nicht, dass sie einen aus ihrer vorgegebenen Denkweise zu bewertenden „Ungläubigen" heimtückisch ermorden könnten. Du bist also weitaus gefährdeter als ich!"

Ohne sie zu unterbrechen hatte Ganini ihr zugehört. Da er es gewohnt ist, auf der Bühne zu stehen und sich auch furchtlos der kritisch fragenden Presse zu stellen vermag, fasst er einen mutigen Entschluss: „Ich werde mit meiner während der Studienzeit benutzten Violine auf die Straße treten und etwas spielen."

Er probt kurz eine soomlemische Komposition, die er während seines Konzerts gemeinsam mit dem UD-Spieler erfolgreich vorgetragen hatte.

„Ahita! Komm bitte! Wir werden uns gemeinsam auf der Terrasse zeigen!"

Unbeeindruckt von seiner Befehlstonart folgt sie ihm, von seiner Hand geführt.

Dort oben haben sie einen guten Überblick und sehen drei herumstehende männliche Personen aufpassen. Mit seiner Violine spielt Ganini arabische Melodien. Die Männer hören und schauen zu ihnen herüber. Sie sehen den spielenden Virtuosen, aber auch Ahita, die viel zu gefährdet das Haus nun nicht mehr verlassen darf. Deshalb begibt sich

Ganini allein zunächst in den Vorgarten, geht weiter auf die Straße und spielt dort in einem fort soomlemische Klänge. Es begegnet ihm der Wachmann mit seinem Schäferhund, der an Stellen der für ihn unangenehm zu lauschenden Töne leicht zusammen zuckt. Neugierig kommen ein paar staunende Schulkinder auf Ganini zu. Dieser unerwartete Begleitschutz veranlasst ihn, auf einen der Aufpasser zuzugehen.

Er schaut diesem direkt in die Augen und fragt dem verdutzt Reinschauenden: „Haben Sie eine Internationale Erlaubnis, die es Ihnen gestattet, auf dieser Straße zu stehen? Sie sollten sich sofort zurückzuziehen, denn Sie befinden sich hier auf neutralem Schweizer Territorium!"

Aber der Mann antwortet nicht, offensichtlich hatte er Ganini nicht verstanden. Folglich geht dieser, weiterhin arabische Klänge spielend, zu einem der anderen Aufpasser, um seinen Trick mit dem Schweizer Territorium zu wiederholen. Aber dieser und auch der Dritte Mann rühren sich nicht von der Stelle.

Auf dem Rückweg, bereits kurz vor seiner Villa, kommt ein Polizeifahrzeug auf ihn zugefahren und hält vor ihm.

Im gelernten Sprachgebrauch klingt zu ihm herüber: „Hören Sie sofort mit dieser Lärmbelästigung auf!"

Ganini lächelt, da mit Erscheinen des Polizeiwagens sich die drei Aufpasser genötigt sehen, blitzschnell ihre Standorte zu verlassen. Beiläufig sagt Ganini zum Beamten nur: „Entschuldigung!"

Der Polizeiwagen verlässt darauf hin den Ort der Amtshandlung. Die Kinder gehen ihren Weg und Ganini geht beschwingt und sehr entspannt zurück in seine Villa, von deren Fenster aus Ahita sein Experiment beobachtet hatte.

In einer Seitenstraße nahe des Joseph-Joachim-Platzes parkt eine dunkle Limousine. Wenige Meter entfernt stehen mit unauffälligem Verhalten, aber äußerlich gleichförmig gekleidet drei männliche Personen. Sie sehen sich an und schweigen. Dann gehen sie, ohne miteinander zu reden, wenige Schritte und besteigen das makellos gepflegte Auto.

Sie fahren zu ihren Glaubensbrüdern und betreten nach einer längeren Fahrt eine angemietete Wohnung, die ihnen gleichzeitig auch als Gebetsraum dient. Von den dort Anwesenden ist ein großer Anteil, vor allem ältere Männer, des Lesens und Schreibens unkundig.

Die drei Ankömmlinge erläutern das bisherige Geschehen, erwähnen auch Aruks Tod und das danach Gesehene:

Der Erste informiert: „Ahita ist im Haus des „Ungläubigen." Jeder von uns hatte sie einwandfrei auf der Terrasse identifizieren können!"

Der Zweite sagt aus: „Das Haus, sowie auch die angrenzenden Straßen sind angeblich Schweizer Territorium, ich wurde aufgefordert, mich zu entfernen!"

Der Dritte begründet den Entschluss, ihren Standort zu verlassen: „Es kam die deutsche Polizei!

Außerdem fühlten wir uns von der auf der Violine gespielten Musik beleidigt, die soomlemischen Ursprungs nur von gläubigen Soomleme gespielt werden darf – es waren Klänge heiliger Musik."

Nicht alle Anwesenden hören den Mitteilungen der drei Männer zu, das Interesse daran bleibt auf besonders streng Gläubige beschränkt. Sie reden nicht offen darüber, aber allen ist die Beurteilung und mögliche Konsequenz des Vorfalls klar.

Zur Mäßigung mahnt ein erfolgreich tätiger Arzt mit den Worten: „Frauen sind in diesem Land gleichberechtigt, egal welcher Nation oder Religionsgemeinschaft sie angehören. Und dieses Recht sollte auch Ahita zugestanden werden."

Nun prallen die Meinungen aufeinander: Ein Gläubiger

schreit laut und für alle sehr vernehmlich: „Verrat! Tod allen Ungläubigen!"

Der Arzt schaut diesen Mann ins Gesicht und sagt: „Aber, aber! Ausgerechnet Du, der wegen seiner Gesundheit von mir in eine Klinik verlegt wurde, in der nur Christen tätig sind und diese Dein Leben retteten. Deine Meinung wird Gott nicht hören wollen!"

Die Aussage des von allen sehr geschätzten Arztes verblüfft sie. Im Raum herrscht nun Todesstille. Es besteht eine gewisse innerliche Unruhe, so dass erst nach geraumer Zeit sehr zaghaft der Ruf zum Gebet erfolgt.

Während sich bei der Abstimmung die Mehrheit der Gläubigen tolerant zeigt und die Meinung des Arztes unterstützen, bleiben wenige Fanatiker der Ansicht, Ahita und der Ungläubige seien zu töten.

Ganini lächelt. Er hatte Glück, die Aufpasser sind verschwunden! Schon bevor er Ahita in seine Arme nehmen kann, sagt er: „Liebste! Wir verlassen Berlin!"

Er legt seine Violine auf den Flügel. „Bitte, zunächst trinken wir einen des schönsten Kaffee, der jemals in diesem Haus gekocht worden ist!"

„Ja ich weiß, der Soomlemische, umgeben von der schönsten Frau die jemals in diesem Haus leben durfte! Möchtest Du dazu auch meine „Hamal" genießen?" Mit dieser Frage hatte sie ihn unwiderruflich besiegt. Nun waren für ihn alle anderen Dinge nur noch unbedeutende Nebensachen, denn er konnte nicht anders antworten als: „Ja – bitte, auch für Dich!"

Eigentlich hätten sie diese kleinen, mit Puderzucker überzogenen Leckereien nicht mehr bedurft, denn ihre Beziehung war bereits so innig, dass eine weitere Steigerung kaum noch vorstellbar war. Dennoch: Ahita, die Göttliche, ließ keine Gelegenheit aus, ihn stärker abhängig zu machen!

Er sollte geradezu liebestoll werden, wenn er sie auch nur ansehen würde. Sie wusste bereits sehr genau, mit welcher Kleidung oder welchen Farben sie ihn betören konnte. So liebt er für sich den mittleren, nicht zu hellen, aber auch nicht zu dunklen Grauton. Dazu passend wählte sie ihre Kleidung in einfarbigen zarten, duftigen Nuancen mit Details komplementärer Farbtöne.

Sie hatte längst schon ihr Kopftuch und ihre andere Kleidung gegen modische Kleidungsstücke ausgewechselt, die sie bereits früher besessen hatte, und die nach ihrer Angabe von dem ihr bekannten Taxifahrer aus ihrer Wohnung geholt worden waren. Geschickt hatte sie alle ihr zur Verfügung stehenden weiblichen Register gezogen und den Kaffee nebst wichtigster Beigabe serviert.

Er bedankt sich stumm nickend und sagt dann: „Wir werden Berlin umgehend verlassen. Ich bestelle einen Transportwagen für Kunstgegenstände. Für meine wertvollen Instrumente werde ich Behälter anfordern, so groß, dass Du Dich vorübergehend hineinsetzen kannst. So kennt niemand mehr Deinen wahren Aufenthalt.

Nachdem der Wagen sich in Bewegung gesetzt hat kannst Du dann dein Versteck verlassen und mit dem Sicherheitstransporter weiter zur Schweiz fahren. Ich veranlasse alles Weitere von hier, sodass Du ohne Schwierigkeit in die Schweiz einreisen kannst. Hier ist meine Anschrift und die Schlüssel zu meinem Haus."

Ahita nimmt Beides an sich und fragt zurück: „Wann soll ich fahren? Wann kommst Du nach? Was wird mit meiner Wohnung? Zudem muss ich mich auch noch bei der Klinik abmelden!"

„Morgen! Ich werde alles leichter organisieren können, wenn ich Dich in der Schweiz und damit in Sicherheit weiß! Und wenn wir alles erledigt haben, dann werden wir heiraten! Ich erledige das auch mit der Klinik. Dein Chef ist ein sehr großer Musikliebhaber, er kennt mich natürlich! Es wird keine Probleme geben! Ist Dir das so recht?"

„Ja, natürlich, ich bin Dir sehr dankbar!"

Nun glühen ihre Augen, dann erfasst sie seine schlanken Hände und flüstert ihm ins Ohr: „Komm bitte, ich möchte Dir jetzt meine Antwort geben!"

Sie zieht ihn mit einer Leichtigkeit in die Richtung zu dem separaten Raum, der allein nur für diese zwei Liebenden bestimmt ist – in sein mit zartesten Blautönen ausgestattetes Schlafzimmer.

Die Liebesnacht hatte ihren Körper reichlich strapaziert. Noch im Halbschlaf liegend phantasiert sie von den vergangenen Ereignissen und der bevorstehenden Zukunft. Ihr Geliebter und zukünftiger Ehemann liegt, wegen der großen Hitze in der Nacht, nur zum Teil bedeckt unter seinem seidenen Oberbett.

Nun ordnet sie ihr schwarzes Haar, legt die längsten Strähnen zentriert zur Körpermitte. Ihre links und rechts liegenden wohlgeformten Brüste bilden sowohl einen farblich als auch raffiniert angeordneten plastischen Blickfang.

Lautlos nähert sie sich ihm, übersteigt den unter ihr liegenden Körper des Geliebten, ohne diesen berühren zu wollen. Nun lässt sie, ihn dabei stets mit triumphalem Blick beobachtend, seine Nasenspitze von ihren zentriert hängenden Haarspitzen berühren. Davon erschreckt springt er für sie unverhofft auf. Durch diese unerwartete Kraft fällt sie zur Seite, verliert das Gleichgewicht und fällt aus dem Bett, auf den harten, rotbraun gefärbten Holzfußboden.

„Aua! – ich habe mich an meiner Hand verletzt!"

Blitzschnell ist er bei ihr, hebt sie behutsam auf und befühlt ihren Arm nach einer möglichen Bruchstelle! Beruhigt stellen sie fest, dass lediglich nur eine Pellung leichterer Art vorhanden ist, die sich aus ihrer ärztlichen Sicht in einigen Tagen selbst erledigen wird. Er wünscht: „Bitte leg Dich wieder ins Bett und erhole Dich etwas! Ich werde das Frühstück vorbereiten und zwischendurch ein Transportunternehmen mit dem Verladung meiner wertvollsten Ladung beauftragen! Wir dürfen keine unnötige Zeit verlieren!"

Ahita umarmt ihn. Sie geht aber nicht zurück ins Bett, sondern begibt sich in das von der Sonne überflutete Licht der Terrasse. Sie hebt ihre Arme, reckt und dreht sich auf Zehenspitzen einer Tänzerin gleichend und vergisst darüber den zuvor bemerkten Schmerz an ihrer Hand. Dann sagt sie halblaut: „Ich werde in kurzer Zeit eine Schweizer Staatsbürgerin sein. Verheiratet mit dem weltberühmtesten Violinvirtuosen! Ich werde ihn teuflisch glücklich machen. In allen Konzertsälen der Welt soll für jedermann spürbar sein: Ganini ist der unübertroffene Violinvirtuose der Gegenwart!"

Ein dumpfes Geräusch, kurz, doch deutlich vernehmbar stört ihre weiteren Gedankengänge. Sie duckt sich, schleicht vorsichtig zwei Schritte vor und sieht auf einem Fahrrad sitzend jemanden, der mit einer kleinen unscheinbaren Waffe offensichtlich versuchte, sie zu erschießen. Mit schnellen Schritten eilt sie ins Haus, geht zur Küche, um Ganini vom Geschehen zu unterrichten: „Ich habe Angst! Eine Kugel verfehlte mich, vielleicht hatte ich deshalb Glück, weil ich mich auf der Terrasse tänzerisch bewegte!"

„Beruhige Dich, ich habe nichts gehört! Du bist noch von den Vorgängen des gestrigen Tages irritiert."

„Nein! Es war so wie ich eben gesagt habe, ich sah nach dem Schuss einen Mann auf einem davonfahrenden Fahrrad!"

„Gut, ich glaube Dir! Der Kunst-Transport wird in etwa drei Stunden hier sein, bis dahin werden wir alle notwendigen Vorbereitungen abgeschlossen haben und Du wirst diesen bedrohlichen Ort verlassen können! Ich liebe Dich und somit wirst Du auch mit meiner Hilfe, soweit es in meiner Macht steht, geschützt sein!"

Ahita weist auf die einzeln in einer Vitrine hängende Violine und fragt: „Warum ist diese besonders wertvoll?"

„Das ist eine Stradivari! Der Meister lebte um 1700 n. Chr. in Italien und gilt als der größte Geigenbaumeister der Weltgeschichte. Stradivari entwickelte eine eigene Form der Geige mit hellem, großem und vollem Klang, dessen technisches Geheimnis bis heute nicht restlos geklärt werden konnte. Von seinen Instrumenten sind heute noch wenige Violinen erhalten, deren Wert unschätzbar geworden ist. Er starb 1737 und wurde, kunstgeschichtlicher Angabe zufolge, dreiundneunzig Jahre alt."

„Ist diese Geige Dein Eigentum? Wenn sie so wertvoll ist, wird sie doch auch sehr viel Geld gekostet haben?"

„Ja – sie gehört mir! Ich musste damals etwa eine Millionen Dollar zahlen! Derartige Instrumente haben einen großen Seltenheitswert und sind nicht jederzeit auf dem Markt erhältlich."

„Hattest Du eine Bank überfallen? Wer hat schon so eine große Menge Geld verfügbar?"

„Nein, nein – ich erhalte für meine Konzerte sehr viel Geld, weil ich als Virtuose auch Außergewöhnliches leiste. Es gibt genügend reiche Musikliebhaber, die sich meinen Auftritt etwas kosten lassen, vor allem in Amerika!"

„Sind alle deine Geigen so wertvoll?"

„Nein, diese hier ist eine Amati, er war Lehrmeister des Antonio Stradivari."

„Woher weißt du das?"

„Innen auf dem Boden des Geigenkörpers ist ein kleiner Zettel als Zertifikat mit dem Herstellungsdatum und der Unterschrift eingeklebt. Diese Violine ist aber etwa nur fünfhundert Dollar wert, denn sie stammt nicht von Amatis eigener Hand, sondern wurde Anfang des neunzehnten Jahrhunderts nachempfunden und lediglich in Serie hergestellt. Sie würde aber bei einem Verkauf dennoch einen höheren Wert erzielen, weil sie aus meinem Besitz stammt und auch wieder nur deshalb, weil ich sie jahrelang spielte. Irgendwann werden Liebhaber sie besonders schätzen, aber gegenwärtig hat sie lediglich nur einen ideellen Wert."

Ein relativ unscheinbar aussehendes Fahrzeug stoppt vor der Villa. Es ist der für außerordentlich hoch zu versichernde Kunstgegenstände ausgerüstete Sicherheitstransporter, deren Wachmänner Schusswaffen besitzen. Einer von ihnen verlässt vorsichtig, sich nach allen Seiten umsehend, den Wagen. Offensichtlich hatte Ganini ihn entsprechend vorinformiert. Da keinerlei Verdächtiges erkennbar ist, öffnet er die seitlich zu öffnende Tür, um zunächst einen kleinen blitzblanken, mit Rollen versehenen Stahlbehälter zu entladen. Er schiebt diesen zum Gartentor, wo ihn Ganini erwartet. Nur kurz ist die Begrüßung, alles soll möglichst zügig vonstatten gehen. Mit selbstbewussten männlichen Schritten durchqueren sie den Garten, um anschließend im Musikzimmer die wertvolle Ladung verpacken und zu sichern.

Ahita beobachtet den Vorgang sehr genau, denn sie weiß, dass auch sie als ein ebenso teures, für Ganini vielleicht sogar das wertvollste Instrument geworden ist, dass er inzwischen leidenschaftlich zu spielen versteht. Ihr ist das nur recht, denn sie konnte seiner musikalischen Leidenschaft inzwischen göttlich Liebendes hinzufügen. Sie beobachtet alle Verpackungsvorgänge sehr genau und fühlt sich zunehmend sicherer. Noch erscheint es ihr aber unverständlich, wie sie das Haus unbemerkt verlassen kann, da alle bisherigen Behälter viel zu klein für einen menschlichen Körper erscheinen. Sollte sie sich wirklich so zusammen kauern müssen? Etwa in der Art, wie es seinerzeit bei Fluchtversuchen an der innerdeutschen Grenze vorgekommen sein soll? Na ja, sie würde es schon schaffen. Sie geht in das Schlafzimmer, befühlt ihre Glieder, winkelt die Arme an und hockt sich probehalber zusammen. Sie vernimmt ein leises Lächeln. Ganini war ihr gefolgt, glaubte er doch, dass sie sich zum Abschied nochmals mit einem Stück Hamal vergnügen und dann erst Abschied nehmen könnten. Aber die Zeit drängt. Er hebt sie auf, dann küsst er sie mit einer derartigen Leidenschaft ohne zu bemerken, dass der Wachmann des Transporters schmunzelnd daneben stehend das Geschehen genüsslich beobachtet. Dann sagte dieser bestimmend: „Gnädige Frau, es ist Zeit, der für Sie vorgesehene Behälter steht bereit."

Ahita zuckt kurz zusammen, fasst sich dann und schaut Ganini zärtlich an. In seinen Augen entdeckt sie eine dem Wasser des Mittelmeeres ähnliche Feuchtigkeit und damit weiß sie nun sehr genau, dass er ihr immer gehören wird. Sie lässt ihre schlanken Arme senkrecht herabfallen und geht, ihren Körper gerade haltend dorthin, wo der Sicherheitsbehälter sie aufnehmen wird. Dieser erscheint ihr ungewöhnlich groß, weil er eigentlich für den Transport einer Bassgeige bestimmt ist. Innen befindet sich ein kleiner klappbarer Hocker auf den sie sich setzen kann.

Ganini hatte an alles gedacht, um seine vielgeliebte Frau in die sichere Schweiz und damit in seine dortige Villa bringen zu können. Dennoch befällt Ahita eine große Angst, denn sie befürchtet, im verschlossenen Behälter nicht ausreichend Luft einatmen zu können. Der Sicherheitsmann aber weist auf ein kleines aus Silikon bestehendes Röhrchen im Innern des Behälters, welches mit einer entsprechenden Öffnung nach Außen versehen in den Mund genommen, ausreichend Atemluft garantiert. Die Erklärung beruhigt sie und sie nimmt darin Platz. Nachdem die Tür verschlossen ist, rollt der Behälter zum Sicherheitsfahrzeug und wird dort gegen Erschütterungen abgesichert. Dann bewegt sich das

Fahrzeug langsam vorwärts, wobei Ganini wehmütig die vorübergehenden Trennung betrauert.

Mit gesenktem Kopf schreitet er zu seiner Gartentür. Dort steckt ein Zettel mit unbeholfen geschriebenem Text: „Ahita tot! Ungläubiger wird mordet!"

Warum hatte ich diesen Zettel bisher nicht gesehen? Wer war hier? Hat alle Vorgänge beobachtet? Was wird aus Ahita? Angst überwältigt ihn, nicht um sein Leben, sondern um das seiner geliebten Frau, die von religiösen Fanatikern verfolgt wird. In panischer Angst läuft er in sein Haus und bittet per Funk seinen inzwischen befreundeten Taxifahrer flehend um Hilfe.

Währenddessen empfindet Ahita Todesqualen in der Enge des Stahlbehälters, der sie doch eigentlich retten soll. Sie schnappt zunehmend nach Luft, sie gerät in Panik, aber niemand kümmert sich um sie. Warum auch? Man wird sie ersticken lassen, denn ein Mitglied der Sicherheitsfirma hatte das Vorhaben verraten, denn er fühlte sich als Soomlem der Tradition verpflichtet. Er hatte, damit die wertvolle Kunstladung ungefährdet bleibt, seinen Kollegen empfohlen möglichst langsam zu fahren um so das Ziel sicher zu erreichen. Aber jeder von ihnen sah das Ziel anders: Das Ziel des Fanatikers ist der Tod von Ahita, dagegen ist das Ziel seiner religiös unbedarften Kollegen die Sicherung des wertvollen Ladeguts.

Völlig ermattet fantasiert Ahita im dunklen Raum des Stahlbehälters. Ihr Geist lässt die vergangenen Tage ablaufen und sie nimmt natürlich nicht wahr, dass der Sicherheitstransporter von mehreren Berliner Taxifahrern gestoppt wird. Per Funk hatte sich die lebensgefährdende Situation Ahitas verbreitet und als sich dann ihr todbringender Stahlbehälter öffnet, ist sie vom Licht geblendet. Gelegentlich blitzt an einer Stelle etwas Helleres auf, dort ein roter Blitz, anderenorts ein gelber Fleck, dann ein blauer Lichtschein, ähnlich ihrer geliebten blauen Kleidung. Sie nimmt auch einen grauen Farbton wahr, den sie schon einmal gesehen hatte. Sie tastet sich voran, vernimmt einige Worte ohne sie verstehen zu können. Auch eine erste Berührung bleibt für sie unbemerkt. Sie glaubt, nicht mehr auf dieser Welt zu sein. Als sich ein Atem nähert, der anschließend ihre Lippen erreicht, sackt sie in sich zusammen und flüstert: „Hamal".

Die Taxifahrer, ihre Retter, fragen nach dem nichtverstandenem Wort.

Ganini schreit laut: „Hamal bedeutet Schafsbock und ich bin der ihre!"

Verunsichert, ob man nun lachen, weinen, oder vielleicht auch ihr Schafsbock sein möchte, verbleiben alle stumm. Aber Ahitas Leben war gerettet. Inzwischen ans Tageslicht gewöhnt, erwacht ihr weiblicher Sinn. Sie sieht Ganini und schreit laut mit gleichzeitigem Ausbreiten ihrer Arme: „Hamal, ich hab dich wieder."

Wegen des aufgetretenen Verkehrsstaus ist inzwischen auch die Polizei tätig. Die Fahrbahn wird zwar sofort für den Verkehr freigemacht, aber zu einer vernünftigen Lösung des anstehenden Problems kommt es nicht. Es wird sinnlos diskutiert. Die Polizei lehnt ein sicheres Geleit bis zur Schweizer Grenze wegen unzureichender Kompetenzen ab. So haben Frauen gelegentlich geniale Ideen, wenn diese nicht selbst finanziert werden müssen. Also bittet Ahita alle anwesende Taxifahrer bis zur Schweizer Grenze als Sicherheitsgeleit mitzufahren. Ganini erweitert ohne Bedenken: „Bitte begleiten sie uns bis zu meiner Villa in St. Gallen. Dort erhalten Sie ihre Ausfallzeit und Betriebskosten in doppelter Höhe von mir ausgezahlt!"

Glücklich fügt er hinzu: „Ahita ich liebe Dich, dieser Vorschlag konnte nur von einer klugen Frau kommen!"

Stille! Ratlosigkeit bei den Taxifahrern. Nicht jeder ist selbstständiger Taxifahrer. Andere haben ihre Familien oder andere Verpflichtungen. Das Zögern auf sein Angebot verunsichert Ganini.

Ahita beginnt zu weinen, ihre Wangen verändern sich zu einem Weiß über denen eisblaues Wasser zu fließen scheint.

Verunsicherung nun auch bei den anwesenden Taxifahren, sie diskutieren und so meldet sich ein dunkelhäutiger, fast schwarzer Mann, aus dessen Gesicht blankweiße Augen blitzen, die denen eines Panthers entsprechen. Ahita schreckt zurück. Aber es strahlt aus dieser Dunkelheit eine leuchtende Zuverlässigkeit, die Ganini tief berührt. Dann wendet sich der Schwarze an seine Taxikollegen und sagt: „Diese Menschen sind in Gefahr!"

Mit seiner linken Hand weist er auf Ahita. „Wir dürfen sie nicht schutzlos lassen. Bitte, ich kenne diese Gefahren und Not aus meinem Land. Ich musste ebenfalls aus religiösem Grund fliehen, weil ich Christ bin und habe erst hier meine Sicherheit und Liebe gewonnen, bitte, helfen wir gemeinsam!"

„Nigger halt die Klappe!" ertönt es aus dem Hintergrund.

Nun erscheint der Kreis der Gefährdeten sich um eine Person erweitert zu haben. Irgend jemand beantwortet den Zwischenruf: „Es gibt unter uns genügend Irre, die auch ihre Klappe halten sollten!"

Diese Zwischenrufe werden aber der gegenwärtigen Situation nicht gerecht, da sie ausgerechnet von jemanden kommen, der während seiner Kriegzeit an vorderster Front menschlicher Verachtung mitgewirkt hatte. Ihm ist nicht bekannt, dass einer seiner Kollegen viele Jahre seines Lebens im Konzentrationslager verbracht hatte. Deshalb geht dieser auf den Verursacher der Zwischenrufe zu und stellte ihn zur Rede: „Wir haben Sie bisher in unseren Taxikreisen toleriert, obwohl vielen von uns Ihre Vergangenheit bekannt ist. Ich war in dem Lager inhaftiert, in dem Sie tätig waren, was die Tätowierung unter ihrem Arm bestätigt und Sie auch als ehemals Angehörigen der SS kenntlich macht."

Der Angesprochene schreit laut: „Das ist nicht wahr, ich war nie in einem Konzentrationslager tätig. Halt die Klappe, Du Verleumder, das lasse ich mir nicht gefallen."

Nun kommt von seitwärts ein weiterer dunkelhäutiger Taxifahrer hinzu: „Du bist ein ehemaliger SS-Wächter, so ein

Verbrecher bist Du? Nimm sofort das Wort Nigger zurück und verwende es nie mehr."

Er erhebt seinen Arm, aber der ehemalige SS-Mann wendet sich geschickt ab, lässt den Schlag ins Leere laufen, das überrascht alle Anwesenden. Das höhnische Gelächter des früheren Menschenschänders veranlasst den Entwürdigten zu handeln. Mit kräftigen Händen ergreift er den Hals des Übeltäters, umklammert ihn, scheint ihm die Luft zuschnüren zu wollen.

„Halt, nein, das ist er nicht Wert," ruft der ehemalige Häftling dazwischen, nimm die Hände von seinem Hals."

Der Aufforderung folgend versetzt ihm im Moment des Ungeschützseins sein Kontrahent einen Tritt in den Unterlaib, genau dorthin, wo das männliche Körperteil besonders empfindlich ist. Sich krümmend, nach Luft schnappend, hilflos, fast flehentlich sich dem Kreis seiner sich passiv, untätig verhaltenden umstehenden Kollegen zuwendend, erhält er Hilfe durch einen mächtig großen Mann.

Als ein in Gefangenschaft geratener Soldat war dieser für Verbrechen der SS bestraft worden, obwohl er, nachdem seine Einheit zerschlagen, nur per Zufall in die Reihen der SS hineingeraten war. Dennoch war er später bestraft worden und hatte viele Jahre als Holzfäller in Sibirien gearbeitet. Ohne zu zögern, als hätte er auf diesen Tag gewartet, ergreift er den ehemaligen SS-Mann und versetzt ihn mit sicherem Schlag ins Land seiner Träume, packt ihn dann in sein Taxi und befördert ihn in ein Krankenhaus. Nach diesem Zwischenfall wenden sich alle wieder Ganini zu.

Dieser, der mehr Honorar für einen Auftritt als Violinvirtuose erhält, als zusammen alle anwesenden Taxifahrer im Monat verdienen, macht nun ein konkretes Angebot: „Ich bitte vier Fahrzeuge, mich zu begleiten und garantiere diesen ein zusätzliches Jahreseinkommen von fünfzigtausend Euro! Auszuzahlen bei sicherer Ankunft in der Schweiz!"

Plötzlich wollen es mehr als vier Fahrzeuge sein.

Ahita fragt ihn: „Was nun? Hast Du soviel Geld, um alle bezahlen zu können?"

Ganini antwortet: „Ja, ich habe mehrere Millionen und kann alle Anwesenden entsprechend bezahlen! Wen wollen wir als Begleitschutz mitnehmen? Wähle sie bitte aus!"

Er gibt die Verantwortung an Ahita ab und sie wählt zuerst den schwarzen Mann mit seinen blitzenden Augen.

Dann sagt Ganini: „Bitte wähle auch unseren Freund mit dem roten Wagen!"

Ahita wählt natürlich auch ihn, um sich gleichzeitig bei Ganini zu entschuldigen, dass sie ihn nicht als Ersten ausgewählt hatte.

Nachdem sie weitere fünf Fahrzeuge bestellt hat wählt sie ein unscheinbar seitwärts stehendes Fahrzeug, in dem sich offenbar noch ein Fahrgast befindet. Der Fahrgast ist eine junge blonde Frau. Ganini erschrickt, aber er möchte Ahita nicht widersprechen und vor allem Erklärungen und eventuell entstehende Eifersucht vermeiden.

Nun haben sie zur Sicherung acht Fahrzeuge, von denen das Taxi mit der jungen Frau als Kritisch anzusehen ist. Ganini ahnt Böses. Kaum hat er diesen Gedanken gefasst, erscheint sein Taxifahrer-Albtraum, denn es ist seine erste Taxi-Bekanntschaft mit dessen „Tochter so schön."

Dieser sagt auch gleich: „Wir fahren zusammen und Du kannst Tochter, meine haben, ist schöne Frau und wir spielen dann in Villa Geige. Tochter ist schöner als Schwarzhaar – keine blauen Augen, nix so schön wie meine Tochter!"

Ahita staunt und wechselt einen scharfen Blick zu der blonden, gut aussehenden Frau etwa gleichen Alters. Beide sehen sich, besser giften sich schon wortlos an. Die Blonde, die schon Männer allen Alters und deren Größen, Breiten und sonstige Schwächen und Stärken kennen lernte fühlt sich offenbar der fast unschuldigen Ahita überlegen. Aggressiv wirft sie alle weiblichen Vorteile ins Gewicht: je mehr Ganini sie anschaut, umso mehr wird er offenbar von ihr verzaubert. Ahita, die eigentlich glaubte, während der langen

Autofahrt von vielen Männern umgeben, in ihr eine weibliche Stütze zu haben, ist nun völlig irritiert. Der Taxifahrer, Vater der blonden Schönheit, wagt es Ganini zu sagen: „Du nimmst „Tochter so schön" in Villa und ich nehme Schwarze für Kurfürstenstraße! Ist sicher für uns gutes Geschäft!"

Seine blonde Tochter triumphiert, als Ganini ratlos dasteht und den Eindruck erweckt als stelle er insgeheim fest, dass dieses Angebot für ihn billiger wäre, da sie ja nicht gefährdet ist und er keine Unsummen als Begleitschutz auszugeben brauchte. Sexuell würde er von ihrer weiblichen Erfahrung profitieren, sie würde sein Leben bequem und angenehm machen.

Wortlos stehen die ausgewählten Taxifahrer beisammen und erwarten endlich eine verbindliche Entscheidung, denn sie hatten Ahita bisher geschützt. Nie in seinem Leben wurde Ganini derart gedemütigt und voller Zorn, der ihm bisher völlig unbekannt war, geht er auf den Taxifahrer zu und schlägt ihn scheinbar ins Gesicht. Alle Anwesenden lachen, denn es war mehr ein streicheln, tasten, denn Ganini hatte bei aller Wut kurz zuvor noch Kontrolle über sich erlangt, an seine violinspielenden Finger gedacht und sie deshalb nur noch symbolisch gegen die Wange des unverschämten Menschen gesetzt.

Dieser antwortet: „So recht, ich nehme Schwarzhaar-Frau mit!" Dann packt er Ahita mit kräftiger Hand und zerrt sie zu seinem Taxi. Ahita schreit und weint, während die Blonde sich siegessicher auf Ganini stürzt und ihn mit unendlich währenden Küssen fast ohnmächtig macht. Sie ist derart ausgekocht im Umgang mit Männern, dass er sich ihrer kaum noch erwehren kann, deshalb auch, weil er stets an die Unverletzlichkeit seiner eigenen Finger denkt. Die Blonde hat das längst erkannt und droht: „Ich habe Deine zerbrechlichen Finger in meinen Händen, wenn ich jetzt keine Heiratszusage erhalte, werde ich Dir diese zerbrechen, Du weißt genau, dass Du niemals mehr eine Violine spielen könntest! Du hast das hoffentlich verstanden! Es gibt für Dich keinen anderen Ausweg mehr und solltest Du mich betrügen wollen, dann zerbreche ich Dir nicht nur Deine kleinen Finger! Ich lasse Dich jetzt los und dann wirst Du den anwesenden Taxifahrern mitteilen, dass wir heiraten werden und derjenige, der als Erster unsere Verlobung der Presse mitteilt, wird von Dir einhunderttausend Euro erhalten! Also gehen wir!" Nun ist offenbar ein vergnügliches verwirrend-belustigendes Schauspiel anzusehen, niemand denkt an die Gefahr, in der sich nun Ahita befindet und niemand greift in dieses für sie demütigende Spiel ein.

Nachdem Ganini aus den Klauen der Blonden entlassen wurde prüft er zunächst, ob seine Finger unverletzt geblieben sind. Dann wendet er sich an seine blonde „Tochter so schön" und fragt sie: „Darf ich den anwesenden Taxifahrern das mitteilen, was wir miteinander vereinbart haben?" Sie strahlt: „aber natürlich, ich wünsche es so und Du wirst demnächst genau das machen was ich sage, und denke dabei stets an Deine Finger, die armen so zerbrechlichen, also, bitte."

Liebe Freunde: „Wir werden heiraten, weil sie mir sonst meine Finger brechen würde! Bitte teilen sie das der Presse mit, der Erste dem es gelingt diese komplette Mitteilung zu verbreiten, erhält von mir fünfzigtausend Euro."

Sie schreit dazwischen: „Einhunderttausend Euro hatten wir vereinbart, das wird gezahlt!"

Ganini dreht sich zu seiner neuen Frau um, schaut sie zunächst an, küsst sie dann am Ohrläppchen. Sie lächelt und sagt: „Du lernst dazu und glaube mir, ich werde Dich noch restlos hörig machen!"

Er aber sieht seinen Freund, der sich wie eine Katze schleichend dem blonden Ungeheuer nähert und sie dann ergreift. Sie schreit laut auf, alle Anwesende sehen das weitere Schauspiel mit Vergnügen und lachen.

Nun hat sich das Blatt gewendet in dem er sagt: „Ich habe nicht nur Ahita aus den Klauen Deines Vaters befreit, er ist inzwischen wegen Entführung verhaftet. Dich erwartet ähnliches wegen Erpressung!"

Die Blonde tritt um sich und schreit, wehrt sich mit all ihr bekannten Mitteln. Da tritt der Schwarze, aus Afrika stammende Taxifahrer auf sie zu und schaut sie mit seinen weißen herausstechenden, pantherähnlichen Augen an und sagt: „Aber Lämmchen, kennst Du mich doch, Du bist doch meine Geliebte von der Kurfürstenstraße und hast mir ewige Lust versprochen! Du willst mich verlassen, also Dein Versprechen brechen und mich betrügen? Zur Strafe sollte ich Dich in ein Bordell bringen, in meiner Heimatstadt gibt es kein Geld für das, was Männer von Frauen verlangen und diese Männer verlangen sehr viel. Blonde Frauen überleben das nur ein Jahr. Also mein blondes Glück, sei froh, dass ich Dich retten kann."

Er fasst sie mit fester Hand an, womit sie sich sogleich seinem Willen fügt. Dann führt er sie zu seinem Taxi und verzichtet auf den von Ganini angebotenen lukrativen Arbeitsauftrag bei sicherem Geleitschutz bis zu seiner Villa in der Schweiz.

Aus einer Entfernung von wenigen Metern hatte die befreite Ahita das Geschehen verfolgen können und auch alle Worte verstanden. Sie wusste nun, dass ihr alles geliebter Ganini in einer verzweifelten Lage gewesen war.

Sie hatte aber auch durch die Methoden der blonden Frau dazu gelernt und wusste nun um den Wert seiner zerbrechlichen Finger, würde sie diese erpresserische Methode wohl auch jemals einsetzen müssen?

Ganini dreht sich um und fragt Ahita fast ängstlich, verunsichert und in der Wortwahl völlig unverständlich für die Außenstehenden: „Wann gibt es wieder Hamal?"

Ahita bleibt stumm und denkt dabei an zwei Werte zu ihren Gunsten: Zerbrechliche Finger und Hamal. Sie küsst ihn kurz als fürchte sie, dem Vergleich mit der blonden Frau nicht standhalten zu können und antwortet deshalb ausweichend: „Wir wollen schnellstens mit nur sechs Begleitwagen nach St. Gallen fahren, dann wird alles wieder gut!"

Die ausgewählten Beleitfahrzeuge formieren sich. Das Sicherheitsfahrzeug wird von zwei Taxifahren begleitet. Ahita und Ganini sind dagegen seitwärts von zwei Fahrzeugen, sowie hinten und vorne von je einem Taxi gesichert.

Mit ruhiger gleichbleibender Geschwindigkeit geht es über die Autobahn vom Berliner Ring in südliche Richtung nach Leipzig. Die Mittagssonne hat bereits ihren höchsten Stand überschritten und wandert langsam gegen Westen. Ahita, die wegen ihres zarten Körperbaus weniger robust ist, kann der vorangegangenen Strapaze nicht viel entgegensetzen, sie ermüdet zusehends, hebt ihre langgestreckten Beine genüsslich zur Seite, bedeckt ihre wunderschönen Augen mit einem hellblauen seidenen Tuch und schläft ungestört ein. Gelegentlich glaubt sie sich immer noch verfolgt und schrickt zusammen. Ganini, der neben ihr sitzt, rührt sich dagegen kaum. Er umfasst gelegentlich mit seinen zarten Fingern ihre Wade so gefühlvoll, als würde er aus seiner Stradivari die klarsten und zauberhaftesten Töne hervorholen wollen.

Im Unterbewusstsein verspürt sie die liebevolle Berührung ihres zukünftigen Mannes. Sie fühlt sich behütet und lächelt ein wenig, obwohl der Schlaf sie fest im Griff zu haben scheint. Der Wagen wird von sicherer Hand ihres befreundeten Taxifahrers gelenkt. Dieser würde sehr gern mit Ganini über seinen Bruder, dem Konzertmeister sprechen, aber andererseits auch nicht Ahitas Schlaf stören wollen. Ganini legt nun seinen Kopf zurück und lässt vor seinem Inneren Auge die vergangenen Stunden nochmals ablaufen.

Währenddessen ist Nürnberg erreicht und die Autobahn verläuft nun genau in westliche Richtung. Die langsam niedergehende Sonne blendet, erschwert das Fahren. Aber diese naturgegebene Strapaze weilt nur eine kurze Zeit, der neue Autobahnabzweig verlässt die Himmelsrichtung West und der Anschluss verläuft erneut in südliche Richtung bis nach Lindau am Bodensee.

Als Ahita wegen des Haltens an der Grenze ihre Augen aufschlägt, ist es bereits sehr spät am Abend. Die Sonne ist hinter den Bergen verschwunden und der Bodensee schimmert warm aber gräulich bei wellenloser Glätte der Wasseroberfläche.

Ganini hatte sich während der Fahrt kaum bewegt, um seine geliebte Frau nicht aufzuwecken. Dankbar setzt Ahita ihre Beine herunter, lehnt ihren Kopf an seine Schulter und flüstert leise: „Wie lange dauert die Fahrt noch? Wann sind wir zu Hause?"

Er lächelt wegen dieser Formulierung und antwortet: „Wir sind dann zu Hause, wenn wir zu einem Glas Wein auch unsere Hamal genießen können."

Ach ja: „Hier habe ich sie, sind wir jetzt zu Hause?"

Sie lächelt ihn derart liebevoll an, dass er sie bereits jetzt schon haben möchte, er greift danach, aber mit einem verschmitzten Lächeln zieht sie das begehrenswerte Gebäck zurück und küsst ihn stattdessen mit einem bisher noch nicht von ihm bei ihr entdeckten tiefgreifenden Gefühl, dass es ihm fast schwindelig wird.

Das glückliche Paar wird leider von der Frage des Taxifahrers unterbrochen: „Haben sie eine Schwester, die zu mir passen könnte?"

Alle drei lachen und Ahita beugt sich kurz vor und gibt dem verdutzten Fahrer einen Kuss auf die Wange, so dass dieser anschließend errötet.

Ganini sagt scherzhaft zu Ahita: „Wenn Du ihm auf der anderen Wange nochmals einen Kuss gibst, dann werden wir einen hochroten Sonnenuntergang erleben."

Allein diese Äußerung reichte aus, um seinen Kopf noch weiter erröten zu lassen.

Aber nun wird es wieder ernst, die Fahrt geht bei zunehmender Dunkelheit weiter. Ganini kennt diese Strecke, er ist sie sehr oft mit seinem silbergrauen Wagen gefahren, der ja leider noch in einer Berliner Werkstatt zur Reparatur bleiben musste. Bregenz ist nach kurzer Zeit erreicht und dann auch die Grenze zur Schweiz. Wegen schleppender Abfertigung kann der entstandene Stau nur langsam aufgelöst werden. Einer der Schweizer Zollbeamten erkennt Ganini und öffnet eine Sonderspur, die sonst nur den Limousinen der Diplomaten vorbehalten ist. Während der Weiterfahrt vernehmen sie klar und deutlich einige Takte eines Violinkonzerts. Ahita und der Taxifahrer staunen, aber Ganini sagt: „Es ist ähnlich wie in Hamburg auf der Elbe, dort werden Schiffe mit ihrer jeweiligen Nationalhymne begrüßt. Die Zollbeamten spielen diese Musik jeweils, wenn ich den Grenzübergang passiere, es ist eine liebenswerte Geste, für die ich sehr dankbar bin."

Nach einer kurzen Fahrzeit gibt Ganini das vereinbarte Zeichen zum Halt aller Fahrzeuge. Vor einem Hotel bleibt der Konvoi kurz stehen. Ganini geht hinein.

Nachdem er wieder zurück ist, sagt er zu seinen Begleitern: „Wenn Sie später meine Villa wieder verlassen, können Sie in dieser Nacht hier schlafen und morgen werden Sie hier auch das vereinbarte Honorar von mir bekommen."

Die begleitenden Taxifahrer begrüßen diesen Vorschlag. Ganini ergänzt noch: „Sie können sich auf besten Komfort verlassen, denn ich bin der Besitzer des Hotels."

Als Ahita ihn mit erstauntem Gesichtsausdruck ansieht, sagt er verschmitzt zu ihr: „Und hier bringe ich auch alle mich verehrenden blonden Frauen unter!"

Das scherzhaft Gemeinte war wohl zu viel für sie und im Affekt gibt sie ihm eine schallende Ohrfeige auf die Wange und flüstert ebenso zynisch: „Hoffentlich gibt es unter den Angestellten des Hotels genügend Schafsböcke, denn allein wärest Du sicher damit überlastet!"

Ganini reibt seine Wange, und dabei platzt es aus ihm heraus: „Dasha! Warum das?"

„Mascha" fragt Ahita erstaut „wer ist denn das?"

„Es ist nichts weiter."

„Nein, wer ist Mascha, das möchte ich jetzt wissen, oder versuchst Du für eine Ausrede Zeit zu gewinnen?"

Ganini winkt mit seiner Hand ab und schaut verärgert aus dem Autofenster.

In der zwischen Ahita und Ganini im Fahrzeug entstandenen gespannten Atmosphäre hinein bemerkt der Taxifahrer: „Mascha? Der Name kommt nicht so oft vor. Die Freundin meines geigenden Bruders heißt zufällig auch Mascha."

Nun spitzt Ganini seine Ohren, sollte es sich möglicherweise um seine ehemalige geliebte Cellistin handeln: „Die Freundin Ihres Bruders heißt Mascha?" „Ja, sie ist Cellistin und hatte soeben – na ja, mit Unterstützung meines Bruders – erfolgreich ihr Probespiel erfüllt und ist somit Mitglied des gleichen Orchesters geworden. Sie ist eine gebürtige Russin. Da sie auch sehr schön anzusehen ist, freut es mich für ihn um so mehr, nur sprachlich hapert es bei ihr noch ein wenig."

Ahita sieht Ganini fragend an: „Na, meintest Du vorhin diese Mascha, die Freundin des Konzertmeisters?"

„Nein, ich hatte nicht Mascha gesagt."

„Aber doch, wir hatten es Beide gehört."

„Nein, nein, ich hatte Dasha gesagt, das ist meine asiatische Reaktion auf unangenehme Vorkommnisse: wie Ohrfeigen versetzen oder andere Dinge. Ich sagte Dasha. Er war ein chinesischer Jazzmusiker der 20er und 30er Jahre, dessen Musik mich unangenehm berührte."

Diese Erklärung lässt im Innern des Wagens eine langandauernde Stille entstehen. Es vergehen viele Minuten. Gelegentlich schaut der Fahrer durch den Rückspiegel in die nervlich belasteten, angespannten Gesichter seiner Insassen, er aber selbst bleibt wortlos.

Ahitas Gehirn arbeitet, sie weiß nicht, wie sie sich nun verhalten soll. Sie empfindet seine Geschichte glaubhaft, zu einer Entschuldigung kann sie sich aber nicht durchringen. Die Fahrt geht zügig weiter. Sie ringt um Worte einer Entschuldigung, auf die er aus ihrer Sicht offensichtlich zu warten scheint. Sein Schweigen macht sie von Minute zu Minute unruhiger. Sie wendet ihren Kopf seitwärts, es hat den Anschein, als würde sie nur die wunderschöne Landschaft betrachten. Dann hebt sie ihre Arme, um diese gleichzeitig seitwärts auszustrecken, wobei sie Ganinis Hals berührt und presst mit zarter Stimme hervor: „Entschuldigung."

Er aber regiert nicht wie von ihr erhofft, denn in Gedanken ist er nun bei Mascha, seiner geliebten Cellistin aus früherer Zeit.

Zielsicher fährt der Wagen durch die inzwischen aufgekommene Dämmrigkeit. Die Berge werfen im aufkommenden Mondlicht ihre dunkelgrau-grünen und teilweise fast schwarzen Schatten auf etwas Parkähnliches mit einem großzügig errichteten Gebäude. Mit funkelnden Augen betrachtet Ganini die Silhouette seines lang entbehrten Anwesens. Er ist innerlich beunruhigt, kann das Erreichen des Haupttores kaum erwarten.

Plötzlich stockt der Wagen; neigt sich leicht nach vorn zur rechten Straßenseite und bleibt stehen. Ein ohrenbetäubender, noch niemals in dieser Tonlage vernommener Schrei erschüttert beide Männer. „Was ist geschehen?"

Ahita glänzte mit weiblicher Stimmgewalt. Der Taxifahrer deutet zur rechten Straßenkante, dort liegt ein riesiger Stein von einem Meter Durchmesser. Er ist pechschwarz, könnte ein Basalt sein. Keiner der Insassen des Wagens sagt etwas, sie schweigen mehrere Minuten.

Ganini fast sich zuerst: „Ich verstehe das nicht, mein feinfühlendes Gehör hätte doch einen mit großem Getöse herabrollenden Stein vernehmen müssen, oder lag dieser etwa bereits vorher schon auf der Straße?"

„Nein, nein, die Straße war völlig frei, wir hätten dieses gewaltige Hindernis nicht übersehen können."

Ahita stimmt der Meinung des Taxifahrers zu. Ganini nickt ebenfalls bejahend, obwohl ihm der gesamte Vorgang unerklärlich ist.

Nun ringen ein weibliches und zwei männliche Gehirne fieberhaft um die Lösung des Rätsels. Aber zu einem Ergebnis gelangen sie nicht. Sie berichten dem heranfahrenden Begleitpersonal, ihnen bleibt dieser Vorgang rätselhaft.

Ein lustiges: „Ha, ha, ha" schallt zu ihnen herüber, offensichtlich fühlen sich alle genarrt, denn sie sehen sich gegenseitig an, drehen suchend ihre Köpfe und entdecken einige Männer, die sich in dunkler, kaum sichtbarer Kleidung nähern. Ganini und seine Begleiter richten ihre Blicke auf die Ankömmlinge.

Der Wortführer der Herannahenden fragt: „Guten Abend, warum stehen Ihre Fahrzeuge hier?"

Ganini zeigt in die Richtung des Steins.

„Was meinen Sie? Ich sehe dort nichts.!"

Nun richten alle Beteiligten ihre Blicke dorthin, an dessen Stelle zuvor noch der riesige Basaltstein gelegen hatte.

Ahita sagt stotternd: „Dort, dort, lag ein riesiger, riesiger Stein, jetzt ist er fort."

Der Wortführer, der sich jetzt als Regisseur eines Filmes ausgibt schmunzelt vergnüglich, dreht sich zu seinen Leuten um und sagt: „Wunderbar, unser Experiment ist geglückt, der Stein erschien plötzlich auf der Straße und ist ebenso schnell wieder von ihr verschwunden."

Er wendet sich an Ganini und bittet ihn für dessen Ärgernis um Entschuldigung. Ganini nimmt zwar förmlich diese Entschuldigung an, aber so möchte er sich nicht abfertigen lassen. Ihn interessiert der gesamte technische Vorgang. Deshalb bittet er den Regisseur um detaillierte Angaben seines so wunderbar gelungenen Filmtricks. Der Regisseur zögert, er möchte sein Geheimnis nicht verraten. Nun drängelt sich Ahita ins Geschehen. Sie wendet sich an den Regisseur mit den Worten: „Ich glaube, Sie sind nur ein Wichtigtuer, der sich auf Leistungen anderer verlässt. Vermutlich kennen sie das wahre Geheimnis dieses Tricks selber nicht."

Sie lächelt ihn dabei so zauberhaft an, dass sich dessen Gesichtzüge verändern. Nun erkennt Ahita auch bei ihm ihre

„Weibliche Macht" und nähert sich ihm um wenige Zentimeter. Sie blickt ihm tief in die Augen und mit Erstaunen erleben seine Begleiter einen am gesamten Körper zitternden Regisseur. Sie flüstert ihm etwas ins Ohr, er nickt zustimmend. Angesichts dieses Vorgangs denkt Ganini – Teufelsweib, diese Ahita, offenbar hat sie mit allen Männern ein leichtes Spiel. Natürlich erinnert er sich an ihre erste gemeinsame Begegnung und deren Folgen. Aber was mag Ahita ihm nur ins Ohr geflüstert haben? Er wendet sich an den Berliner Taxifahrer mit der Frage: „Haben Sie Ahitas Worte verstehen können?"

Dieser verneint. Eifersucht befällt Ganini, er tritt an den Regisseur und an die vor ihm stehende Ahita heran, ergreift ihren rechten Arm und bittet sie zum Fahrzeug.. Aber der Regisseur hält die sich nicht wehrende Ahita fest und küsst sie wiederholt. Ratlosigkeit verbreitet sich, so dass Totenstille zu herrschen scheint, aber Ganinis außergewöhnliches Gehör vernimmt etwas, das stärker werdend sich der Menschengruppe nähert. Es sind kleine herabfallende Steine, ein in den Bergen oftmals vorkommender Steinschlag.

Schutzlos sind sie dieser überraschend aufkommenden Naturgewalt ausgeliefert und so trifft einer dieser nur etwa handgroßen Steine den Regisseur an seiner linken Schulter. Wenn dieser ihn auch glücklicherweise nur leicht verletzte, betrachtet Ahita diesen Vorgang als eine Mahnung Gottes und folgt Ganini wortlos. Die Gruppen trennen sich und ihrem Auftrag entsprechend folgen die Begleitfahrzeuge bis zum Anwesen Ganini.

Dort angekommen ist die aufregende und für alle sehr strapaziöse Fahrt beendet. Der Sicherheitstransporter wird in einer Garage abgestellt und diese verschlossen.

Morgen werden dann die Instrumente ausgeladen.

Die Begleitfahrzeuge fahren wie besprochen zum Hotel zurück. Nachdem auch der befreundete Berliner Taxifahrer sich verabschiedet hat, bleiben Ahita und Ganini allein in der Dunkelheit zurück.

Sie reden nicht miteinander, jeder schmollt und ist gleichzeitig über die unglückliche Situation verärgert. Während er mit seinem Schlüsselbund raschelt, geht sie wenige Schritte und entfernt sich dabei von ihm. Im Schatten beobachtet er, dass sie ihren Fuß etwas nachzieht. Hat sie sich verletzt? Nein, sie würde sicher etwas sagen, vielleicht auch stöhnen oder dergleichen, folglich bleibt er in seinem Schmollwinkel stehen. Sie aber denkt nur an die Tradition, dass er sie auf Händen über die Schwelle der Eingangstür tragen müsste. Also versucht sie den gewählten Trick zu erweitern und knickt vortäuschend leicht ein.

Nun ist er bei ihr, umfasst sie und sagt nüchtern: „Komm, wir gehen ins Haus."

Er stützt sie an ihrem Ellbogen, aber sie geht keinen Schritt vorwärts – hoffend, dass er sie nun auf Händen tragen würde, sagt sie: „Es geht nicht!"

Er aber bleibt stur wie ein Ochse auf der Schweizer Alm, der ein Stück Käse betrachtet, aber sie sackt, ohne dass er sie halten kann, völlig nieder und liegt nun flach auf dem mit Kieselsteinen belegten Weg.

Jetzt wird Ganini aktiv. Er hebt sie behutsam mit beiden Armen auf und trägt sie zum Hauseingang, öffnet mittels elektronischer Technik die Eingangstür und trägt sie in das obere Stockwerk, dorthin, wo sich ihr Schlafzimmer befindet. Er schaltet das Licht ein und sieht in ein strahlendes Gesicht. Verdutzt fragt er nach ihrer Verletzung. Sie weist auf ihren linken Fuß. Um die Schmerzstelle zu finden, tastet er vorsichtig verschiedene Stellen ab. Sie beobachtet ihn mit weiblicher List.

Plötzlich sagt sie: „Ja, hier ist es!"

Während er sich etwas beugt, erhebt sie kaum merklich ihren Oberkörper, fasst mit ihrer linken Hand seinen Hinterkopf und drückt seinen Kopf auf ihren Fuß.

Dann sagt sie: „Ja, so ist es gut, vielleicht wäre eine etwas feuchte Wärme hilfreich, bitte, küsse diese Stelle."

Er folgt ihrer Forderung, dann versteht er ihre Absicht und küsst beide Füße minutenlang.

Sie genießt das in vollen Zügen und bemerkt: „Mit etwas Rotwein und einem Stück Hamal wird mein Fuß morgen wieder geheilt sein."

Während er ins Erdgeschoss geht, um den Rotwein zu holen, entkleidet sie sich und drapiert ihre wunderschönen Haare in der Art, wie er es immer wieder zu sehen wünscht. Sie schließt ihre Augen, möchte nichts weiter sehen, nur noch seine Liebkosung spüren. Jeder von ihnen genießt nun die Ankunft in der Villa auf seine eigene Weise, aber ihr gefühlvolles Beisammensein macht beide unendlich glücklich und lässt die Gefahren und Strapazen der letzten Tage vergessen.

Ganini ist für seine Verhältnisse äußerst früh aufgestanden, um der Verpflichtung seiner versprochenen Honorarzahlungen nachzukommen. Im Safe seiner Villa liegt ausreichend Geld, welches er ungern der Kontrolle des Finanzamtes unterwerfen will – also steuerliches Schwarzgeld. Hier entnimmt er die errechnete Summe und begibt sich zu seinem Hotel, das von einem Vertrauten geleitet wird.

Während Ahita tief schlafend noch den süßesten Traum ihres Leben genießt, verlässt er unbemerkt von ihr sein Haus. Er benutzt das leiseste Fahrzeug, das ihm zur Verfügung steht, sein Fahrrad, welches ihn bergabfahrend in wenigen Minuten zum Hotel bringt.

Einige Taxifahrer schlafen noch, andere genießen bereits das Frühstück. Aber ihre Gespräche betreffen immer nur den Verlauf des gestrigen Tages und jeder von ihnen hofft, dass Ahitas Aufenthalt nicht entdeckt wird. Sie fürchten vor allem, dass sich die blonde Tochter ihres Kollegen rächen und den Aufenthaltsort ihrer schwarzhaarigen Konkurrenz verraten könnte. Möglicherweise wäre auch nach Ganinis öffentlichen Konzerten Ahitas neues zu Hause leicht auszukundschaften.

Als Ganini zu ihnen tritt, um das versprochene Honorar zu verteilen, werden ihm diese Bedenken freimütig mitgeteilt. Er bedankt sich nochmals für ihren Begleitschutz und begibt sich, das Fahrrad nun bergauf schiebend, zu seiner Villa.

Ahita öffnet die Augen, greift mit einer Hand zur neben ihr befindlichen Bettdecke des Geliebten, der aber nicht anwesend ist. Sie erhebt sich, schaut auf eine an der Wand hängenden, etwas kitschigen holzgeschnitzten Schweizer Uhr und öffnet die aus edlem Holz bestehenden Fensterläden. Ihr Blick gehört zunächst einem riesigen Berg, auf dessen Höhen sich der Schnee farblich kontrastreich gegen den inzwischen strahlend blauen Himmel absetzt. Sie reckt sich, betrachtet dabei das Anwesen aus der Vogelperspektive und beobachtet eine Frau im mit Kakteen bepflanzten Garten. Ihre kastanien-rotbraunen Haare sind lang und zu einem wunderschönen Zopf geflochten, der sich harmonisch in die Landschaft der Euphorbien einfügt. Sie ist noch jung, vielleicht fünfundzwanzig Jahre alt. Wer mag das sein? Er hat nicht erwähnt, dass er jemals verheiratet war, sogar eine Tochter hat. Aber nein, er ist nicht so alt, um eine erwachsene Tochter zu haben, wie dumm von mir, begreift sie, während sie sich gleichzeitig Gedanken macht, in welcher Aufmachung sie Ganini entgegentreten soll.

Von draußen hört sie ein herzliches Willkommen. Sie geht zum Fenster und sieht Ganini diese junge Frau umarmen. Sie gibt ihm einen kleinen, aber offenbar herzlichen Kuss auf seine Wange. Ahita sprüht vor Eifersucht und rennt halb angezogen über die mit einen mittelblauen Läufer belegten Treppe hinunter, um Ganini zur Rede zu stellen. Er ist glücklich sie zu sehen, bemerkt aber ihre blitzenden Augen, die nichts Gutes versprechen.

„Hallo, meine Teuerste!" ruft er Ahita entgegen.

Sie ruft von weitem: „Sag mir zuvor, wer das ist!" und rennt in den wunderschönen Garten, um sich ihrer vermeintlichen Konkurrentin zu nähern.

Ganini beruhigt sie mit einer leicht abwehrenden Handbewegung: „Darf ich euch miteinander bekannt machen?"

Ahita aber zeigt eine weitere Seite ihres Temperaments: „Wer ist das? Ich werde ihr die Haare ausreißen!"

Beide stehen sich nun gegenüber, die kastanienbraune junge Frau mit staunendem, unbefangenen Gesichtsausdruck, während Ahita mit Blicken um sich wirft, als würde sie sofort ein Todesurteil über sie sprechen wollen.

Beide betrachten sich einige Minuten gegenseitig äußerst kritisch. Der Gesichtsausdruck der jungen Frau mit dem herrlich geflochtenen Haarschopf verändert sich angesichts der ihr entgegen kommenden Aggression. Dann dreht sie sich um mit der Bemerkung: „dumme Gans" und geht ihres Weges, ohne der eifersüchtigen Ahita eines weiteren Blickes zu würdigen.

Ahita steht zunächst sprachlos da, dann dreht sie sich, um ihre Wut an Ganini auszulassen. „Was bildet sich diese, diese" – sie ringt nach dem richtigen Wort und sagt dann „dumme Kuh – eigentlich ein?"

Ganini kann sie nun endlich beruhigen: „Aber meine allerliebste, meine göttlichste, wunderschönste Frau, das ist mein und dein Wachpersonal. Sie ist bei der Schweizer Polizei tätig und für mein Anwesen verantwortlich. Diese junge Frau ist bewaffnet und arbeitet unauffällig als Gelegenheitsgärtnerin. Sie spielt auch etwas Geige, nicht besonders gut, aber sie freut sich daran, kleine Stücke von Haydn oder sogar Mozart zu spielen können. Ihr Name ist Lea und sie ist außerdem die Tochter meines Bruders, der nicht in St. Gallen, sondern in Zürich wohnt. Und was Dich als Kinderärztin interessieren wird: Lea hat eine drei Monate alte Tochter namens Debby.

Ahita ist so peinlich berührt, dass sie sich in den vor ihr liegenden weichen Rasen wirft, laut schluchzend weint und ruft: „Ich schäme mich so sehr wegen meiner Eifersucht, bitte verzeih mir!"

Plötzlich spürt sie auf ihrem Rücken einen Fuß, der sie niederhält mit nachfolgendem Befehl: „Sie sind verhaftet und begeben sich sofort in das Gefängnis des Herrn Ganini, dort werden sie eine lebenslange Strafe verbüßen!"

Nachdem sich der Fuß von ihrem Körper abgesetzt hat, kann Ahita sich umdrehen und ihrer Beschützerin Lea direkt ins Gesicht sehen. Sie weiß nicht recht ob sie weinen, sich mit ihren Armen das Gesicht verdecken, oder wieder umdrehend und für mehrere Stunden liegen bleiben soll. Dann aber entdeckt sie neben der Frau auch das Gesicht ihres vielgeliebten Mannes.

Beide lächeln und sagen im Gleichklang: „Sie werden jetzt der Aufforderung folgen!"

Ganini sagt noch: „Los! Aufstehen! Jetzt gibt es lebenslang Knast mit Hamal und Rotwein!"

Nun lacht die Nichte Ganinis wegen des Begriffs „Hamal".

„Was ist denn das?"

Triumphierend blickt die inzwischen aufgestandene Ahita auf Ganini und fragt: „Darf ich das weitersagen!"

Dieser zögert aber, möchte vor seiner Nichte Lea nicht als vollkommen ausgelieferter Liebessklave dastehen, dreht sich ab und verschwindet mit eiligen Schritten ins Haus.

Lea fragt Ahita: „Was hat er?"

Ahita erlangt nun endgültig Oberwasser und erklärt der Fünfundzwanzigjährigen: „Hamal bedeutet Schafsbock. Es ist ein unscheinbares, mit süßem Honig bestücktes Gebäck, das den Frauen unserer Gesellschaft die Kraft gibt, unsere sonst so selbstherrlichen Männern für uns gefügig zu machen! Es ist ein Teufelszeug und jeder Mann wird dadurch zum Lamm!"

Hallo: „Hat etwa mein Onkel von Dir diese Hamal bekommen?"

„Ja!"

„Und nun?"

„Wir werden heiraten und Kinder bekommen!"

„Und seine Karriere als Violinvirtuose?"

„Die wird er zwangsläufig aufgeben müssen, da ich diese Musik nicht ertragen kann!"

Nun schreit die kastanienbraune Lea und Nichte des Ganini: „Du bist ein Teufelsweib! Ich werde dafür sorgen, dass Derartiges nicht passiert!"

Ahita lacht nun laut: „Bitte frage ihn, ob er lieber Mozart spielen oder sich mit Hamalgenuß vergnügen würde?"

„Was, so weit ist das schon mit ihm?"

„Ja fast, er weiß es nur noch nicht! Aber er hat dadurch auch seine größten Erfolge als Paganini-Interpret erzielt. Nie spielte jemand das „Capriccio diabolico" so faszinierend wie er und das macht ihn glücklich und das ist mein Verdienst!"

„Allerdings!"

„Anahita bedeutet Schutzgöttin der Frauen und der Fruchtbarkeit. Als Liebesgöttin ist sie Göttin des Planeten Venus und mein Name Ahita ist von diesem abgeleitet!"

„Nehmen das Hamal auch Frauen?"

„Ja ich!"

„Also bist du auch von ihm abhängig?"

„Ja! Ich bin dadurch sogar maßlos eifersüchtig geworden, auf alles, was ihn betrifft und dann bricht in mir der Vulkan aus, der bisher unter meinem Schleier verborgen blieb. Du hast das ja selbst soeben erlebt. Bitte verzeih mir! Ich bin ihm restlos verfallen! Vielleicht ist er robuster als ich und nicht er, sondern ich werde seine Sklavin sein!"

„Dein Geständnis beruhigt mich teilweise. Es bleibt nur zu hoffen, dass es auch so sein wird und mein Onkel sich stark genug fühlt, sich von diesen Hamal zu trennen. Alles andere wäre eine Katastrophe für die Musikwelt!"

„Bitte verzeih mir – aber die Wirkung dieser Hamal war mir vorher nicht bekannt. In meinem Dorf scherzten Frauen und belächelten Männer, von denen sie genau wussten, dass sie lediglich gebändigte Lakaien von Frauen sind."

„Aha – aber im Vertrauen unter uns Frauen. Würdest Du mir auch mal ein Hamal geben? Ich möchte diese nicht für den Vater meines Kindes, dieser ist selten anwesend. Es geht mir vielmehr um einen aus Oslo stammenden Kollegen und seiner gegenüber Frauen überheblichen Einstellung."

„Wie willst Du das anstellen, soll das etwa heimlich, ohne Wissen deines Mannes geschehen?"

„Warum nicht? Mein Mann arbeitet als Arzt in Afrika und ist folglich sehr weit entfernt – also, willst Du mir wirklich helfen? Wir könnten sehr gute Freundinnen werden!"

„Ach du rothaariges, verrücktes Weib, hier hast du ein Stück, aber nutze es geschickt in Verbindung mit einem Glas Rotwein, dann ist die Wirkung besonders gut! Er wird Dir bestimmt folgen, denn der nördliche Eisberg dürfte das Geheimnis meiner Dorfbewohnerinnen nicht kennen. Ich habe aber auch einen eigenen Wunsch."

„Welcher ist das?"

„Darf ich alle in den nächsten drei Jahren entstehenden Zeichnungen Deines Kindes erhalten?"

„Selbstverständlich, aber wozu möchtest Du sie verwenden?"

„Für eine bevorstehende Arbeit benötige ich zuverlässige Unterlagen."

„Gut, soll ich sie sammeln und mit einem Datum versehen?"

„Ja, das wäre sehr lieb von Dir. Danke."

Nun trennen sich die Frauen. Jede geht wieder ihren eigenen Weg, aber sie sind starke Verbündete geworden.

Ahita geht ins Haus, das offenbar von Ganini ähnlich geordnet worden ist wie sein Anwesen in Berlin. Sie wird mehrer Tage brauchen, um all die schönen Kostbarkeiten zu erkunden, die er aus fremden Ländern mit hierher brachte. Ach ja, dort sind die Vitrinen seiner kostbaren Violinen, besonders angetan ist sie vom feinen warm-rötlichen Farbton seiner Stradivari. Selbstverständlich liebt sie die Musik und seinen außergewöhnlichen Interpreten. Dass sie diese Musik nicht mag, hatte sie nur seiner Nichte erzählt, um sich ein wenig zu rehabilitieren – ihre sinnlose Eifersucht wieder in geordnete Bahnen zu lenken. Im Gegenteil: Sie möchte mit ihren Hamal auch erreichen, dass Ganini unaufhörlich teuflisch seine Violine spielt und sein Ruhm auf sie als seine Ehefrau übergleitet. Sie möchte von seinem Glanz so viel abbekommen wie irgend möglich! Sie wäre dumm, wenn sie das Gegenteil zu erreichen suchte. Aber diese, für sie immer noch „dumme Kuh" Lea darf nicht ihre Kreise stören, soll ihren Einfluss nicht weiter ausbauen können.

Ahita erfasst mit klarem Blick und scharfem Kalkül das Gegebene, denn eigentlich ist das Anwesen Ganini ein Romantischer Zufluchtsort mit südlichem Flair, am Naturschutzgebiet gelegen. Es ist ein wunderschönes Haus in den Bergen und bietet viel Komfort und vollkommene Privatsphäre und Ruhe! Jedes Zimmer ist ein Unikat und überzeugt mit mediterranem Charme. Der Garten umfasst ca. dreitausend Quadratmeter mit vielen lauschigen Sitzplätzen, und einem großen Teich. Das Haus hat eine wundervolle, gesunde Energie und bietet einem Kind und späteren Erben mit seinen gleichaltrigen Spielgefährten beste Entfaltungsmöglichkeiten wie Baden, Fahrradfahren und Reiten.

Sie wird ihm das bei passender Gelegenheit vortragen, ihn für ein gemeinsames Kind überzeugen und sie denkt bereits auch daran, als ausgebildete Kinderärztin ihren Beitrag zu leisten. Vielleicht eine Kinderklinik einzurichten, falls es ihr zu langweilig wird. Sie hätte dann in ihrer Arbeit Kollegen, die sie unterstützen könnten, Und vor allem würde sie als Ehefrau des berühmten Violinvirtuosen eine Schweizer Staatsbürgerin mit Freiheiten und Rechten sein, die sie in ihrem Heimatland niemals hätte erreichen können. Natürlich würde sie ihn auch mit soomlemischen Geheimnissen weiblicher Kunst weiterhin betören, wenn nötig die zauberhaftesten Gewänder anziehen, und sich der Kunst des Verschleierns widmen. Sie kennt die Schwächen der Männer sehr genau, aber auch die Macht der Frauen über sie.

Ganini findet ein Schreiben vor, das ihn vertraglich auch zu einem Konzert in New York verpflichtet. „Ja, ich hatte das fast vergessen, aber noch ist ausreichend Zeit, sich der Probe zu widmen."

„Was spielst du dort?"

„Das, was ich derzeit am Besten kann: Tschaikowsky und Paganini!"

„Ausgerechnet einige der schwersten Violinkonzerte der Welt."

„Ja sicher, man erwartet das von mir und ich kann das spielen!"

„Wer ist der Dirigent?"

„Zapadusti, er ist sehr berühmt, aber nicht immer beweist er seine Fähigkeiten. Gute Konzertmeister bügeln mögliche Schwächen aus, übernehmen notfalls auch mal das Kommando und überlassen ihm am Ende lediglich den Ruhm der Verbeugung vor dem Publikum. Alle Orchester der Welt wissen das und stellen sich bereits vorher darauf ein."

„Aber wieso darf dieser Mann dann in den besten Häusern mit den weltbesten Orchestern dirigieren?"

„Die Veranstalter bieten das an, was sie kennen und was dem Publikum gefällt!"

„Also bist Du auch ein kleiner Zapadusti?"

„Nein, nein, meinen Part könnte ein Konzertmeister nur übernehmen, wenn ich auf der Bühne einen Schwächeanfall erleide, vorausgesetzt, er könnte die komplizierten Passagen auch spielen. Bei einem Dirigenten fällt das nicht so auf. Gute Orchester könnten sogar auf einen Dirigenten verzichten, denn diese Musiker sind in ihrem Fach jeweils herausragende Interpreten und werden teilweise auch als Solisten geladen."

„Bekomme ich jetzt einen Kuss?"

„Nein! Ich bin in den nächsten Tagen nicht mehr diesseits, ich muss mich nun voll auf mein Konzert vorbereiten!"

„Keinen Kuss? Keine Hamal?"

„Nein!"

„Das wirst Du mir büßen, zu gegebener Zeit werde ich mich revanchieren!"

„Mach es mir doch nicht so schwer! Du weißt doch, dass ich Dich sehr liebe! Wie soll ich mich auf schwierigste Passagen der Komposition konzentrieren, wenn stets klagende Worte mein Gedächtnis belasten? Du musst einfach begreifen, dass ein falscher Ton den ganzen Genuss eines Stückes zerstören kann. Ich erhalte für diese Konzertreise eine Gage, die meine Ausgaben gegenüber den Taxifahren wieder ausgleicht! Gut, ich brauche das Geld nicht! Aber es ist mein künstlerischer Ehrgeiz, möglichst lang auf der Bühne zu stehen, dafür habe ich immer sehr diszipliniert und hart gearbeitet."

„Ja, ich verstehe Dich und bin Dir auch sehr dankbar! Wann werden wir heiraten?"

„Puh, doch nicht jetzt diese Frage! Wann Du es möchtest, mir ist das egal!"

„Dir ist das egal?"

„Ja, bitte belaste mich jetzt nicht mit derartigen Dingen!"

„Unsere Heirat ist Dir eine Last? Oh warte, Dir werde ich noch Deine feingliedrigen Finger lang ziehen!"

„Bitte, Ahita, bitte – unser Gespräch wird mir zur Qual!"

„Gut, dann gehe ich allein ins Bett, Du übe und vergnüge Dich während Deiner Konzertreise mit anderen Frauen!"

So endet der wunderbare erste Tag in der Villa Ganini, mit beiderseitiger Verärgerung ohne Gute-Nacht-Kuss.

Beide werden durch den Schrei einer offensichtlich jungen Frau aufgeschreckt. Ganini erkennt Leas Stimme sofort, springt aus dem Bett und rennt völlig unbekleidet über den blaubelegten Teppichbelag die Treppe hinunter zur Eingangstür. Ahita folgt ihm Sekunden später, umhüllt mit einem flüchtig übergeworfenen, leicht seidenen, hellblauen Gewand.

Während er die Tür öffnet und seine am Unterschenkel blutüberströmte Nichte schmerzerfüllt auf den Flurboden stürzt, hört er Stimmen eines Mannes, der sich offensichtlich bemüht, seinen wild gewordenen Hund zurück zurufen. Blutrünstig tut dieser kund, dass er gegen jedermann todbringende Absicht hat.

Nachdem sich Ganinis Nichte noch rechtzeitig vor weitergehender Verletzung retten konnte, geschieht das, was normalerweise nicht passieren sollte. Der Blutrünstige, nicht von seinem Besitzer mit einen Maulkorb ausgestattete Hund ist ein Kampfhund. Er greift völlig außer Kontrolle geraten nun auch seinen Besitzer an und verletzt ihn auf unvorstellbarer Weise im Gesicht. Er tötet ihn fast, wenn nicht die im Polizeidienst und mit einer Schusswaffe versehene Nichte, die ihre eigene Verletzung über den vor ihrem Auge stattfindenden Angriff vollkommen vergisst, das unkontrollierbare Ungeheuer aus sicherer Entfernung und zielgenau mit einem tödlichen Schuss zur Strecke gebracht hätte.

Der junge Mann ist von den Bissen des Hundes im Gesicht entsetzlich entstellt, verblutet fast. Ahita, die als Kinderärztin derartiges bisher noch nicht erlebt hatte, aber medizinisch soweit vorgebildet ist, kann seine blutenden Wunden stillen und ihn vor dem Tod bewahren.

Die Verletzung der kastanienbraunen Nichte Ganinis ist auch erheblich, aber nicht lebensgefährlich. Bald können beide vom inzwischen eingetroffenen Rettungshubschrauber aufgenommen werden.

Ahita und Ganini schauen sich an und fallen sich in die Arme, sie küssen sich und aus beider Augen strömen unzählige Tropfen einer Flüssigkeit, die als Tränen bezeichnet werden. Seitdem sie sich in Berlin näher gekommen sind, erscheint alles verhext. Dabei wünschten sie sich doch nur gemeinsames Glück mit seiner meisterhaft interpretierten Musik und eigenen gesunden Kindern.

Nach geraumer Zeit und fortschreitendem Tagesablauf geht es für Ganini nur noch darum, sich seiner eigenen Aufgabe zu widmen. Er darf sich auch in Gedanken nun nicht mehr von den unglücklichen Vorgängen ablenken lassen. Ruhe und Konzentration haben nun Priorität. Er übt eine Stunde, macht in dieser Zeit unbegreifliche, für ihn nicht zu verzeihende Fehler. Er wirkt nervös, seine sonstige Gelassenheit scheint nicht mehr gegeben.

Heute Abend müsste er noch vom Flughafen Zürich nach Paris fliegen. Er erwägt die Absage seines Konzertes, deren Karten seit fast einem Jahr ausverkauft sind. Aber mit welcher Begründung? Ganini krank, das wiederum käme der leichtlebigen Dirigenten-Gattin Tiane recht, die vermutlich mit Schadenfreude behaupten würde, er wäre ohne sie nichts! Was dann?

Ahita bemerkt seine Unruhe und fragt nach dem Grund: „Was ist mit Dir?"

„Bitte verzeih, ich muss Dir ein Geständnis machen: Bevor Du in mein Leben tratest, hatte ich eine sehr intensive Beziehung mit der Frau eines berühmten Dirigenten, der größtenteils auf Konzertreisen ist und seine Frau derart vernachlässigte, dass sie mich jederzeit in ihr Hotel einladen konnte. Sie brauchte nur mit ihrem Hotelschlüssel zu klappern, ich übernahm ihn jeweils mit großer Freude. Das ging viele Jahre so, alle wussten das, nur vermutlich ihr Ehemann nicht. Nun droht sie mich wegen ihrer Eifersucht auf Dich, meine Geliebte, fertig zu machen. Über jede meiner kleinsten Schwächen, und sei es nur, dass ich meine Haare nicht nach ihrer Vorstellung geordnet habe, äußert sie sich kritisch über mich gegenüber der Presse, was diese mit Vergnügen aufnimmt und verbreitet. Meine allergrößte Befürchtung ist allerdings, dass sie streng Gläubigen Deines Landes mitteilt, wo Du Dich vermutlich aufhalten könntest. Ich möchte, dass Du das alles weißt und mich verstehst. Ich liebe Dich und dieses Geständnis gibt mir die Freiheit und Ruhe wieder, die ich unbedingt brauche. Nochmals, ich liebe Dich und verzeih mir. Bedenke bitte, dass wir aus vielen Gründen unbedingt schnellstens heiraten sollten."

Überrascht von diesem für sie plötzlichen Geständnis versteht Ahita nur zwei Dinge: Er hatte eine andere Frau und will mich deshalb schnellstens heiraten, deshalb sagt sie nur: „Ja!"

Ganini geht nach diesem Gespräch zurück in sein Musikzimmer und spielt alle bisher problembeladenen Passagen völlig sicher. Nun ist er wieder der Ganini, den seine Freunde in aller Welt bewundern!

Geduldig hatte Ahita das für sie unverständliche Üben ertragen, jeweils die gleichen Passagen, immer wieder. Ihre Ohren verengten sich, ihre Haare legte sie automatisch, fast aggressiv werdend über ihren Gehöreingang. Sie hatte schon mal in der Klinik erfahren, dass man gelegentlich „drei Kreuze" hinter jemanden macht. So ist es ihr zumute, als Ganini sich mit einem Kuss verabschiedend aufmacht, um rechtzeitig das Flugzeug nach Paris zu erreichen.

Weiß die Decke des Zimmers, himmelblau der Vorhang des Fensters und rötlich braun schimmert der hölzerne Fußboden. Es könnte alles so schön sein. Die Farbgebung ist wirklich sehr geschmackvoll, alles passt miteinander, zueinander. Weich die Unterlage des Bettes. Warmfühlig das gesamte Anwesen mit all seinen wunderbaren Farben und Formen der Pflanzen im Garten. Jeder Fleck ist eine Symphonie, manche Komposition könnte sich beispielhaft dieser

Gesetzmäßigkeit unterordnen, wäre vermutlich dadurch besser, käme dem göttlichen Mozart näher. Mozart, dieser wunderbare Komponist ist kein Soomlem. Warum hat Gott nicht verhindern können, dass ein Nicht-Soomlem ein derartig großer Musiker wird? Ihres Wissens konnte bisher in der soomlemischen Welt niemand mit dem Gesetz der Musik derart göttlich umgehen und ähnliche Meisterwerke komponieren.

Ahita bekleidet sich entsprechend der zu erwartenden heißen Sonnenstrahlen mit einer leichten, ihrer Heimat üblichen seidenen Kleidung. Noch unsicher, sich noch nicht in allen Räumen auskennend, sucht sie das Telefon. Dann wählt sie die von der Hubschrauberbesatzung hinterlassene Rufnummer des Notfallkrankenhauses, um sich nach dem Befinden der Eingelieferten zu erkundigen.

Sie lauscht, schüttelt zwischendurch mehrmals ihren Kopf, beginnt zu schluchzen und bricht das Gespräch ab.

Was hatte sie erfahren?

Das Leben des aus Oslo stammenden Mannes ist zwar gerettet, aber sein Gesicht muss von sehr erfahrenen Chirurgen mit großer Sensibilität und bestem fachlichen Können wieder hergestellt, teilweise erneuert werden.

Es kam vermutlich zu diesem entsetzlichen Vorfall, weil Leas wunderbar geflochtener kastanienbrauner Zopf dem Hund geradezu bissgerecht vor die Nase geriet und seine in ihm veranlagte Aggression sich dann steigerte, als sie seinem Herrn die von Ahita erhaltenen Hamal überreichte. Der Kampfhund verletzte sie glücklicherweise nur am Unterschenkel, aber er konnte seine unerbittliche Angriffslust nicht bremsen und zerbiss anschließend das Gesicht seines Besitzers. Ahita wirft sich auf ihr wunderschönes im Schatten liegendes Bett und fühlt sich am Geschehen mitschuldig: Sollte der Geruch der Schafsböcke den Kampfhund aggressiv gemacht haben, sollten vielleicht die im männlichem Körper verbliebenen Duftstoffe der Hamal wirken?

Nun phantasiert, steigert sie sich bis ins Unerträgliche in mögliche tierische Übergriffsgeschehen und sie sieht nun auch schon Ganini als Opfer eines nicht mit einen Maulkorb versehenen Kampfhundes. Sie ist aufgewühlt, verängstigt und verlässt deshalb das Haus nicht mehr. Schlafen kann sie nicht. Erst die Direktübertragung seines Konzertes, das aus der unzähligen Masse von Fernsehprogrammen lediglich vom Kulturkanal gesendet wird, lässt ihre dunklen Augen wieder aufleuchten. Aufmerksam schaut sie, falls die Kameraeinstellung es erlaubt, auf das Publikum. Sie möchte die Wirkung seines Spiels bei den Frauen beobachten. Sie denkt daran, dass er einmal von einer Frau in der ersten Reihe sprach, die ihn damals so sehr verwirrte, dass er den Einsatz verpasste.

Mit verhaltenem Atem sucht sie nach einer Frau, die ihn möglicherweise auch jetzt irritieren könnte. Vielleicht ist die Frau des Dirigenten anwesend? Dorthin lächelt er, eine grauhaarige ältere Dame hat es ihm wohl angetan. Ahita verfolgt nach der zuvor bereits aufgekommenen Eifersucht nun genüsslich der bravourösen Leistung ihres Mannes, der wie stets in seiner hellgrauen Kleidung und seiner rotbraunen Stradivari farblich einen wunderschönen Übergang zu den schwarzen Anzügen der Orchestermitglieder bildet. Nun ist ihr auch der Dirigent Zapadusti bekannt, der mit publikumswirksamer Geste zu überzeugen weiß. Glücklich, aber von der Strapaze des Tages völlig übermüdet, schläft sie im Fernsehsessel ein.

Als Ahita früh morgens erwacht, findet sie sich im Sessel wieder. Da das Fernsehgerät noch läuft vermutet sie, dass Ganini bereits anwesend ist und sie schlafen ließ. Sie lauscht, geht zum Schlafraum, öffnet alle Türen der ihr bisher bekannten Räume – aber ihr liebster Schatz ist nicht auffindbar. Hoffnungsvoll geht sie in den bei strahlendem Sonnenschein genüsslich aussehenden Garten. Vielleicht ist er hier? Aber soweit überhaupt ein dreitausend Quadratmeter großes

Gelände überschaubar ist, erkennt sie keinerlei Anzeichen seiner Anwesenheit. Sie geht über den mit feinsten Kieselsteinen ausgelegten Gartenweg zurück ins Haus und kommt noch gerade zur rechten Zeit, um auf dem Bildschirm zu sehen, wie Ganini und Maestro Zapadusti von zahlreichen Anhängern verabschiedet werden, dann das Flugzeug von Paris nach New York besteigen. Sie lächeln den Journalisten zu, Ganini wirft sogar einen Handkuss. Wem galt wohl diese wunderschöne Geste?

Eigentlich hätte er sie per Anruf von seinem Vorhaben informieren müssen. Nichts dergleichen geschah bisher. Auch der Anrufbeantworter, welcher sich in bester dunkler Farbe auf einer sorgsam ausgewählten, glattgeschliffenen Glasplatte befindet, leuchtet nicht auf. Sie ist verärgert und fragt sich ernsthaft: Soll das mein Leben sein, mit einem Mann der sich eigennützig in der Welt herumtreibt? Der vermutlich sehr oft abwesend ist, und damit seine Frau vernachlässigt?

Sollte sie sich etwa als künftige Ehefrau mit Männern im Frack oder Nadelstreifenanzügen vergnügen müssen, die gierig nach ihrem Schlüssel greifen, an dessen Ring sie einen kleinen aus reinem Gold bestehenden und mit einem Diamanten versehenen, streichholzgroßen Dirigentenstab anbringen würde, um ihr Liebesleben in dieser Weise zu arrangieren, so dass ihr diese, sich galant gebende christliche Männerwelt zu Füßen liegen würde? Sie begibt sich in das Schlafzimmer, um sich ihre Zeit zu vertreiben. Sie bewundert vor dem Spiegel stehend ihr soeben übergezogenes hellgraues Kleid und überprüft diesen Farbton kritisch mit dem rotbräunlichen Holzfußboden, der mit feinstem klaren Lack versehen ist. Dann wechselt sie mehrere Kleider und begutachtet auch die dazugehörende Unterwäsche. Sie weiß das orientalisch Weibliche hervorzuheben und auch um den so verführerisch machenden Effekt. Sie besitzt eine große Anzahl derartiger Stoffe und bemerkt während der steten Veränderung nicht die vergehende Zeit. Sie wartet weiter, kein Anruf von ihm, nichts geschieht.

Alsdann aber befühlt ihre linke Hand das sorgsam im Schrank hängende kostbare göttlich-goldene Kleid, in dem sie sich als Göttin makelloser Reinheit empfindet. Sie lächelt ein wenig – und sich nachdenklich im Spiegel betrachtend, verwischt sie sogleich eine aufkommende, aber von ihr niemals ernstgemeinte Abenteuerlust.

Nein, sie wird nur ihrem geliebten Ganini gehören. Es wird sicher alles gut werden. Sie wird alles unternehmen, damit Kunstliebhaber schönster Violinkonzerte klassischer Musik ihn auch weiterhin bewundern können.

Plötzlich erfüllt sie ein bisher noch niemals erfahrenes Gefühl des Stolzes. Ich werde die Ehefrau des weltberühmten Violinvirtuosen Ganini sein und ihn mit meinen kleinen süßen Hamal teuflisch verwöhnen.

Obwohl strahlende Sonne noch den Tagesablauf bestimmt, entkleidet sie sich. Sehr sorgsam legt sie das kostbare wunderschöne goldene Kleid auf die Seite des Bettes, in dem ihr Geliebter zu liegen pflegt. Sie erhofft, dass er das Kleid, ihre mit reinem Gold bestückte kleidsame seidene „Stradivari" mit seinen zartgliederigen Fingern berührt und virtuos die wunderbarsten Töne der Liebe hervorzaubert. Sie legt sich behaglich nieder, schließt ihre Augenlider und streichelt feinfühlig über die Brustwarzen ihres wohlgeformten Körpers. Da sie von außergewöhnlicher Ruhe umgeben ist, versinkt sie beglückt in einen tiefen Schlaf.

Um dieses außergewöhnliche Konzert mitzuerleben, zahlten Musikliebhaber zuvor mehrere hundert US-Dollar hohe Eintrittspreise und so feiert das New Yorker Publikum den außergewöhnlichen Violinvirtuosen Ganini mit fast hysterischer Euphorie und kaum enden wollendem Beifall.

Einige Beobachter bemerken Ganinis bescheidende zurückhaltende Verbeugungen des Dankes, während dagegen Dirigent Zapadusti sich so tief niederbeugt, dass er fast die Spitzen seiner Schuhe hätte küssen können. Dieser seltsame Anblick erheitert auch einige Mitglieder des Orchesters, was sich an der Veränderung ihrer Augen- und Mundwinkel deutlich ablesen lässt.

Für den Interpreten großer Komponisten ist dieser A-bend ein großer Erfolg und einige Orchestermusiker laden deshalb zum Ausklang des Abends noch zu einem Glas Wein ein. Innerlich noch nicht von der konzentrierten und anstrengenden Aufführung befreit, lässt er sich überreden und so betreten einige Damen und Herren des erfolgreichen Abends ein in der Nähe liegendes kleines Lokal. Jeder von ihnen hatte mit großem persönlichen Einsatz an der erfolg-reichen Aufführung beigetragen und so nehmen sie an meh-reren kleinen Tischen Platz, die fast dem Farbklang seiner rotbraun lackierten Stradivari entsprechen. In dieser farblich gelungenen Ausstattung des Lokals fühlt er sich zunehmend wohler. Ganini trinkt aber kaum etwas, nur kleinste Mengen, als wolle er den Wein lediglich einer Qualitätsprüfung unter-ziehen. Sein neben ihm sitzender, gelegentlich im Orchester als Triangelspieler eingesetzter Kollege scheint dagegen dem Wein sehr zugetan.

Er beugt sich befreit seitwärts zu Ganini und fragt mutig: „Herr Ganini, komponieren Sie auch eigene Violinkonzer-te?"

Dieser sucht zögerlich nach einer Antwort: „Ja – eigentlich auch nein. Ich hatte mal etwas begonnen, aber wegen meiner zahlreichen Verpflichtungen kann ich nicht wie von mir erwünscht komponieren."

Neugierig fragt er: „Herr Ganini, ich komponiere. Dort in meiner Tasche befinden sich Noten meiner neuesten Kom-position, es ist ein Violinkonzert. Ich würde sie Ihnen gern mal zur Prüfung überlassen, würden Sie sich diese bitte ein-mal ansehen wollen?"

„Sie komponieren als Triangelspieler ein Violinkonzert?"
„Ja!"
„Spielen Sie auch Violine?"

„Nein!"

„Das macht mich aber sehr neugierig! Könnten Sie mir ihre Noten zeigen? Ich bin sogar sehr gespannt!"

Der Triangelspieler verlässt den Tisch, geht etwas wacklig zu seiner am Haken hängenden kleinen dunkelblauen Ledertasche, bleibt dann aber unschlüssig stehen, als hätte ihn der Mut verlassen, nun seine nur ihm bekannte Komposition dem weltberühmtesten Violinvirtuosen vorzuzeigen. Er zögert, dann hängt er seine Tasche wieder an den Haken.

Ganini beobachtet ihn aufmerksam, bemerkt seine Unentschlossenheit und geht deshalb mit schnellen Schritten zu ihm. „Bitte – darf ich die Komposition sehen?"

Zögerlich übergibt der Komponist seine fein genarbte Ledertasche, in dessen Inhalt sich bisher Unbekanntes verbirgt. Beide gehen nun gemeinsam zu ihrem Tisch zurück. Sie setzen sich. Ganini überfliegt flüchtig alle handgeschriebenen Notenblätter und erblasst. Seine Augen sehen nicht eine einzige der sonst üblichen Korrekturen, alles ist offenbar in einem Zug fehlerfrei niedergeschrieben. Blitzartig denkt er an Mozart und dessen Kompositionen.

Nach diesem ersten Schock nimmt Ganini einen sehr, sehr kräftigen Schluck aus seinem noch fast bis zum Rand gefüllten Glas. Plötzlich verspürt er Neid aufkommen, er wagt nicht die Augen seines Kollegen anzusehen. Mit gesenktem Kopf und leicht erkennbar zitternder Stimme fragt er ungläubig: „Das ist ihre Komposition?"

„Ja!"

Dieser hatte Ganini ebenfalls beobachtet, denn er erhoffte sich eine Prüfung seines Werkes. Als Ganini die Komposition für ihn nur halbherzig zu überfliegen scheint, sagt er: „Bitte geben Sie mir das zurück. Entschuldigung, ich hätte es Ihnen doch nicht zeigen sollen!"

Ganini aber hält alles zurück und fragt: „Wer hat davon Kenntnis? Ihre Kollegen des Orchesters – und wer sonst noch?"

„Niemand, Sie sind der Erste, der diese Blätter sehen darf. Ich bin unsicher, ob das Werk überhaupt spielbar ist? Deshalb hatte ich Ihre Meinung hören wollen!"

Ganini verbeißt sich auf eine Seite des ersten Satzes, er schweigt, gelegentlich zucken seine Mundwinkel als würde er antworten wollen. Aber nichts dergleichen geschieht. Mit aufkommender Neugier verfolgen seine anwesenden Orchesterkollegen den Vorgang. Sie kennen die Ursache nicht, spüren aber, dass etwas Außergewöhnliches in der Luft liegt und nippen folglich nur gelegentlich an ihren Gläsern.

Ganini hat sich gefangen und dennoch sagt er ohne den Komponisten anzusehen in die Runde neugieriger Kollegen: „Wir haben hier ein Werk vorliegen, dass möglicherweise Musikgeschichte schreiben könnte und deshalb würde ich es mit Ihnen gern einstudieren wollen."

Einige etwas gesetzte ältere Herren der Ersten Geigen werfen ungläubige Blicke auf Ganini und ihren triangelspielenden Kollegen. Sie reichen untereinander die Originalblätter weiter und schütteln schmunzelnd ihre Köpfe.

Ein besonders kleiner, mit fettem Laib versehener, ansonsten träger Kollege der Zweiten Geigen wagt sogar zu behaupten: „Das ist nicht spielbar, das ist doch für jeden Violinspieler sofort ersichtlich."

Dabei schaut er in unverfrorener Weise Ganini ins Gesicht.

Offensichtlich verbreiten sich Neid und Missgunst, die von wohlbekannter Stimme unterbrochen wird: „Lieber Ganini, hier sind Sie ja. Ich hatte Sie gesucht."

Ganini steht auf: „Willkommen Maestro Zapadusti – hier habe ich etwas Gutes, das wir einstudieren sollten."

Er nimmt die Notenblätter und weist auf den Triangelspieler des Orchesters: „Es ist seine Komposition."

Zapadusti erstaunt: „Wir haben einen Komponisten im Orchester?

„Ja, er ist sogar sehr gut!"

Zapadusti schweigt und schaut in die Partitur: „Aber lieber Ganini, glauben Sie etwa, ich werde meinen Ruf mit einer

Belanglosigkeit aufs Spiel setzen? Im Gegenteil, ich dulde nicht, dass ein Mitglied meines Orchesters sich derartig beschäftigt. Meine Musiker gehören dorthin, wo ich sie hinsetze und dort haben sie eine fehlerfreie Leistung abzuliefern. Jede Ablenkung führt zur Unsicherheit unseres gemeinsamen Spiels, das schadet dem Orchester und letztlich meinen mit harter Arbeit erworbenen persönlichen Ruhm."

Während Ganini mit offenem Mund diese Ungeheuerlichkeit hört, schaut er in die triumphierenden Gesichter derer, die sich unterwürfig der Meinung ihres Dirigenten anpassen.

„Aber Maestro Zapadusti, Sie gehen mit ihrer Meinung zu weit. Ich bin nach Durchsicht der Noten sogar der Ansicht, dass wir hier nicht nur einen genialen Komponisten, sondern damit auch einen genialen Dirigenten unter uns haben. Er versteht die Partitur fehlerfrei zu schreiben und kann sie folglich auch fehlerfrei dirigieren, oder sind Sie gegenteiliger Meinung?"

Es herrscht eine außergewöhnliche Spannung im Raum.

Angesichts aufkommender Konfrontation verändert sich das Gesicht Zapadustis ungewollt zu tomatenähnlicher Hochröte. Kleinlaut stürzt er von dannen, bezahlt seinen nicht ausgetrunkenen Wein und verlässt grußlos das Lokal.

Wortlos schauen sich alle Anwesenden an und trennen sich ebenfalls nach Bezahlung ihrer jeweiligen Rechnungen.

Nachdem Ganini sein New Yorker Hotel erreicht hat, legt er sich sofort nieder. Aber er kann nicht einschlafen, denn seine Gedanken beschäftigen sich noch zu sehr mit dem zuvor erlebten. Immer wieder stört ihn der Begriff Kunst.

Er verdient als Interpret Unsummen und wird als bedeutender Künstler in aller Welt gefeiert, obwohl er keine eigenen Noten komponiert, also nur das spielt, was ein Musikgenie erfand und ihm somit als Nachspielbares vorliegt.

Der triangelspielende Komponist erhält dagegen nur das von Seiten der Kulturbehörde genehmigte Gehalt eines Orchestermitgliedes und diese Ungerechtigkeit, verbunden mit der Eitelkeit mancher Dirigenten in der Art eines Zapadusti halten ihn weitgehend wach.

Ja, er spielt seine Violine souverän, wohl fast so wie Paganini selbst, aber dieser war auch der bedeutende Komponist, dessen Geist er benutzt um seinen Ruhm zu begründen.

Er zieht angesichts dieser Tatsache die Bettdecke über seinen Kopf, möchte von Kunst und sonstigen eingebildeten Mitmenschen nichts mehr hören, sondern unbedingt nur noch schlafen.

Als er erwacht, ist schon später Morgen. Zunächst begibt er sich zu den Fenstern, um diese zu öffnen und die Wetterlage zu beurteilen. Er schaut in den klaren wolkenfreien Himmel. Dann richtet er seinen Blick auf das gegenüberliegende Haus, hinter dessen weit geöffneter Terrassentür sich für einen Augenblick etwas weiblich jugendliches vorbeischlängelt. Ihm schien es, als hätte er eine schlanke Frau mit sehr langen, fast bis zu den Knien reichenden goldblonden Haaren erkannt. Gebannt blickt er weiter dorthin, dabei hoffend, dass sich das soeben von ihm Gesehene nochmals wiederholen würde. Er reckt seine Arme, bewegt sich auffällig im eigenen Fenster. Er wartet aber vergeblich, zunächst eine Minute, dann ungefähr weitere fünf Minuten, aber nichts dergleichen geschieht. Seine zuvor vorbeihuschende Schönheit kommt in gleicher Aufmachung auch in der nachfolgenden Zeit nicht mehr an der offenen Terrassentür vorbei. Ein kleines Licht, ein spiegelähnliches Aufblitzen erweckt nun seine Aufmerksamkeit an der ihm gegenüberliegenden Hausfront. Da ist es erneut, nun glaubt er die Ursache ergründet zu haben.

Während er lauerte, war er längstens von der Gegenseite erkannt worden und wurde während seines Wartens vermutlich per Fernglas selbst gründlich beobachtet. Sicher, wer sich unbekleidet ans Fenster begibt, muss mit derartigen Überraschungen rechnen. Aber er liebt es, jeden seiner Tage eigenwillig zu beginnen. Unbekleidet, der warmen Witterung angepasst, durchschreitet er sein Appartement. Er legt dieses oder jenes von einer Seite zur anderen. Schaut gelegentlich in einige herumliegende Notenblätter und trommelt mit seinen linken Fingern in die offene rechte Hand ein paar Takte. Gelegentlich pfeift er leise zu entsprechender Passage der Partitur. Er fühlt sich wohl, denkt an Ahita und den Tag, an dem er sie wieder glücklich in seine Arme nehmen kann.

Verborgen bleibt ihm allerdings, dass sein Zimmer vom Nachbarraum aus mit einer durchlässigen Einwegscheibe versehen ist und somit freien Blick aus dem angrenzenden Raum in sein Zimmer ermöglicht, ohne dass er als dessen Bewohner es wahrnehmen kann. Und so ist er, ohne es zu wissen, der älteren Dame im dortigen Raum unmittelbar zugehörig.

Sie wohnt seit unzähligen Jahren dort, hatte diese Vorrichtung speziell für derartige Zwecke eingerichtet, um auf diese Weise alle Informationen für ihr Manuskript zu erhalten, das sie in gewissen Abständen einem seit Jahren befreundeten Verlag überlässt. Ursprünglich war sie Besitzerin des Hotels. Dann hatte sie die Leitung ihrer Tochter unter der Bedingung anvertraut, dass sie diese Spezialeinrichtung einbauen und für sich nutzbringend verwenden darf. Natürlich konnte ihre Tochter dieses Vorhaben nicht ablehnen, denn die Dame ist inzwischen achtzig Jahre alt und als Autorin leichter Kost unter einem Pseudonym bekannt. Sie erhält ihre schlüpfrigen Anregungen aus den heimlichen Beobachtungen ihrer angrenzenden Hotelgäste.

Nun hat es ihr Ganini angetan und so notiert sie eifrig: Seine Haare erscheinen fast zu kurz geschnitten, in Wahrheit beherrscht aber der hohe Scheitel das Geschehen. Alles zusammen vollendet ein kleiner grauer Bart den Übergang maßgerecht vom Kopf zum Körper. Während die Hautfarbe seines Gesichtes in einem sehr warmen Braun erscheint, blitzen seine klugen Augen perlenartig, kontrastreich hellblau aus diesem Gesamtbild eines gleichgetönten braunen Körpers hervor, – der nun von seinem beneidenswerten Besitzer mit sportlicher Übung trainiert wird. Genussvoll anzusehen ist seine gymnastische Gewandtheit, die er bei frischer Luft am geöffneten Fenster durchführt.

Zunächst sich auf beiden Füßen streckend, erscheinen seine Zehennägel getönt – aber nein, doch nicht dieser außergewöhnliche Mann – nein, nein, es ist nur der von draußen einfließende, sich irgendwo wiederspiegelnde Lichtstrahl, der kurzzeitig diesen Eindruck erweckt.

Er erhebt seine Arme kerzengerade nach oben, und lässt damit seinen ausgestreckten Körper fast einer langaufgerichteten Kiefer gleichen, die sich als bräunlich rötlicher Stamm mit einer großen, im Hotelzimmer befindlichen Pflanzen zu vereinigen scheint und so den Eindruck des Baumes eindeutig vorstellbar macht.

Nun senkt er seine Arme, streckt sie seitwärts, hebt die Schultern und zieht sein Kinn nach vorne. Es hat den Anschein, als ließen sich auf diese Weise ausübende Muskeln stärken, zumal er in bestimmten Abständen, in einer gerade gewählten Stellung stets lang verharrend, diese Übungen mit ungewöhnlicher Ausdauer wiederholt. Jede seiner Bewegungen wird derart langsam ausgeführt, als wolle er die Poren seiner Haut öffnen, um jeden Kubikzentimeter des ihn umgebenen Sauerstoffs einatmen zu wollen. Offenbar weiß er den Wert seiner wichtigsten Gliedmaße genau einzuschätzen. Es sind seine Arme und vor allem seine maßgeschneiderten Finger, die dieses kostenlose, wertvolle Gut umgebender Luft aufnehmen sollen. Plötzlich schleudert er mit großem Geschick seinen Körper nach vorn, zum Handstand, dabei die Füße gegen die Wand lehnend, vorsichtig sich senkend zum Kopfstand übergehend, um dann in dieser Haltung mehrere Minuten stehen zu bleiben. Und so erreicht ihr Blick gelegentlich auch das, was für das männliche Geschlecht bezeichnend ist und so ist sie trotz ihres hohen Alters vom Dargebotenem sehr entzückt.

Sie notiert eifrig weiter: Seine Schamhaare sind wohlgeordnet und eben so kurz wie seine Kopfhaare geschnitten. Sie scheinen dem zarten Wesen der Pusteblume des verblühenden Löwenzahns zu entsprechen, an dessen weißlichgrauen Spitzen hier jedoch leicht hellblaue Färbungen schimmernd erkennbar sind und sich somit vollharmonisch dem braunen Teint seines Körpers angleichen. Außergewöhnlich ist aber die Färbung seines Gliedes, welches sich aus dem allgemein brauen Körper farblich zu rötlichbrauner Köstlichkeit steigert. Es ist faszinierend zu sehen, wie im Lichtschein sich dieses prächtige Gut wandelt und den farblichen Wert seiner Hoden beeinflusst. Gelegentlich steht er fast greifbar, direkt an der für ihn undurchsichtigen Seite der Scheibe so nahe neben ihr, dass sie trotz ihres fortgeschrittenen Alters zugreifen und von ihm Besitz ergreifen möchte. Ja, es ist einige Jahre her, dass ihr ähnliches Verlangen bei einem ihrer Gäste widerfahren ist. In der Regel beobachtet sie nur alte, fette Männer mit ihren Mätressen und deren widerlichem Gehabe. Selten entdeckt sie Neues. Hier aber genießt sie in vollen Zügen die wunderbare Harmonie eines idealen, offensichtlich von Gott geschaffenen männlichen Körpers.

Ahnungslos entzieht er sich mit federndem Gang ihrer weiteren Beobachtung, um sich in die aus blauweißen Kacheln bestehende Dusche zu begeben. Mit feurigem Blick genießt sie das Bild einer ästhetischen Rückenmuskulatur.

Dann gleitet sie, erregt mit ihren Fingern mühsam um Halt suchend, an der Scheibe entlang abwärts – und bleibt reglos am Boden liegen.

Von all diesem ahnt Ganini nichts, erst als er später das Hotel verlässt, bemerkt er eine merkwürdig ungewöhnliche Geschäftigkeit des Personals, ohne den Grund zu erfahren.

GOTTGEWOLLT Den lichtfreundlichen Strahlen der Morgensonne war es nur einen kurzen Moment vergönnt, Ahitas Augenlider zu streifen. Sie blinzelt, dreht sich instinktiv schnell zur Seite und hat in ihrem wunderbaren weichen Gelage dennoch das Gefühl, in einem Feldlager spartanischer Soldaten zu liegen. Ihre Knochen, die doch auf Grund ihres zarten Körperbaus nur von geringen Gewicht sind, liegen schwer, erscheinen ihr fast schmerzhaft angenagelt auf einer Unterlage mit grobem Stroh bedeckten Bettes.

Dann aber werden ihre Sinne wach. Sie legt sich von der blitzschnell gewählten Seitenlage zurück in ihre bevorzugte Rückenlage, um mit der rechten Hand ihre Finger zirkelähnlich spreizend, vom Bauchnabel herabtastend den Rand ihres Venushügels zu erfühlen. Sie mag diese morgendliche Entdeckungsreise, mit dem vermittelnden Gefühl, sich auf einer parzellierten Plantage zu befinden. Leichtes, weiches Kraushaar wird von einem fast militärisch angeordnetem Kurzhaarschnitt, aber auch langfedernd flauschigem Haar umringt. Dennoch bilden sie eine Einheit, die zwar der feinfühlige Daumenballen erfasst, sich diese aber optisch nicht erkennbar gibt. Gelegentlich verspürt sie auch metallisches, so dass einige Parzellen ihres Venushügels von goldenen zarten Federn besetzt zu sein scheinen.

Fast noch im Halbschlaf befindend öffnet sie lichtscheu für einen sehr kurzen Augenblick ihre Wimpern, um etwas über den gegenwärtigen Stand der Zeit zu erfahren. Ja, ja, die holzgeschnitzte Kuckucksuhr mit ihren ornamental verzierten weißen Zeigern lassen nicht jederzeit eine klare Beurteilung zu und so findet sie sich, noch halbträumend, mit der Realität ab. Ahita dreht sich nun einige Male von einer Körperseite zur anderen, betastet ihre wie mit Blei beladenen Knochen, umfasst einige ihrer Muskeln und lockert diese solange, bis ihr Körper in einen normalen Zustand zurückversetzt ist.

Dann verlässt sie, gleich einem flüchtenden Reh springend das Bett, um unbekleidet das Schlafzimmer zu verlassen. Sie begibt sich in den anliegenden Vorraum. Hier verspürt sie die große Wirkung der Sonnenarbeiter, denn diese haben das wunderbar in den Bergen gelegene Gemäuer bereits ausreichend erwärmt. Ihr Blick fällt auf einige Zeitungen laufenden Datums. Erstaunt stellt sie fest, dass diese Blätter bereits zwei Tage alt sind und sie demzufolge ununterbrochen Tag und Nacht geschlafen haben müsste. Ungläubig starrt sie von Datum zu Datum. Aber offenbar gibt es keinen Zweifel, die Zeitungen sind korrekt mit den abgelaufenen Daten versehen. Sie hatte lange geschlafen. Kein Essen oder irgendwelche Getränke zu sich genommen und dennoch verspürt sie auch jetzt noch kein Verlangen, das Versäumte nachzuholen. Sie beschäftigt sich gedanklich vielmehr mit der während dieser langen Schlafenszeit bei ihr erschienenen göttlichen Erleuchtung. Sie möchte das abschütteln, ihr unsinnig Erscheinendes verwerfen. Wenn Ganini anwesend wäre, könnte sie ihm davon berichten und mit gemeinsamer Kraft ließe sich diese Eingebung in normale menschliche Bahnen lenken. Sie könnte sich dann wieder an schönen Kleidern und anderen wundervollen Dingen ihrer Umgebung erfreuen.

Von ihr unbemerkt hatte sich eine mit einem Züricher Kennzeichen ausgestattete Taxe dem Grundstück genähert. Mit schneller Geste entlohnt der entstiegene Ganini den Fahrer. Dann schreitet, besser rennt er so gut es seine zu tragende Stradivari erlaubt ins Haus und steht überraschend vor einer noch völlig unbekleideten Ahita. Stürmisch umarmt er sie und überschüttet sie mit leidenschaftlichen Küssen und flüstert ihr ins Ohr: „Meine Liebste, das ist der wunderbarste Empfang meines Lebens!"
Ahita steht steif, wirkt trotz seiner Lust teilnahmslos.

Ganini spürt ihre Verhaltensweise, er schüttelt ihren Körper und fragt gleichzeitig: „Ahita, was ist mit Dir? Was ist geschehen?

Sie antwortet ebenso knapp: „Ich hatte eine Erleuchtung!"

„Was hattest Du, eine Erleuchtung?"

„Ja!"

Etwas belustigt fragt er: „Etwa eine Göttliche Erleuchtung!"

„Ja!"

„Bitte erkläre mir das Wunder, dass Deinen unübertrefflichen Liebreiz derart verändert!"

„Ja, sehr gern, aber nicht jetzt. Bitte, bitte, ich muss das zunächst noch selbst verarbeiten!"

„Gut, aber bekomme ich jetzt wenigsten einen Kuss von Dir?"

Kurz und trocken, als würde er einen russischen Wodka schlucken müssen, empfindet er ihren dargebotenen Kuss!

Sie trennen sich und verunsichert geht Ganini in sein Musikzimmer, um die wertvolle Stradivari in der gut temperierten Vitrine sicher zu verschließen, sie damit vor irgend einer Unachtsamkeit zu schützen. Den Schlüssel dazu hat er stets an seinem Schlüsselbund, so dass außer ihm niemand das kostbare Instrument berühren und möglicherweise leichtfertig den empfindlichen rot-bräunlich getönten Lack beschädigen könnte.

Ahita begibt sich während dieser Zeit ins Schlafzimmer. Sie ist über ihr Verhalten tief verärgert, möchte laut schreien, möchte ihren Geliebten um Entschuldigung bitten. Aber ihre während der tiefen Schlafenszeit der vergangenen zwei Tage und Nächte überkommende Erleuchtung lässt in ihrem Gehirn keine derartige Freiheit zu. Zunächst noch etwas zögerlich, dann aber etwas mehr Mut bekommend, versucht sie den ersten Schritt der Versöhnung. Sie begibt sich automatisch zum Schrank, in dem sich für sie die allerschönste Unterwäsche der Welt verbirgt.

Sie schaut, greift zur rechten Seite auf die von ihr stets bevorzugt liegenden Teile. Aber irgend eine unsichtbare

Kraft führt ihre Hand in die entgegengesetzte Richtung, also nach links zu einer ihr bisher unbekannten, aus puren Gold erscheinenden Unterwäsche. Angesichts dieses Blendwerkes erstrahlen ihren dunklen Augen perlenartig. Begierig nimmt sie das Gebotene an sich, zieht es über ihre zarte Haut und so erscheint sie vor dem Spiegel stehend dem Abbild ihrer göttlichen Namensgeberin zu gleichen.

Ganini, der sie aus einer sicheren Entfernung beobachtet, hält mit fester Hand das von ihnen Beide so begehrte Hamal in der Hand. Mit einer geschickten Bewegung lanciert er diese dann so, dass eines dieser Teile fast kaum merklich den kleinen Zeh ihres rechten Fußes berührt. Von dem Anreiz der Liebeskraft beeindruckt hebt sie das so Dargebotene auf, und wirkt sogleich wie verwandelt. Nunmehr scheint sie von der sie bisher beeinflussenden Kraft der Erleuchtung befreit. Sie stürmt aus dem Zimmer. Vor Liebe fast blind stolpert sie über den dort stehenden Ganini, der sie kurz vor dem Sturz noch auffangen kann.

Durch göttliche Fügung finden die Liebenden jetzt zusammen, vergessen das zuvor gespannte Gegenüber und damit auch in den folgenden Stunden alles unschöne dieser Welt.

Nachdem ihr beiderseitiger Liebeshunger gestillt ist, meldet sich weiteres Irdisches. Ihre Mägen verlangen nach kraftvoller Nahrung.

Aus seinem Gepäck holt Ganini etwas amerikanisches, welches er in einem New Yorker Spezialgeschäft eingekauft hatte: es ist eine sorgsam eingepackte und genüsslich anzusehende Zusammenstellung feinster Köstlichkeiten.

Dazu ausnahmsweise mal eine kleine Flasche dunklen Bieres, welches lt. Etikett aus einer Irischen Brauerei stammt. Es trinkt sich ähnlich einem Gemisch dickflüssigen Erdöls und lässt, dem Gesichtsausdruck Beider folgend, nichts Gutes mehr erwarten. In den Augen Ganinis erscheint das kostbare goldene Gewebe ihrer spärlichen Kleidung bereits auf einmal andersfarbig. Ahita verkraftet diese starke und ihnen Beiden bisher unbekannt gebliebene alkoholträchtige Flüssigkeit ebenso wenig. Sie legt ihre langen dunklen Haare um seinen Hals und zerrt daran, als müsste sie einen riesigen Berg beiseite ziehen. Und zwar den, der täglich vom Garten der Villa ihren Blick erfreut. Ganini sieht nur noch schwarz. Das Goldene verwandelte sich zwischenzeitlich auch in blaue Töne und nun ist alles dunkel. Sein Selbsterhaltungstrieb ringt nach Luft. Der Alkohol macht sie lärmend, sich selbst erniedrigend lallt Ahita ihm unverständliche Töne arabischer Musik entgegen.

„Halt Ahita! Halt! Was machst Du da?" ertönt es.

Lea hatte das ungewöhnliche Geschrei mitbekommen und nach der Ursache gesucht. Sie kam gerade zur rechten Zeit, um Ganini vor dem Erstickungstod zu retten. Sie packt Ahita mit kräftigem Arm, hebt sie hoch und bringt sie zur Ausnüchterung ins Bett.

Ahita jubelt: „Virtuosi, lalllose, armer Virtusi . . .!"

Nachdem das geschafft ist, geht Glücksfee Lea zu Ganini, zerrt ihn über den Fußboden in eine geräumige Ecke des Nebenraumes und verschließt die dazugehörende Tür. Dann begibt sie sich an den Tisch, an dem noch vor nicht allzu langer Zeit zwei glückliche Menschen saßen und der noch mit ausreichend verbliebener Köstlichkeit bestückt ist. Sie genießt nun auch vom dem ihr bisher unbekannt gebliebenen und geschickt arrangierten Gedeck.

Lea beabsichtigt zur persönlichen Heiterkeit den jeweiligen Erwachungszustand der tollkühnen Biertrinker mitzuerleben. Aber wie viel tranken sie, um den Bereich geistiger Normalität total zu verlassen? Sie entdeckt lediglich eine Flasche Bier, aber das kann doch nicht eine derartige Wirkung haben – was gibt es sonst noch? Sie riecht zunächst an der noch nicht vollends leer getrunkenen Flasche, schüttet dann etwas in ein neues Glas und prüft vorsichtig ohne selbst zu trinken die dunkle Flüssigkeit. Es ist eine ihr bereits bekannte Biersorte, die einige ihrer Kollegen probehalber mal bestellten, aus der sie damals selbst aber nur die Menge einer Zungenspitze gekostet hatte. Nun ist ihr der Zustand der irdischen Götter erklärlich, denn es handelt sich bei dem umwerfenden Getränk, um Starkbier mit einem Alkoholgehalt von dreiunddreißig Prozent. Leas bisher besorgtes, fast aalglattes, noch junges Gesicht überzieht sich nun mit Lachfalten, die sich trotz ihrer Jugend bereits zukunftsträchtig vorankündigen.

Das absolute Gehör des Virtuosen wird vom Gepolter und Geschepper der Kuckusuhr, welche zu jeder bestimmten Stunde lautstark ihren Dienst versieht, schmerzhaft gestört. Oh, welch musikalisches Genie komponierte Derartiges, das schmerzhaft seinen Kopf brummen lässt? Dazu die widerliche Dunkelheit. Die Augen sehen nichts, alles ist schwarz. Dann aber macht ein spärlicher, kaum wahrnehmbarer Lichtschein Hoffnung, dennoch ist ihm eine wirkliche Orientierung noch nicht gegeben. Was ist geschehen? Mühsam erwacht seine Erinnerung. Er richtet sich auf, vorsichtig befühlt er einen Gegenstand, der sich im Weg stehend als ein Stuhl entpuppt. Sich schwerlich vorwärts bewegend nähert er sich einem Gegenstand, der auf dem Boden stehend für ihn unsichtbar ist. Seine Fußspitze ist nur noch wenige Zentimeter von einer sehr kostbaren, reich verzierten und sehr seltenen, in New York erworbene soomlemische Vase entfernt. Wie vom Beschützer kostbarer Kunstgegenstände gelenkt, tastet er um Millimeterbreite an dieser wertvollen Arbeit vorbei. Göttliches hatte Unheil verhindert.

Aber das Unheil naht von anderer Seite. Lea beabsichtigt die von ihr verschlossene Tür leicht zu öffnen, um den nach seinem Alkoholvergehen von ihr eingeschlossenen Virtuosen nach eigenen Ermessen Licht und Luft zu ermöglichen, aber sie bemerkt nicht die sich ihr hinterrücks nähernde Ahita, die sich offenbar viel schneller vom Schock des hochprozentigen Bieres erholt hatte, als erwartet. Während nun die leicht geöffnete Tür Ganini zunächst noch blendet, schiebt Ahita überraschend Lea zur Seite und erreicht den noch vom Licht Geblendeten. Dieser, sonst dem gewohnten Ansturm standhaltend, stürzt zu Boden und zieht Ahita mit sich. Allen Beteiligten ist deutlich vernehmbar, dass zu jeder Liebe gelegentlich ebenso schmerzhaftes gehört, denn mit ihnen zerbrach auch die wertvolle Vase in mehrere Stücke. Zugleich erstrahlen, wie von Geisterhand gelenkt, ihre Körper und das zerbrochene Meisterwerk einer vergangenen Kunstepoche im automatisch gesteuertem Licht aus einer sich an der Decke befindlichen Lampe, die mit holzgeschnitzten Engeln verziert ist.

Der Vorfall belustigt Lea, denn ihr bietet sich ein kurioses Bild: die zertrümmerte Vase umrahmen links und rechts die Gestürzten. Während Ahita sich leicht an einem Finger ihrer rechten Hand verletzte, blieb dagegen Ganini, Dank des Schutzgottes alkoholischer Abenteurer, unversehrt. Und so, dem letzten Rest seines im Körper verbliebenen Alkohols trotzend, erhebt sich der Herr des Hauses fast katzengewandt, als könne er auf diese Weise seine noch bestehende Unsicherheit verbergen. Hilfreich erfasst er Ahitas ausgestreckten Arme. Dann verlassen sie stumm, aber mit tränenreichen Blicken die zerbrochene, wertvolle Vase und somit den Ort des Geschehens.

Fast künstlerisch geordnet erscheint das Zerbrochene auf dem Holzfußboden liegend. Für mehrere Sekunden wünscht Lea dieses in wunderbarster Farbharmonie bestehende Werk des Zertrümmerns als Kunstwerk zu belassen. Dann jedoch ordnet sie für eine mögliche Restaurierung zunächst die wertvollsten Teile, und sammelt weitere zahlreiche kleinere Bruchstücke ein. Sorgsam das von ihr Gesicherte tragend, schreitet sie über groß belegte Keramikplatten in die wenige Meter entfernte Küche.

Obwohl der Kühlschrank des Hauses mit Köstlichkeiten aus aller Welt bestückt ist, stehen auf dem Küchentisch nur zwei Scheiben Brot, wenig Käse, und davon entfernt etwas Obst. Alles scheint nicht zusammengehörig. Es gibt weder Kaffee noch Milch oder sonstiges als Beilage und so zieht Lea vor den Augen der Anderen alles zu sich heran mit der Bemerkung: „Schön, dass Ihr mir etwas übrig gelassen habt!" In Blitzeseile stopft sie die Nahrungsmittel in ihren schmalen Mund, dessen äußere Form dem der Tiane von Lackerle ähnelt. Ganini ist nun munter: „Tiane, könntest Du etwas langsamer essen?"

„Tiane?" rufen Ahita und Lea gleichzeitig erstaunt.

Seinen Fauxpas bemerkend verfärbt sich Ganinis Gesicht, er spürt, dass teuflisches auf ihn zu kommen könnte und deshalb versucht er alles herabzuspielen und sagt: „Ja, Tiane. Leas Gier und ihre Mundpartie erinnern mich an die Frau des Dirigenten von Lackerle, die zum Verdruss ihres Ehemannes auch auserwählteste Gerichte gierig verschlingt."

„Auch – also auch andere Männer?" fragt Ahita.

Nun treibt sie ihn in die Enge, er wähnt seinen Kopf schon in der Schlinge und sagt deshalb barsch: „Bitte, lassen wir das jetzt."

Ahita senkt ihren Kopf und sagt sehr leise, kaum vernehmbar: „Ja, ich bin bereits gut informiert."

In ihren Gedanken ist sie jetzt bei Tiane. Sie verspürt einerseits Neugierde, andererseits eine starke Eifersucht in sich aufkommen. Wie wird sie ihn wohl behandelt haben, was hatte sie alles mit ihm angestellt? Vielleicht gibt sie ihm ähnliches wie unsere Hamal? Oder vielleicht sogar noch bessere Mittel? War er ihr verfallen, und ist möglicherweise immer noch von ihr abhängig? Was würde er wohl machen, wenn sie ihn ruft, ihn zu sich bittet, vielleicht sogar befiehlt, sofort zu kommen? Begleitet sie ihn möglicherweise sogar auf seinen Konzertreisen?

Lea unterbricht Ahitas Gedankengang und lächelnd sagt sie in reinstem Schwyzer-Dytsch, dabei Ganini frech ins Gesicht sehend: „Ich werde Tiane zu einem Wettfressen einladen!"

Dann verlässt sie mit schnellen Schritten die Villa.

Gespannte Ruhe beherrscht den Raum. Ahita fasst sich, wechselt das Thema und fragt Ganini: „Sag bitte, ist Lea nicht ein hebräischer Name? Ist Eure Familie etwa jüdischer Abstammung?"

„Ja, oder auch nein, vielleicht haben wir aus Vorzeiten die kleine Menge eines Fingerhutes jüdischen Blutes in unseren Adern, möglicherweise ausreichend, um künstlerisch tätig zu sein. Ich habe oftmals den Eindruck, als besäßen alle künstlerisch tätigen Menschen jüdisches Blut in ihren Adern, einige mehr, andere weniger und nur diese wären dann überhaupt fähig, sich künstlerisch zu artikulieren. Der Rest der Welt versteht, so glaube ich, nur sehr wenig und dieses Unverständnis erschwert im allgemeinen die Schöpferkraft der Künste."

„Glaubst Du auch, dass Soomlems, oder Menschen anderer Religionen nur dann künstlerisch tätig sein könnten, wenn derartiges Blut in ihnen nachweisbar ist?"

„Ja."

„Das ist sicherlich eine sehr individuelle Betrachtungsweise: Warum sollte es ausgerechnet jüdisches Blut sein – etwa weil Jesus Eltern jüdisch waren, und somit auch er das von Dir begehrte so positiv beurteilte in seinen Adern hatte?"

„Nein – vielleicht auch ja, ich meine doch nur die Winzigkeit weniger Tropfen, die sich aus Vorzeiten weiter vererbten."

„Ach quatsch, dann müssten in deren Staat ja nur Künstler leben. Überlebenskünstler ja, so zumindest erscheint es gegenwärtig, da stimme ich Dir zu."

„Vermutlich hast Du recht, aber unter den sehr guten Musikern aller Art begegnen mir vorwiegend jüdische Menschen, möglicherweise bildete sich deshalb bei mir diese Sichtweise?"

„Ach – Deine Dirigenten von Lackerle und Zapadusti? Der eine ist Deutscher der andere Italiener. Gut, sie waren zu damaliger Zeit noch Kinder. Aber glaubst Du etwa, sie lebten heute noch, nach all den Morden die im Auftrag faschistischer Ideologie geschehen sind, wenn sie nur einen Tropfen des fremden Blutes in sich tragen würden?"

„Wahre Künstler sind sie ja auch nicht."

„Aber erfolgreich."

„Nicht immer – gelegentlich bereiten sie mit ihrer aufgeblasenen Eitelkeit den Mitgliedern des Orchesters auch pure Freude – aber wir sollten das Thema wechseln."

„Würde denn der Meister großer Musik im Garten gemütlich frühstücken – vielleicht genüsslich feinsten arabischen Kaffee mit mir trinken wollen? Möglicherweise könnten wir uns wechselseitig die Erlebnisse unserer vergangenen Tage erzählen?"

„Bitte nein, mir ist der Appetit vergangen, geistige Nahrung ist mir jetzt wichtiger – und, verzeih mir das mit Tiane."

„Bedeutet sie Dir noch viel?"

„Tiane ist Vergangenheit – ich verspreche es Dir."

„Möchtest Du auf der Violine üben?"

„Nein, meine gegenwärtige Verfassung lässt es nicht zu, das wäre eine unproduktive, vergeudete Zeit."

Geduldig fragt Ahita: „Darf ich Dir dann vom Wunder meiner Erleuchtung erzählen?"

Widerwillig sagt er: „wollen wir uns dazu nicht doch lieber in den Garten setzen? Vielleicht zwischen die wunderbaren Kakteen und Euphorbien?"

Ganini zögert, ihm ist nicht wohl. Was mag sie für eine Erleuchtung gehabt haben? Geht es um Tiane – und könnte ihre angebliche Erleuchtung in Wahrheit ein weibliches Verhör sein? Aber dennoch folgt er ihr über den mit Kieselsteinen belegten Weg , der zu einem gemeißelten Tisch aus weißen Marmor mit gleichgeformter Sitzecke führt.

„Bitte."

Ahita besetzt den ihr angebotenen Platz in unmittelbarer Nähe seiner prächtigsten Pflanzen. Sie strahlt. Dann sagt sie: „Aber der Anfang ist kompliziert, ich weiß nicht recht, an welcher Stelle ich beginnen soll."

Ganini antwortet nicht, er wartet ab.

„Du weißt ja, dass ich Kinderärztin bin."

„Ja, aber was hat das mit Deiner Erleuchtung zu tun? Erwartest Du etwa ein Kind?"

„Nein! Aber bei meiner Erleuchtung geht es um alle Kinder dieser Welt."

„Möchtest Du Geld sammeln? Wie hoch soll meine Spende sein?" fragt Ganini erleichtert und großzügig zugleich, denn offensichtlich geht es doch nicht um Tiane?

„Spenden ist sicher gut, aber darum geht es mir jetzt nicht." Ganini streckt seine Füße zu weit in Richtung eines sich mit seinen Stacheln wehrenden, kugelförmigen Kaktus und möchte wegen der entstandenen kleinen Wunde seinen Sitzplatz verlassen. Aber Ahita hält in fest, greift mit entschlossen Griff seinen Unterarm: „Bitte, ich wollte doch wegen meiner Erleuchtung mit Dir reden."

Widerwillig setzt er sich und sagt mit leicht abwehrender Stimme: „Ich höre!"

„Also – ist Dir schon einmal aufgefallen, dass alle Kinder dieser Welt im ersten zeichnerischen Stadium zunächst nur Kritzeleien machen? Später dann Sonnenräder malen, die sich in der Folge zu figürlich menschlich Erahnendes weiter entwickeln? Diese Formen ihrer Darstellung werden von Kinderärzten und Psychologen allgemein als Kopffüßler bezeichnet."

„Ja."

Ganini ist nun überzeugt, dass es bei Ahitas Erleuchtung nicht um Tiane geht und fragt erleichtert zurück: „Und was habe ich, was haben wir damit zu tun? Das sind doch normale Entwicklungsstufen eines jeden Menschen, die jeder von uns durchmachte."

„Sicher, aber diese Entwicklungsphase betrifft alle Menschen, ohne Rücksicht auf deren Hautfarbe oder Religionszugehörigkeit. Jedes normale, gesunde Kind entwickelt sich unter gleicher Voraussetzung. Der Mangel an Papier und Farbstifte in den armen unterentwickelten Ländern ändert meine Wahrnehmung nicht, da sie sich mit Beobachtungen der Wissenschaft deckt.

Kinder der Naturvölker, die weitab der Zivilisation leben, haben andere natürliche Mittel zur Verfügung, um sich derart zu artikulieren. So zeichnen die Kinder der Wüstenzone vermutlich im Sand, ähnlich unserer Kinder, deren spätere Kreidezeichnungen für jedermann sichtbar, teilweise auch auf der Straße entstehen.

Seit meiner Erleuchtung – ich hatte diese während eines langandauernden Schlafs über zwei Tage und Nächte während Deiner Konzertreise – unterteile ich die Entwicklungsstufen des Kindes in eine Erinnerungsphase (außerirdisch) und in eine Wahrnehmungsphase (irdisch)."

Ganini fragt mit deutlich vernehmbarer, zweifelnder Tonlage: „Irdisch und Außerirdisch? Wie ist das von Dir gemeint?"

„Ja das würde ich Dir gern erläutern wollen, und besonders betonen, dass sich meine Erleuchtung nur auf den Bereich der außerirdischen Phase bezieht. Die nachfolgende Wahrnehmungsphase erweitert den Kopffüßler dahingehend, dass nun auch zusätzliche, also irdische Beigaben von den Kindern zeichnerisch hinzugefügt werden. Die Darstellung wird differenzierter. Später erhält der Kopffüßler einen eigenständigen Rumpf, der oftmals in Form eines Dreiecks, Rechtecks, oder Kreises gezeichnet wird. Das Kind beginnt zwischen maskulin und feminin zu unterscheiden, was meist durch Anwendung längerer Haare erkennbar ist. Aber diese Phase interessiert mich in diesem Zusammenhang nicht, denn hier ist das beherrschende diabolische, was den Menschen ausmacht, bereits in sich abgeschlossen."

Kritisch den Satz wiederholend fragt Ganini: „Das Diabolische ist bereits abgeschlossen?"

„Genau so ist es, mir wurde am Tag der Erleuchtung bewusst, dass das Übel oder die Plage auf Erden Gottgewollt ist. Ich glaube inzwischen sogar, und je länger ich mich seit meiner Erleuchtung damit beschäftige, dass Gott den Planeten Erde als eine Art Abfallstation krankhafter Zellen betrachtet."

Ganini sieht Ahita skeptisch an: „Gott betrachtet den Planet Erde als Abfallstation? Wer hat Dir denn dieses Hirngespinst eingelöffelt?"

Ahita richtet sich etwas auf und sieht Ganini mit scharfem Blick an: „Darf ich Dir nur einige Beispiele nennen, die uns Menschen auf der Erde enorm belasten?"

„Ja – vermutlich sind das normal gewohnte Dinge, die individuell je nach Laune und Gewichtigkeit von jedem Einzelnen unterschiedlich wahrgenommen werden, aber bitte."

„Versuche doch bitte ein mal an Hand weniger menschlicher Eigenschaften das Leben auf Erden zu betrachten. Ich nenne nur: Arroganz, Besessenheit, Egoismus, Ehrgeiz, Einbildung, Erregbarkeit, Geiz, Gewalt, Grausamkeit, Habgier, Hass, Herrschsucht, Hochmut, Korruption, Intoleranz, Machtstreben, Neid, Triebsucht, Unverfrorenheit – das ist nur die Spitze des Eisberges, was meinst Du dazu?"

„Sicher, irgend wie erscheint das logisch. Wenn ich nur darüber nachdenke, was allein seit unserer Begegnung geschah? Aruk wollte Dich sogar töten, dann Zapadustis arrogante Haltung gegenüber seinem sehr begabten komponierenden Triangelspieler?"

„Aber mein lieber Ganini: das sind doch kleinste Kinderspiele im Vergleich zur politischen oder religiösen Gewalt, die auf Herrschsucht und Machtstreben beruhen, und deren Folgen zu Grausamkeiten führten – und auch heute noch vorkommen. Es sind vor allem die Glaubenskriege, die in der vergangenen mehrtausendjährigen Geschichte Tod und Verderben über den Erdball verbreiteten."

Ganini mildert ihre Gedanken mit der Bemerkung: „Es gibt aber auch sehr viel Liebe und Hilfsbereitschaft unter den Menschen, egal welcher Religion, Rasse oder politischen Richtung sie sich zugehörig fühlen. Das erlebe ich oft, wenn ein aus unterschiedlichen Menschen zusammengesetztes

Orchester sich zum sauberen Zusammenspiel verpflichtet fühlt."

„Gut, wenn wir uns erneut auf die Ebene der Belanglosigkeit begeben wollen, dann darf ich sagen, dass auch meine Hamal unter einer bereits von mir genannten negativen Eigenschaft einzuordnen sind. Tiane würde ich am liebsten . . . " hier unterbricht Ahita, um dann fortzusetzen „jedenfalls steckt in jedem von uns das teuflische, zerstörerische Wesen eines von Gott zur Erde deportierten Menschen."

„Was sagst Du da, ein von Gott zur Erde deportierter Mensch?"

„Ja – so begreife ich meine Erleuchtung."

„Ahita, andauernd redest Du von einer Erleuchtung, die Dir gottähnlich erschienen ist, warum machst du Dich so wichtig und verschweigst mir die erforderlichen Details, damit ich die außergewöhnliche Unwiderlegbarkeit Deiner Worte begreifen kann?"

„Gut, ich erzähle Dir, wie und was mit mir geschah."

Ahitas Augen richten sich auf den in ihrer Nähe liegenden schneebedeckten riesigen Berg. Sie scheint nach Worten zu suchen. Nachdenklich sagt sie mit leiser, kaum vernehmbarer Stimme: „Jener Tag, an dem nachfolgend meine lange, fast zweitägige Schlafenszeit folgte, hatte ich aus Eitelkeit mein wunderbares mit Goldverziertes weißes Kleid angezogen und mich im Spiegel bewundert. Ich mache das sehr selten. Zuletzt bekleidete ich mich damit vor unserer ersten Begegnung. Offensichtlich besitzt dieses Kleid die Fähigkeit, mir außergewöhnliche Zukunftsfreude zu bereiten, denn kurz darauf begegneten wir uns und wurden miteinander glücklich."

Ganini bestätigt sie durch das Nicken seines Kopfes, ohne ihre begonnene Erzählung zu unterbrechen.

„Aber an diesem Tag löste sich von der aus reinstem Gold versehenen Applikation für mich kaum wahrnehmbar etwas zierliches von meinem Kleid und fiel zu Boden, genauer auf meine Fußspitze, so dass ich es zartfühlend bemerkte.

Ich hob es auf und bewunderte eine strahlend blankpolierte, kugelige Oberfläche. Irgend etwas irritierte mich beim Anblick dieser Kostbarkeit. Zunächst glaubte ich zu träumen. Befühlte deshalb meine aus feinster Seide bestehende Kleidung und tastete mich vorsichtig an die wunderbare Applikation heran. Dieses Abtasten gab mir vergleichend die Gewissheit, dass die herausgefallene kleine goldene Kugel nicht mehr ihren normalen Durchmesser besaß, sich vielmehr zu einer stets größer werdenden Masse veränderte. Innerhalb kurzer Zeit wuchs dieses kleine Wunderwerk zu einer fast Handgroßen makellosen blendenden Größe heran. Das geschah innerhalb kürzester Zeit, so dass ich staunend den in meiner rechten Hand stattfindenden Wandlungsprozess miterleben durfte."

Ganini schaut Ahita ungläubig an, sagt aber nichts.

Sie setzt fort: „Mit meiner linken Hand befühlte ich nun das außergewöhnliche Meisterwerk, es schien wie von Gott geschaffen und war so zart, das ich fürchtete, es bei höherer Druckausübung zerbrechen zu können. Aber eine innere Stimme sagte mir: fasse ruhig fester, ich zerbreche nicht, niemals, ich bin wandlungsfähig und somit für Erdenmenschen unzerstörbar. Angst überfiel mich. Aber – hörte ich diese innere Stimme sprechen . . . " Ganini unterbricht und sagt zu Ahita: „Meine Göttliche, könntest Du bitte diese Märchenerzählung später mal unserem Kind erzählen. Ich bin nicht der richtige Empfänger für Derartiges. Meine Zeit ist nicht die der Kinder."

Ahita lässt sich von dieser Bemerkung nicht irritieren, sie legt ihren linken Arm um Ganinis Schulter, gibt ihm einen Kuss und bemerkt lediglich: „Göttliche Fügung sollte auch ein großartiger Violinvirtuose nicht anzweifeln."

Dann nimmt sie ihren Arm wieder zurück, dorthin, wo er sich zuvor befand: genau oberhalb ihrer rechten Hand und zwar so, als würden nun beide Hände etwas kostbares umschließen. Für einen kurzen Augenblick hält sie inne, als wolle sie um die Genehmigung bitten, jemandem ihre Erleuchtung mitteilen zu dürfen.

Dann sagt sie: „Ja, als ich am Tag der Erleuchtung diese außergewöhnlich glänzende Kugel in meinen Händen trug und mich nach geraumer Zeit vorsichtig traute, sie für einen kleinen Augenblick zu drehen, nur etwas, fast kaum. Da gab die Oberfläche nach, ermöglichte eine kleine Delle in ihrer Oberfläche und fühlte sich plötzlich elastisch an. Es war eine mir unbekannte Elastizität, die ich auf Erden bisher noch bei keinem Gegenstand hatte ertasten können. Scheinbar mit mir spielend glitt sie mir aus den Händen und fiel zu Boden. Erschreckt schaute ich auf einen kleinen entstandenen Riss, der sich zögerlich weitete, gleich einer Blüte bei aufkommenden Sonnenstrahlen. Meine Augen waren von der inneren Schönheit geblendet. Ich fühlte mich plötzlich in die mir erscheinende Welt einbezogen. Und je mehr ich mich mit meinen Augen in das mir Dargebotene vertiefte, um so größer wuchs die bisher nur handgroße Kugel für mich unfassbar ins Unendliche weiter an. Es umleuchtete mich nun von allen Seiten ohne dabei zu blenden. Außergewöhnlich empfand ich auch die sich auftuende, dann anhaltende, herrschende Stille. Vorsichtig setzte ich meinen rechten Fuß um wenige Zentimeter vorwärts, aber es schien mir, als hätte ich mit dieser Handlung zugleich mehrere Kilometer, eine für mich nicht mehr messbare Strecke zurückgelegt. Ich konnte mich drehen und wenden wie ich wollte, ich war mitten drin, aber wo?

Diese mir selbst gestellte Frage löste in meiner näheren Umgebung eine außergewöhnliche, von mir nicht erwartete Aktivität aus. Aus allen Richtungen kamen seltsam kleine blanke Stäbchen in meine Nähe, um sich vor meinen Augen zu einer langen Kette zu vereinen. Ich hatte Angst und befürchtete von dieser wohl niemals zu zerstörenden Kraft gefesselt zu werden. Doch stattdessen fügten sie sich zu einer Spirale zusammen und verwandelten sich ohne mein Zutun zu einem schwebenden, rollenartigen Gebilde. Und nun fragte ich mich, wo ich wohl sei?

Da blitzte und zuckte eine dieser unscheinbaren Rollen, öffnete sich langsam und in deutlich lesbarer arabischer Schrift bekam ich meine Frage beantwortet, dort stand: „Ahita Du bist im Innern der Sonne unseres Planetensystems."

Nun bekam ich Angst und fragte mich: im Innern der Sonne herrscht doch glühende Hitze, wie soll ich hier überleben? Nun funkelte eine andere Rolle, sie öffnete sich und ebenfalls deutlich lesbar entnahm ich die beruhigende Antwort: „Im Innern der Sonne existiert das Reich Gottes."

Wer mag nur meine Fragen beantworten? Erneut erleuchtete eine besonders geformte Rolle, löste sich aus der Spirale, umschwebte mich mehrfach, öffnete sich mit lautem Donnerschlag. Dann las ich nur das Wort: „Gott."

Ich zuckte zunächst ängstlich zusammen, Gott in meiner Nähe? Sollte ich mich deshalb fürchten?

Aber dieser Gedanke allein reichte zu nachfolgend unfassbarer Nachricht: „Ahita, Gott erwartet Dich."

Im gleichem Augenblick glitt ich auf meinem spiralenförmigen Objekt durch wunderbar gekühlte riesige Räume, welches zusammenhängend ein einzigartig herrlich anzusehendes Gewölbe darstellte. Ich schwebte zu einem aus unzähligen, mit noch nie von mir so wahrgenommener Präzision erstellten, aus Kugeln bestehendes Laboratorium. Dort angekommen, erhoffte ich Gottes Antlitz erblicken zu können. Ja, dort spüre ich ihn, Anthropus der Urmensch, der sich als Gottvater aus unzähligen Archaebakterien entwickelte und alleiniger Herrscher unseres Planetensystems ist.

Mir war bewusst: Gott existiert nicht in der uns seit Jahrtausenden überlieferten Form irdischer Vorstellung entsprechend verschiedenster, sich gegenseitig stets bekämpfender, geistlicher Machtpolitik und künstlerischer Ruhmsucht mit all ihren Darstellungen. Gott ist etwas anderes: er ist die geballte, zusammengefügte Lebenskraft der Archaebakterien, die sich allwissend fortdauernd stets zusammenfügend erneuern, – und damit die Urgewaltige Kraft vereinend, das bestehende Sonnensystem der Erde zu erhalten. Kaum wahrnehmbar flimmerte das gesamte spiralförmige Objekt und schwebte zu einer enormen Menge reiner Kugeln, die wiederum voller Demut eine mächtige, im Zentrum existierende Blase allergrößter Schönheit umgaben – es war die im Universum unvergleichliche Vollkommenheit des Reiches Gottes, also das Reich der Archaebakterien und ihres Herrschers Anthropus.

Gegenüber der alles beherrschenden Maßeinheit blieb mein persönliches Empfinden bedeutungslos. Plötzlich blitzte es wieder auf einer der Rollen aller Weisheiten. Wie gewohnt öffnete sie sich mit lesbarer Schrift: „Gott scherzt über selbsternannte irdische Götter, die sich selbstherrlich bildnerisch darstellen lassen. So auch die angebliche Göttin der Gewässer und Quelle des kosmischen Ozeans. Ich begriff: Gott weiß alles. Weiter konnte ich nicht denken, denn erneut erhielt ich seine Antwort – es stand geschrieben: „Ahita, Dein Name ich nur abgeleitet von einer von machtstrebenden erbärmlichen Kreaturen ernannten Göttin."

Verängstigt fürchtete ich deshalb nun göttliche Verärgerung. Stattdessen aber wurde ich belehrt: „Innerhalb der Sonne hält Gott das Gleichgewicht des Planetensystems aufrecht. Zur abgekühlten Oberfläche der Erde deportiert er defekte, scheinbar unkontrollierbare Bakterien, denen er dennoch eine bestimmte Zeit des Lebens von „Gottes Gnaden" gewährt.

Ich schaute mich allseits um, suchte Spuren von Leben, aber nirgendwo war das mir gewohnte Bild auch nur andeutungsweise sichtbar. Wo sind die von Gott bestimmten defekten, bakteriellen Spuren für mich erkennbar? Gelegentlich blinkten an mehreren Stellen die unersetzbaren Rollen lesbarer Informationen, um dann aber wieder unentschlossen zu verlöschen, so, als könne Gott sich nicht zu einer Antwort entscheiden.

Nach für mich viel zu langer Zeit aber verkündet Gott mir: „Ich bin von vielen fremden, mächtigen und gefährlichen Sternen umringt. Um mein Planetensystem zu sichern, sammelte ich alle im Universum verfügbaren Archaebakterien und verwende sie als endlos sich bewegende, arbeitende Maschine, gleich einem Perpetuum mobile, um drohender Gefahr entgegen zu handeln. Geringste Abweichungen oder erkennbar defekte Auswüchse dieser Bakterien jedoch destabilisieren unser Sonnensystem. Sich fehlentwickelnde defekte Bakterien regeneriere ich deshalb, oder verbanne diese zum Planet Erde, den ich als Abfallstation bestimmte. Es hätte auch ein anderer Stern unseres Sonnensystems sein können, da selbst krankhafte Archaebakterien wandlungsfähig und somit anpassungsfähig sind." Er fügte noch hinzu: „Es waren diese in breitem Strom aus anderen Galaxien eindringenden Urbakterien, die das Planetensystem der Sonne bedrohten. Es galt, sie als unendliche Kraftreserve in eine Umlaufbahn zu lenken. Zu diesem Zweck schaltete ich vor vielen Millionen Jahren die glühende Kraft der Sonne für einen kurzen Augenblick ab, wobei während der Abkühlphase auf dem Planet Erde meine kleinen, vergnüglichen, harmlosen Dinosaurier nicht überlebten." Ganini schmunzelt nun und sagt beiläufig: „Du hast ja Unglaubliches Traumhaftes erlebt. Nun glaube ich, dass Du durchgehend zwei Tage und Nächte geschlafen hast." Aber von diesem Einwand unbeirrt, setzt Ahita die Geschichte ihrer Erleuchtung fort: „Es umgab mich eine makellos göttliche Reinheit, nirgendwo entdeckte ich auch nur geringste Zeichen geschädigter Bakterien, oder etwa sogar Spuren kleinster Lebewesen, in den Formen, wie sie uns auf der Erde seitens der Wissenschaft in anschaulichen Bildern dargeboten werden. Ich konnte mit niemanden reden, sondern nur dankbar die mir gebotene Information annehmen. Vielleicht waren es nur Minuten, möglicherweise mehrere Stunden, in denen ich mich nach wissenswertem umschauen konnte.

Es gab in dieser Zeit auch keine Veränderung des Lichtes, keinen Morgen oder Abend.

Die mich umgebende Atmosphäre, ich benenne sie mal so, bestand aus einem anderen Gemisch in für mich optisch erkennbarer Farbgebung, die ich im engeren Umkreis als kühlbläulich-weiß wahrnahm. Weiter entfernt veränderte sich der Farbton dahingehend, dass ich ihn leicht weißlichgelb empfand und sich diese Farbe verdichtend zu roter kräftiger Tönung in unendlicher Weite von mir weiter entwickelte. Dort nahm ich die glühende Kraft der äußeren Sonnenschicht wahr, aber das so vorhandene feurige Licht blendete mich allerdings nicht. Es war so, als schaute ich aus dem Fenster einer Wohnung den Rücklichtern eines davon fahrenden Auto nach. Ich genoss auf der mich immer noch schwebenden Wunderspirale alle im Innern der Sonne gegebenen Ausblicke, so auch von oben auf das Reiches Gottes und der sie umgebenden, für mich technisch erscheinenden Anhäufung einer laboratoriumsähnelnden Maschine.

Offenbar geschah hier das göttliche Wunder. Dennoch entdeckte ich, fast kaum wahrnehmbar, eine nicht makellos gebliebene Kugel mit Ansätzen scheinbar unkontrollierbarer Erhebungen, die ich auch als Hautpickel bezeichnen könnte. Dieser Körper war von vielen diamantenähnlichen Kugeln besetzt, die sich jeweils leicht bewegend offensichtlich bemühten, die entdeckten Auswüchse zu bereinigen. Das Hin und Her empfand ich im übertragenem Sinn einer menschlichen Armbewegung gleichend, so, als würde die Oberfläche geschliffen, oder mit einer anderen Substanz überstrichen. Mein Interesse galt den verbleibenden Resten, die sich doch in irgend einer Weise hätten im Umfeld verteilen müssen. Aber diese waren offenbar so klein, dass ich sie mit meinen Augen niemals, vermutlich auch nicht mit einem Mikroskop hätte wahrnehmen können. Sehnlichst wartete ich auf eine Erklärung, aber nichts dergleichen geschah – meine bisher gottgegebene, so wundersam funktionierende Bibliothek blieb untätig. Mein Verhalten wurde offenbar ununterbrochen beobachtet. Natürlich war ich neugierig, wollte alles erkunden, was sich mir offen darlegte.

In meinem Gehirn festigte sich daher das Wort Machtzentrum, ich verglich für den Moment einer Tausendstelsekunde Gott mit den Herrschern der Erde. In diesem Augenblick entwickelte sich ein tosendes Geräusch, das mich an das schlechte, widerlich tosende Geschrei ähnlich unserer Popmusik erinnerte, und mir einen ungeheuren Schreck einjagte. Alles kam so unerwartet schnell auf mich zu, meine Ohren dröhnten schmerzhaft. Mit fast unerträglichem Druck verschoben sich einseitig die Weichteile meines Gehirns. Alle Zähne schienen mir auszufallen und meine Arme waren gelähmt. Der Zorn Gottes hatte seine allmächtige Herrschaft demonstriert. Gleichzeitig verlor ich von der schwebenden Spirale den Halt. Diese hatte sich getrennt und ihre einzelnen Teile schwebten nun in nicht erreichbarem Abstand scheinbar belustigend um mich herum. Seltsamerweise aber bekam ich niemals einen Kontakt zu einem festen Grund, der meinen Körper hätte vollständig zertrümmern können.

Eine der göttlichen Schriftrollen näherte sich mir zielgelenkt und öffnete ihre lesbare Seite, die nun nicht mehr in arabischer, sondern in deutscher Schrift lesbar war: „Ahita! Zunächst wird Dein Körper schmerzfrei aufgelöst. Du wirst auf dem Wege zur Erde zurückkehren, den alle geschädigten Bakterien zu beschreiten haben und wie Du ihn bereits vor vielen Jahren gegangen bist. Dieser Vorgang bleibt nur eine gewisse Zeit in deiner Erinnerung. Folge der Weisung Gottes."

Alsbald näherte sich ein ebenfalls schwebendes, kreisförmig ringhaftes, ein der irdischen Vorstellung gleichendes Sonnenrad. Seine winzigen Strahlen waren von gleicher Elastizität wie die der bereits eingangs erwähnten goldenen Kugel, die mich in Gottes Reich geführt hatte.

Voller Angst blickte ich auf das sich herankommende Sonnenrad, dessen Durchmesser immer größer wurde und mich dann mit mehreren seiner elastischen Fühler aufnahm. Ich stand im Innern des Rades aufrecht, während die Fühler sich ausdehnten, um beiderseits ein gitterähnliches Netzwerk zu bilden. Alles geschah so sanft, dass es mir schien, als würde ich als irdische Göttin von unzähligen Gläubigen auf einer Sänfte getragen. Teilweise schwanden meine Sinne, aber dennoch spürte ich die stete Verkleinerung des Sonnenrades wegen seiner zunehmenden Verdickung und gleichzeitiger Verengung meines bis dahin vorhandenen Raumes.

Es schmerzte nicht, als einige der seitwärts angeordneten Fühler sich meines Körpers bemächtigten. Ich verlor für mich sichtbar zunächst meine Haare, dann meine Füße und einige Finger. Alles geschah, wie von Gott befohlen, schmerzfrei. Im weiteren Schritt der befohlenen Anpassung bemächtigten die elastischen, goldschimmernden Fühler sich meiner Arme. Sorge bereitete mir der zu erwartende Verlust meiner inneren Organe. Sorgfältig wurden Leber, Galle und Nieren entfernt. Ich empfand es so, als würde ein Schneider an einem Frauenkleid einzelne Stoffteile entfernen, ohne dass die darin befindliche Frau unmittelbar davon berührt wäre. Noch größere Sorge bereitete mir die Beseitigung meiner empfindsamen Weiblichkeit. Nachdem mein Magen, die Bauchspeicheldrüse und auch Lunge, sowie das Herz von dem Fühler beseitigt worden war, näherte sich vom unterem Rand des Sonnerades langfühlendes, schlauchähnliches und eigenartig wirkendes, um sich meiner Weiblichkeit zu bemächtigen. Währendessen war auch meine Wirbelsäule in ihre Einzelteile zerlegt worden. Nun hatte ich nur noch einen Kopf mit direkt verbundenen zwei langen Beinen ohne Füße.

Als ich nun glaubte, das sei das Ende der Demontage, wurden mir noch die Nase, Ohren und Zähne entfernt. So verblieben mir zur weiteren Orientierung nur noch meine Augen und zu meiner Überraschung auch das Gehirn. Ich war eine andere Kreatur geworden. Gleichzeitig hatte sich meine Körpergröße auf wenige Zentimeter verkleinert. Die an mir vorgenommene Veränderung schien das Gebot Gottes zu sein, denn als ich aus dem Sonnenrad entlassen worden war, stand mir eine ebenso geformte Kreatur gegenüber, sie betrachtete mich so, als müsse ich mich vor ihr einer Prüfung unterziehen. Ich konnte den Namen der Kreatur nicht erfragen, aber dennoch vernahm ich die Bezeichnung: Infantil. Ich hätte gern dem widerlichen Augenschein Gegenüber entsprechend laut weinen oder schreien wollen, aber mein Mund war ja ebenfalls entfernt worden. Mein letzter Anblick und meine Erinnerung galt dem von mir zurück gelassenem Wesen, welches in den aller ersten, frühesten Zeichnungen nur unsere Kleinstkinder zeichnerisch darzustellen vermögen. Offensichtlich erreichen alle Menschen durch den von mir erträumten Weg diese Erde, und alle Kinder dieser Welt erinnern sich in ihrem frühen Entwicklungsstadiums dieses Anblicks an diese Kreatur, dessen erkennbar erste menschliche Züge Forscher, sowie Kinderärzte und Psychologen als Kopffüßler bezeichnen."

Ahita wird durch das unmusikalische Geläut eines Telefons unterbrochen.

Ganini ergreift den Hörer: „Ganini, ja bitte?"

Es ist ein Anruf des Dirigenten Zapadusti: „Hallo Ganini, würden Sie mir behilflich sein?"

„Worum geht es?"

„Mein Solist musste wegen Erkrankung absagen, könnten Sie einspringen?"

„Ach, nicht so gern – aber wo und was müsste ich spielen?"

„In der Berliner Philharmonie. Spielen Sie irgend etwas, wir überraschen die Konzertbesucher, und der Name Ganini bedeutet doch keinen Ersatz, im Gegenteil."

„Das sagen Sie jetzt in Ihrer Not, bei Vertragsabschluss bevorzugten Sie den aufstrebenden jungen Mann."

„Sie haben recht, aber das bringt mich jetzt nicht weiter, bitte, kommen Sie?"

Ganini zögert, überlegt und will bereits ablehnen. Zapadusti spürt die für ihn aufkommende Schwierigkeit, falls er eine Absage bekommt und verwendet deshalb blitzschnell einen Trick, in dem er sagt: „Ich habe Tiane von Lackerle bereits angedeutet, dass Sie wahrscheinlich einspringen werden. Sie war sehr entzückt und möchte Sie unbedingt wiedersehen!"

Nun verändert sich die Lage. Ganini entfernt sich mehrere Meter von Ahita und sagt dann zu Zapadusti: „Ich übernehme den solistischen Teil und spiele Tianes liebstes Violinkonzert. Sie kennen es ja, wir sehen uns dann an gewohnter Stelle."

Zapadusti schmunzelt, denn er weiß sehr genau um Ganinis Schwäche für Tiane und bedankt sich mit: „Fabelhaft, lieber Ganini!"

Zum Glück hatte Ahita die Inhalte seines Gesprächs nicht mithören können. Nun ist der Meister der Violine bereits in Tianes Bann. Er erinnert sich der Macht dieses von ihr geschätzten musikalischen Meisterwerks und deren Folgen und verlässt Ahita mit der kurzen Bemerkung: „Zapadusti hatte mich soeben gebeten als Solist einzuspringen – ich konnte nicht absagen, deshalb werde ich jetzt für das übermorgen Abend in Berlin stattfindende Konzert meine Kadenz einstudieren."

Er übergeht Ahitas fragendem Blick und eilt zu seinem Musikzimmer. Sie folgt ihm und fragt ihren bereits die Noten überblickenden Geliebten: „Warum nimmst Du mich nicht mit?"

„Das geht doch wegen Deiner Gefährdung nicht, hast Du das bereits vergessen?"

„Ja – in diesem Augenblick. Ich sehe ein, es geht nicht, aber bleib bitte nicht so lange fort."

Ahita küsst ihn beherrscht und geht zu Bett, während Ganini nach kurzer Übungsphase seine Reise-Utensilien zurecht legt und ein Taxi bestellt.

Abschied, Anreise, Konzert in Berlin. Das alles liegt hinter Ganini, als zuvor kaum vernehmbare Klopfgeräusche an seiner Hotelzimmertür stärker werden. Er öffnet dieselbe und sieht im Halbschatten stehend eine weibliche Gestalt und sagt zu ihr freudestrahlend: „Tiane komm bitte herein, ich hatte Dich sehnlichst erwartet."

Die noch Stehende antwortet: „Nicht Tiane – ich bin es, Mascha, mich hattest Du wohl nicht erwartet?"

„Nein, das ist aber eine nicht alltägliche Überraschung, was machst Du in dieser Stadt?"

„Erkennst Du mich denn überhaupt wieder?"

„Ja – meine wunderbare Cellistin, mein Gott, ist das lange her."

„Ja – es waren schöne Zeiten." Sich umsehend fragt sie mit leicht russisch gefärbtem Akzent: „Erwartest Du Besuch?"

„Ich gestehe, ja, aber es ist keine Verabredung, mehr eine Hoffnung."

„Sagtest Du vorhin Tiane?"

„Ja."

„Erwartest Du etwa die männerschluckende Lackerle? Deren Opfer ich seinerzeit wurde und wegen der unserer Kontakt abbrach? Heute werde ich Dich besitzen und damit wir ungestört bleiben, gehen wir in mein ein Stockwerk höher gelegenes Zimmer."

Sanft, aber dennoch bestimmend, schiebt sie nun Ganini voran und gestattet ihm auch nur noch das Abschließen seiner Tür. Artig folgt er ihr. Plötzlich sagt sie: „Ich habe das Probespiel meines Traum-Orchesters bestanden und werde

131

demnächst dessen Mitglied sein. Dann hoffe ich, machst Du Dein Versprechen wahr und heiratest mich. Ich möchte gern mit Dir Deine Villa im Grunewald beziehen – ach, ich bin so glücklich und verliebt. Später könnten wir dann vielleicht ein mit Deinem Namen versehenes Quartett gründen und wunderbare Weltreisen machen?"

Ganini hört erstaunt diese Worte und sieht sich bereits mit ihrem Cello gemeinsam in dessen Kasten eingesperrt. Er sucht einen Ausweg, denn sollte er erst ihr Zimmer betreten haben . . . ?

Natürlich ist in seiner Erinnerung, dass sie seit geraumer Zeit die Geliebte des ihm bekannten Konzertmeisters ist und dessen Taxifahrender Bruder ihn unabsichtlich darüber informierte. Sie gehen die Treppe aufwärts.

Auf halbem Weg erscheint Tiane von Lackerle. Aus den Augen beider Frauen giftet es bereits und dann entbrennt zwischen ihnen ein Wortgefecht, dessen Vokabular manche Männer an Bordell-Begegnungen erinnern könnte.

Ganini nutzt die Gunst der Sekunde und erreicht ungeschoren den gerade ankommenden Fahrstuhl. Er fährt abwärts und überlegt: wie kann er sich der doppelt weiblichen Macht gefahrlos entziehen? Tiane beabsichtigt ihn nur gelegentlich zu besitzen, sie wird ihren gut zahlenden Ehemann und Dirigenten deshalb nicht verlassen. Zunächst ist er in Sicherheit, denn vor dem Hoteleingang winkt er einer herannahenden Taxe. Diese hält auch und nichts ahnend vernimmt er die Worte: „Ach der spielt Geige, komm wir fahren bei Tochter so schön."

Nun scheint sich das Unheil noch zu vergrößern. Bereits im fahrenden Auto gefangen, lässt er das nie von ihm gewollte tatenlos über sich ergehen. An Ziel in der Kurfürstenstrasse angekommen, steht sie, die wunderbare „Tochter so schön". Ihr Vater öffnet die Wagentür und raffiniert, geschickt erfasst sie sogleich Ganinis linke Hand mit der Bemerkung: „Oh, diese feinen zerbrechlichen Finger."

Ängstlich zuckt seine Hand, er möchte sich dieser drohenden, fingerzerbrechenden Gefahr entziehen, aber sie sagt barsch: „Komm jetzt, oder . . .?"
Widerstand erscheint ihm angesichts der bestehenden Sachlage äußerst aussichtslos, denn einige ehrenwerte Damen des Gewerbes umringen ihn, beweisen ihm so seine Machtlosigkeit und er ist klug genug, sich zu fügen. Jede ihrer Anweisung folgend, erreichen Beide das ihr zur Verfügung stehende Etablissement. Ohne Zeitverzögerung setzt sie sogleich ihre seit vielen Jahren gesammelte Erfahrung ein, mit geschickt weiblich gewandter Qualität überschüttet sie ihn derart, dass selbst die in seinen Augen äußerst erfahrene Tiane von Lackerle dagegen verblassen würde. So tief verwirrt erscheint Ganini zu sein, dass er der schönen Taxi-Tochter alles von ihr Gewünschte zugesteht, denn sie ist in diesem Augenblick die wunderbarste Frau seines bisherigen Lebens. Auf unerklärliche Weise hatte sie ihn so verwandelt, ihn so verblendet, dass selbst die göttliche Ahita für ihn nur noch ein entkernter Kopffüßler ohne Fleisch und Blut zu sein scheint.

Anderntags begegnet ihm in seinem Garten dieser entkernte Kopffüßler namens Ahita.   Er schaut sie lange an, und überlegt, ob er beichten, oder doch lieber alles verschweigen soll? Sie hatte ihm ihren Traum, ihre Erleuchtung erzählt, vielleicht sollte er sein weibliches Erlebnis ebenfalls als Traum verkaufen, das würde möglicherweise seine jämmerliche Stimmung verbessern.
Beunruhigt geht sie auf ihn zu, sie spürt seine Verunsicherung, ahnt Böses auf sich zukommen und fragt deshalb vorsichtig: „Hast Du schon etwas getrunken, vielleicht möchtest

Du einen Schluck Rotwein – und vielleicht auch ein wenig Hamal?"

Da er zögert, fügt sie schnell hinzu: „Ich habe ihn ganz frisch gebacken, er ist gut und gibt Dir außerordentlich viel Kraft!"

Ganini scheint aber nicht ansprechbar, denkt über irgend etwas nach, dass sie nicht ergründen kann. Plötzlich geht er zu seinem silbergrauen Auto, dass er schon lange vermisste und nach dem Unfall und der leichten Reparatur nun persönlich fahrend herbrachte. Dort entnimmt er eine kleine Kiste, die mit Luftlöchern versehen ist. Ahita geht fragenden Blickes hinzu: „Was versteckt sich darin?"

„Eine Überraschung, eine Katze."

„Puh – eine Katze, ich mag keine Katzen."

„Aber Du bist doch auch eine anschmeichelnde Katze, magst Du dich nicht?"

„Ich bin keine Katze oder empfindest Du mich derart?"

„Ja, die Geschmeidigkeit einer Katze zu spüren, sie zu streicheln und zu lieben ist doch für einen Mann etwas Wunderbares." „

„Ja sicher, wenn Du das so siehst, dann fühle ich mich schon als Katze, allerdings eine in letzter Zeit sehr vernachlässigte Katze."

Nun öffnet er vorsichtig den Deckel und sichtbar wird ein schneeweißer Körper, der an den Ohrenspitzen leicht ins warmrötliche Gelb übergeht, deshalb aber nicht unbedingt orange, sondern vielmehr sich einer goldenen Tönung nähert. Ihre Nase und Schnurrhaare sind Pechschwarz, ihre ebenfalls schwarzen Augen umranden das leuchtende, in allen vorhandene Katzenaugengrün. Ahita entnimmt die verängstigte Katze aus dem Behälter und entdeckt etwas wunderbares: die Ohren sind farblich der äußersten Spitze des Schwanzendes angepasst und beide Akzente übertragen sich harmonisch auf ihre Pfoten, somit entsteht der Eindruck, als träge dieses schöne Tier kleine, goldene Schuhe.

Ahita hält das für sie mitgebrachte, inzwischen auf sie wunderschön wirkende Geschenk in ihren Armen und streichelt das Tier.

Angesichts seines schlechten Gewissens kommt seine verlegene Frage: „Darf ich heute Dein Kater sein?"
Auf diese, oder eine ähnlich formulierte Frage hatte Ahita zwar seit mehreren Tagen vergeblich gewartet. Angesichts langanhaltender Vernachlässigung aber wirkt sie zögerlich, sie spürt irgend etwas nicht mehr stimmendes. Möglicherweise empfindet sie ihrem Gefühl entsprechend katzenähnlich einen von ihm übertragenen fremden Geruch?
„Für wen hattest Du die frischen Hamal zubereitet?"
„Für meinen Kater mit den goldenen Schuhen," kam die für ihn unerwartete Antwort.
Dieser hatte sich inzwischen aus Ahitas Armen entfernt, um sich sogleich mit ausgestreckten Pfoten in ihrem Bett heimisch zu fühlen. So anzusehen könnte die Katze auch aus Porzellan gestaltet, kunsthandwerklich chinesischer Herkunft sein.

Ganini betrachtet das offenbar sich wohlfühlende Tier und fragt Ahita: „Sind die von Kleinstkinder gezeichneten Kopffüßler in Wahrheit nicht Tiere und wir verstehen das nur nicht richtig?"
„Nein."
„Warum bist Du so sicher?"
„Tiere stehen nicht aufrecht und außerdem wurde ich ja als eine normal ausgewachsene Frau von Gott, oder genauer von Anthropus und seinen Archaebakterien in einen Kopffüßler zurück verwandelt. Mit dieser Erfahrung gelangte ich wieder zur Erde zurück."
„Ach ja, die Erleuchtung, aber das war doch nur ein Traum. Was glaubst Du, in wie vielen Träumen wundersame Dinge passieren? Und wie willst Du Armut und Reichtum oder die unterschiedlichsten auf Erden lebenden Menschenrassen erklären?"

„Auch das konnte ich ebenfalls erfahren und wollte es auch erzählen. Aber dann unterbrach uns der liebe Zapadusti und Du gingst fort."

„Aber Ahita, mein zarter, weiß-gold strahlender Engel der Soomlem."

Ahita unterbricht ihn: „Bitte sage nicht Derartiges! Seit meiner Erleuchtung sehe ich mich nur noch als eine unbrauchbare Hülle, die leblos und zu gar nichts verwendbar ist."

„Was heißt zu gar nichts verwendbar ist? Du besitzt doch die Fähigkeit etwas bisher Unerklärbares zu erläutern. Deine Traum-Erscheinung interessiert mich durchaus."

„Liebster Ganini, ich bin vom mich verwandelnden Vorgang noch immer tief beeindruckt. Vor allem der mir zuletzt begegnete Kopffüßler glich den Zeichnungen unserer Kleinkinder der ersten drei Jahre. Dazu möchte ich Dir ein paar kleine Skizzen zeigen, die allerdings nicht von Kindern stammen. Ich habe diese selbst nach Wissenschaftlicher Kenntnis skizziert, um die wesentlichen Unterschiede deutlich zu machen. Während meiner Ausbildung konnte ich viele Studien machen, sowohl in Teheran, Paris und Berlin. Aber ich werde das im Verlauf der Zeit mit Debbys Zeichnungen vergleichen und dann auch meine skizzenhafte Deutung belegen können."

„Debby?"

„Ja. Lea wird alle von Debby stammenden Zeichnungen mit einem Datum versehen, so kann ich die einzelnen Schritte ihrer Entwicklung genau verfolgen. Es ist nur eine sehr kurze Zeit. Die Erinnerungsphase beginnt mit einer Kritzelei und endet mit dem Kopffüßler.

Die Gesamtzusammenhänge nehmen in der Pädagogik sowie in der psychoanalytischen Entwicklungspsychologie einen wichtigen Bereich ein."

„Zeig mir bitte Deine Skizze."

Ganini betrachtet die von Ahita angefertigte Studie. „Dieser Verlauf war mir bisher noch nie so richtig bewusst, aber erforscht und bekannt ist das sicher wirklich schon, oder?" „Richtig, aber der Wissenschaft ist noch unklar, wie das Kleinkind von der Kritzelei zu einer erkennbaren menschlichen Gestalt gelangt. Erinnere Dich an meine Erfahrung, bei der ich etwas merkwürdig, fast kaum wahrnehmbares entdeckte: Eine nicht makellos gebliebene Kugel mit Ansätzen eventuell unkontrollierbarer Erhebungen, die ich auch als Hautpickel bezeichnen könnte. Dieser Körper war von vielen diamantenähnlichen Kugeln besetzt, die sich jeweils leicht bewegend offensichtlich bemühten, die entdeckten Auswüchse zu bereinigen. Das Hin und Her empfand ich im übertragenem Sinn einer menschlichen Armbewegung gleichend, so, als würde die Oberfläche geschliffen, oder mit einer anderen Substanz überstrichen. Und so interpretiere ich auch die aller ersten Kritzeleien der Kinder. Während des Kritzelstadiums spielt die Farbgebung für das Kind überhaupt keine Rolle. Es geht hier ausschließlich um das rein Funktionelle des Zeichen- und Malvorgangs. So kommt es vor, dass Kinder in dieser Zeit mit weißem Stift auf ein weißes Blatt malen. Die Kritzelphase fällt also in den Bereich der von mir bezeichneten außerirdischen Erinnerungsphase."

Ahita blickt Ganini fragend an, aber dieser gestattet sich eine Denkpause. Unvermittelt fragt er dann: „Warum malen erwachsene Menschen ähnlich kritzelhaftes und bezeichnen ihre mit Farben gemalten Werke als Kunst?"

„Aber Ganini, wir müssen zwischen den einzelnen Phasen unterscheiden. Bei den Kleinkindern handelt es sich doch um die göttliche Erinnerungsphase und bei den Erwachsenen kommt die Fähigkeit irdischer Wahrnehmung zum Tragen. Diese Maler haben das irgendwo gesehen, in sich aufgenommen und täuschen sich und ihren Mitmenschen lediglich ein künstlerisches Bedürfnis vor."

„Wenn ich das bedenke, dann wäre diese Form künstlerischer Darstellung unehrlich?"

„Ich würde es so einschätzen wollen."

„Verurteilst du damit nicht eine gesamte Generation moderner Künstler?"

„Nein, das Urteil fällten sie selbst, vielleicht hätten sie selbstkritisch andere Wege beschreiten sollen?"

„Diese Ansicht kann man vertreten."

„Aber zurück zu den Kleinkindern: nach der Kritzelei entstehen erste Gebilde in Kinderzeichnungen. Erkennbares besteht zunächst aus einem Kreis mit fühler- oder tentakelartigen Gebilden, die nach allen Richtungen abstehen – dem so genannten Tastkörper. Er gleicht optisch meiner im Innern der Sonne gemachten Erfahrung mit dem Sonnenrad, deren elastische Fühler mich so sanft umfassten, dass es mir schien, als würde ich als irdische Göttin von unzähligen Gläubigen auf einer Sänfte getragen. Da meine Sinne schwanden, könnte dieser Vorgang meine spätere Erinnerungsphase nachhaltig beeinflusst haben. Ich meine damit, dass also nicht nur mein Geist, sondern die Gehirne aller zum Planeten Erde deportierter Menschen von dieser frühen Erfahrung betroffen sind. Auf der Erde dann präsentieren sie kurzzeitig zeichnerisch diese Entwicklungsphase."

Ganini hat Ahitas bisherige Deutung verstanden und folglich setzt sie fort: „Als wesentlichstes Merkmal dieser Erinnerung ist die Proportion des Kopffüßlers anzusehen. Der von Anthropus Auserwählte ist der Pförtner Infantil, dieser selektiert und deportiert geschädigte Bakterien zum Planet Erde. Sein Bild bleibt für eine bestimmte Phase in den Gehirnen defekter Bakterien als Erinnerung haften und wird von diesen nach der Kritzel- und Tastkörperphase nochmals deutlich als Kopffüßler dargestellt. Somit verbleiben zur Stabilisierung des Reiches Gottes und seines Sonnensystems nur verlässlich arbeitende Aminosäuren oder Archaebakterien."

Ganini hört weiterhin aufmerksam zu, um von Ahita zu erfahren: „Mit Beginn der Wahrnehmung brechen dann alle außerirdischen Verbindungen unweigerlich ab. Die Zeichnungen werden detaillierter und der zu Anfang aus Kopf und Füßen bestehende Kopffüßler erhält nun einen Rumpf, zwei Arme und zwei Beine, sowie ein Gesicht mit Augen, Nase, Mund, Ohren und Haaren. Nach einer bestimmten Zeit erfasst es dann menschlich Selbstzerstörerische Werte und stellt zu Beginn bereits typische Merkmale irdischer Objekte in den Zeichnungen dar. Ab diesem Zeitpunkt offenbart das Kind auch eigene, in ihm vorhandene negative Merkmale. Zudem können sich dabei auch Verzögerungen des eigenen Entwicklungstempos, sowie physische und psychische Störungen wieder spiegeln."

Ganini, der schweigend zuhörend sich einige Male von seinem Sitzplatz erhoben hatte, blickt auf Ahita hinab und sagt nun: „Ich habe Deiner Ausführung entnommen, das es in den ersten drei Lebensjahren eines Kindes drei zeichnerische Entwicklungsschritte gibt: die Kritzelphase, die Tastkörperphase und den Kopffüßler. Es wäre mir aber sehr lieb, wenn Du mir nochmals etwas über Deine Begegnung mit dem Kopffüßler erzählen könntest. Wie nanntest Du ihn noch – Infantil?"

Ja: „Infantil"

„Wie groß ist Infantil? Gewaltig? Angst einflößend?"

„Nein, nur wenige Zentimeter groß. Vielleicht dreimal größer als eine Waldameise."

„Du hättest ihn also mit Deinen mächtigen Füßen auch versehentlich zertreten können?"

„Nein, das bestimmt nicht, denn ich war ja auch nicht größer als er."

„Aber warum sprichst Du jetzt von wenigen Zentimetern, vielleicht war er in Wirklichkeit genau so groß wie Du?"

„Nein – ich hatte doch im Sonnenrad den Prozess meiner steten Verkleinerung am eigenen Körper miterlebt, nein, er hatte nicht meine jetzige Körpergröße. Im Gegenteil: meine Größe war doch zusammengeschrumpft worden."

„Gab er bestimmte Laute von sich, Töne, die der Stimme eines Tieres gleichen konnten, oder sprach er sogar in einer Dir unverständlichen Sprache?"

„Nein"

„Warum erzählst Du mir nicht alles über ihn?" Etwas ärgerlich fügt er hinzu: „Jedes Wort muss ich aus Dir herausquetschen."

Ahita lächelt, denn sie freut sich über sein plötzliches Interesse und sagt: „Ich glaubte bereits alles gesagt zu haben. Aber vermutlich erscheinen Dir plötzlich Dinge wichtig, die Du zuvor mit leichter Überheblichkeit und nicht immer schönen Gesten abgewiesen hattest. Meine Erleuchtung erschien Dir als ein seltsames Hirngespinst, welches lediglich als Märchenerzählung für unsere Kinder geeignet sei."

„Ja – entschuldige. Es war nicht immer so gemeint und auch nicht fair von mir."

„Zum Erhalt und zur Stabilisierung des Sonnensystems werden nur aufeinander abgestimmte und von Gott erwählte Bakterien eingesetzt. Infantil dagegen, diese winzige Kreatur, arbeitet offensichtlich als Pförtner im Auftrag Gottes. Er selektiert geschädigte Archaebakterien und deportiert diese zum Planet Erde. Es schien mir, als würde Infantil mit einer mir unbekannten Substanz anziehende Wirkung verbreiten und alle frei im Raum schwebenden krankhaften, vielleicht auch unkontrollierbar schwebende Bakterien in seinen Machtbereich ziehen. Deportierte erhielten von Infantil seltsame, bereits geistig beeinflussende Zeichen, die später als Urbild der Weltsprache verständlich waren und negativ zu bewertende menschliche Eigenschaften beinhalteten wie: Arroganz, Besessenheit, Egoismus, Ehrgeiz, Einbildung, Erregbarkeit, Geiz, Geschwätzigkeit, Gewalttätigkeit, Grausamkeit, Habgier, Hass, Herrschsucht, Hochmut, Intoleranz, Korruption, Leidenschaftlichkeit, Machtstreben, Neid, Süchte, Triebsucht, Unverfrorenheit.

Jedenfalls gelangten diese schadhaften Wesen dann durch einen sich lang hinziehenden Spalt zu einer Öffnung, die zwar von der Sonnenglut umgeben, dennoch eine ungefährdete Öffnung zum Weltraum ermöglicht, so dass er sich auf diese Weise defekter Bakterien entledigt."

„Wie groß erschien Dir dieser Spalt?"

„Fast unmerklich, jedenfalls noch winziger als die Kreatur Infantil selbst."

„Ich verstehe Dich nicht, Du müsstest das doch genauer beschreiben können, oder bist Du diesen Weg, der für Dich ein Rückweg war nicht gegangen?"

„Ja doch, jedenfalls schien es mir so zu sein."

„Und was konntest Du sehen?"

„Anfangs nichts. Die Glut der Sonne blendete lange Zeit meine Augen."

„Hattest Du bei der Glut keine Angst vor einer totalen Verbrennung, ähnlich der Wirkung eines Krematoriums?"

„Nein."

„Seltsam. Hattest Du etwas gerochen oder gehört?"

„Nein, ich hatte doch weder Nase noch Ohren."

„Und dann?"

„Und dann? Später schwebte ich irgendwo, wurde gewirbelt, angehoben, umgedreht, von all den Kräften, die sich offenbar vergnüglich im Weltraum tummeln."

Um Ahitas unglaubliche Erzählung zu begreifen, hatte sich Ganini inzwischen lautlos gesetzt. Sie beobachtet ihn gelegentlich mit fragendem Blick – aber orientalisch erzogen schweigt sie und genießt vielmehr die Blütenpracht der sich im Garten der Villa befindlichen Pflanzen. Die von naheliegenden, teils schneebedeckten Bergen ausgehende Ruhe wird von der Ankunft eines Polizeiautos auf seinem Privatgelände gestört.

In einer Münchener Nebenstraße betreten drei junge Männer eine kleine, urige Kneipe. Der Raum ist grau verqualmt, es herrscht eine stickige Luft und halblaute Marschmusik untermalt das laute Gerede der anwesenden, ausschließlich männlichen Gäste. Die an Eichenholztischen und auf eben solchen Bänken Sitzenden umfassen fest ihre mit Bier gefüllten Maßkrüge. Die Stimmung der bereits Anwesenden lässt vermuten, dass man sich hier unter Gleichgesinnten befindet. Unaufgefordert bekommen die Neuankömmlinge sogleich auch das allseits beliebte Getränk aufgetischt, und der mit zünftiger, glänzend getragener Lederhose bekleidete Wirt vervollständigt damit den Dunstkreis zu vermutender politischer Intoleranz. An den gelblich verraucht wirkenden Wänden bezeugen Fotos und laienhaft gemalte Bilder die hier allgemein gültige politische Geisteshaltung.

An diesem Ort fühlen sie sich männlich, erhaben und stolz. Das alkoholische Getränk macht sie zunehmend gesprächsbereiter. So lockern sich ihre Zungen und der Kleinste der kühnen Männer verehrt wichtigtuend ehemals todesmutige Flieger seines Landes: „Er würde selbst auch jederzeit für seinen Kaiser sterben."
Der Wirt fragt für alle vernehmlich: „Sie würden für ihren Kaiser in den Tod gehen wollen?"
Dieser Antwortet militärisch knapp: „Ja- woll!"
Der Wirt erinnert sich, nimmt dann einen Schluck aus einer kleinen Flasche, das ein alkoholisches Getränk namens En-

zian enthält und schaut gleichzeitig wehmütig auf ein an seiner Wand befindliches älteres Porträtfoto, welches mit einem echten Edelweiß dekoriert ist. Dann sagt er: „Bravo. Ich war seinerzeit Gebirgsjäger. Wir waren tolle Kerle und hätten – er macht eine kleine Pause – ohne den versuchten Dolchstoß, na ja, Sie wissen schon, wen ich meine."

Er sieht prüfend die anderen beiden jungen Männer an: „Und was meinen Sie dazu?"

Der mit schwarzen Haaren und dunklem Teint geborene Mann sagt stolz: „Ich bin Italiener."

„Italiener? Buh – die waren allesamt Verräter. Sie sollten besser mein Lokal verlassen."

„Bitte nein. Ich kämpfe für den Faschismus – bis in den Tod."

„Gut. Und Sie?" fragt nun der Wirt den Dritten der jungen Männer.

„Ich auch."

„Sind Sie etwa auch Italiener?"

„Nein, ich meine – ich bin Berliner."

„Ach, ein Preuße – und was machen Sie denn da in meinem Wirtshaus?"

Angesichts dieser für ihn unerwarteten Frage schweigt dieser verlegen, dreht zunächst seinen Kopf nach links und nachdem auch sein rechts sitzender Genosse zustimmend nickt, sagt er sehr leise: „Wir planen etwas, was unsere Nation aufrütteln soll."

„Wollen Sie denn jemanden schänden oder sogar umbringen?" fragt der Wirt neugierig.

„Das wissen wir noch nicht genau," antworten diese.

Diabolisch, fast kaum vernehmbar flüstert der Wirt: „Darf ich Euch einen Tipp geben? Der Zapadusti, Ihr habt doch schon von ihm gehört, dirigiert nur „entartete" jüdische Musik – wenn Ihr den – dann wären wir stolz auf Euch."

Aufmunternd fügt er hinzu: „Hier – habt jeder noch ein Maß Bier auf meine Kosten."

Nach weiteren Maßkrügen Bier und mehreren Hochprozentigen verlassen im veilchenblauem Zustand drei junge Männer das anrüchige Wirtshaus.

Nach der Ankunft eines Polizeiautos geht Ganini dem Beamten entgegen. Dieser überreicht ihm eine knappe amtliche Mitteilung in der deutlich lesbar steht: „Der italienische Dirigent Zapadusti wurde von Unbekannten getötet." Mehrmals überfliegt er die kurze Notiz und bleibt eine gewisse Zeit erstarrt stehen, sein Körper zeigt keinerlei Bewegung, er scheint einem Eiszapfen zu gleichen.

Während dessen wechselt Ahita mehrmals neugierig ihren Blick von den sie umgebenden Pflanzen und schaut zu einem nachdenklich erscheinenden Ganini. Sie begreift sein Verhalten nicht. Innere Unruhe und Neugierde veranlassen sie sich zu erheben. Sehr behutsam begibt sie sich in Richtung des Mannes, der in diesem Augenblick einem Baumstamm gleichend vermutlich selbst dem stärksten Orkan standhalten könnte.

Nachdem sie ihn erreicht hat, legt sie behutsam ihren Arm auf seine Schulter und fragt: „Was ist mit Dir?"

„Lies bitte"

Ahita überfliegt den kurzen Satz polizeilicher Mitteilung und erblasst: „Das ist unfassbar, wer machte denn Derartiges?"

„Ich weiß es nicht, aber Du hast Recht. Ein Paradies ist der Planet Erde wirklich nicht, denn es herrschen auf ihm nur: Gewalt, Hass, Intoleranz und Machtstreben und viele andere böse Eigenschaften."

Ahita erhebt ihren Kopf um etwa fünfundvierzig Grad, rollt ihre Augen aufwärts, so dass ihr Blick über die Gipfel anliegender Bergriesen hinweg in die unendliche Ferne des Weltalls wandert. Es scheint so, als wolle sie sich an etwas erinnern und bemerkt: „Leider ist es so, und ich glaube den Grund zu kennen."

Ganini ist von dieser Äußerung nicht überrascht und nachdem sie sich ihm wieder zuwendet blickt er tief in ihre Augen, als wolle er lesen, was sie dort oben vielleicht entdeckt haben könnte. Sein Blick glich wohl dem eines Kindes, der fragend seine Mutter ansieht. Deshalb nimmt sie seine Hand und geht mit ihm erneut zu dem von einem Bildhauer gemeißelten Tisch aus weißem Marmor mit gleichgeformter Sitzecke, der inmitten prächtigster Pflanzen steht.

„Bitte, mein neugieriges Kind, ich werde Dir weiteres von meiner Erleuchtung erzählen. Infantil ist Dir ja bereits bekannt, jene Kreatur, die offenbar im Auftrag Gottes als Pförtner tätig ist und geschädigte Urbakterien in den Weltraum absetzt.

So stand auch ich also vor ihm. Ich war nicht allein, es waren unübersehbar viele fehlentwickelte Wesen mit verkümmerten und deutlich erkennbaren Ansätzen späterer menschlicher Arme, die sich wohl aus seiner göttlichen Sicht als unbrauchbar erwiesen. Später gelangten wir durch einen sich lang hinziehenden Spalt zu einer Öffnung und wurden abgestoßen."

Ganini schien von dieser Darstellung so gefesselt zu sein, dass er mit seiner anderen Hand Ahita etwas drückte, um seine von ihr gehaltene Hand zu befreien. Sie lächelte angesichts dieser intuitiven Handlungsweise, er aber sagte: „Entschuldige, meine zerbrechlichen Finger bedürfen einer sorgsamen Schutzhülle, die nur in bester, freier Natur gegeben ist."

Sie entgegnete, gleichzeitig einen Zusammenhang herstellend: „Ja, genau so erschien es mir, als alle abgestoßenen Wesen Dir gleichend sich ebenso verhielten und mit ihren verkümmerten Armansätzen zu allem griffen, was für sie scheinbar wertvoll, überlebensfähig zu sein schien."

Ganini schaut auf seine Hände, dreht sie einige Male hin und her und fragt: „Ohne Finger, grotesk, wie wollten sie denn etwas aufnehmen können?"

„Das ist einfach erklärbar, alle Fehlansätze hatten eine Substanz mit saugender Wirkung, auf diese Weise gelangten Spurenelemente aller Art, damit auch verschiedene neue Gase an und in unsere Körper. Wir waren eine lange Zeit im Weltraum, denn nur, wenn der Planet Erde in der Umlaufbahn der Biosphäre den geringsten Stand zur Sonne hatte, gelangten wir durch seine Anziehungskraft zu ihm und entwickelten uns dann im uns bekannten Sinne weiter und wurden Menschen.

Zu anfangs sorgte das Ballett der Sonnenkorona für Gefahren möglicher Verbrennung. In der Evolutionssphäre begegnete uns Interstellare Materie die zum großem Teil aus Wasserstoff, etwas weniger Helium und mehreren Restgasen besteht, also: Atome, Elektronen, Ionen und Moleküle. Während zu Beginn unsere Körper nur Gase wie: Helium, Neon, Argon, Krypton und Xenon enthielten, wurden unsere deportierten Körper von anderen Gasen ersetzt. So entwickelten sich bereits Wesensmerkmale, die auf spätere menschliche Eigenschaften hinwiesen."

„Ach, Ahita, wie willst Du denn Derartiges festlegen wollen?"

„Darf ich Dich daran erinnern, dass ich bereits schon einmal diesen Weg ging und durch die Öffnung einer kleinen Perle meines Gewandes, die sich dann zu einen goldenen Kugeln öffnete und ich von mir unbeabsichtigt dadurch in das Reich Gottes gelangte."

Sie blickt Ganini an, der ein wenig irritiert nickt.

Ahita setzt dann fort: „Wegen dieses Vorgangs, obwohl ich auch später zu eben solcher Kreatur zurück geschrumpft worden war, unterschieden die Erfahrungen meiner Studienzeit und späteren Ausbildung als Kinderärztin mich doch ganz wesentlich von den anderen verkümmerten und krankhaften Zellen. Auf meinem Weg entdeckte ich etwas, das normalerweise niemandem zugestanden wird. So sind die späteren menschlichen Entwicklungen durchaus erklärbar. Menschen, deren Körper einen hohen Anteil von Sauerstoff aufweisen und nur wenige Prozent an Kohlenstoff und Wasserstoff, neigen auf Erden dazu, andere Menschen zu liquidieren."

„Ach, Ahita, das glaube ich nicht. Und wie entwickeln sich Menschen, bei denen die genannten Gase anders zusammengesetzt sind?"

„Obwohl bei menschlichen Eigenschaften die Liquidierung als ein großes Verbrechen zu werten ist, ist der Wandlungsprozess, der zur Korruption führt, bereits durch den Austausch von Wasserstoff und Stickstoff vorprogrammiert worden. Natürlich ist auch dieses verwerflich genug, aber es zeigt auch die Wandlungsfähigkeit des Menschen durch die im Weltraum aufgenommenen Spurenelemente. Unter den Menschen weit verbreitet ist der Anteil des Stickstoffs. Dieses Spurenelement, wozu in der Zusammensetzung auch geringe Anteile von Kohlenstoff und Wasserstoff gehören, fördert vor allem die verwerfliche Eigenschaft der Intrige."

„Ahita, bitte erinnere Dich. Seit unserer ersten Begegnung verspürten wir in kurzer Zeit zahlreiche negative menschliche Eigenschaften. Auch wir haben Derartiges in uns. Denke nur an: Arroganz, Intoleranz, Neid und Triebsucht. Zapadusti wurde Opfer böser Charaktere und es gibt noch weitere unzählige Eigenschaften, die täglich die Menschheit belasten. Wie willst Du Gase, die das menschliche Leben bestimmen, proportionieren?"

„Ich sehe das ganz einfach. Im menschlichem Körper sind vor allem: Sauerstoff, geringere Anteile von Kohlenstoff, Wasserstoff und Stickstoff vorhanden. Und wie viele Eigenschaften gibt es?"

„Weiß ich nicht, viele, wie Sterne am Himmel."

„Frage: wie viele Noten gibt es und wie sind diese zu Kompositionen variiert?"

„An Kompositionen sicherlich auch eine dem Sternenhimmel gleichende Menge."

„Mein großer Violinvirtuose – so einfach regeln sich auch menschliche Wesensmerkmale."

Ganini befühlt seine Stirn, als wolle er ein unspielbares Violinstück einstudieren: „Trägst Du deshalb den göttlichen Namen Ahita? Lebe ich etwa mit einer richtigen Göttin aus Fleisch und Blut zusammen?"

Ahita lacht: „Möglicherweise ist es so. Deine Göttin bin ich doch schon lange, oder etwa nicht? Viele Dinge, von denen Du ebenfalls wenig Ahnung hast, stehen noch an."

Ganini betrachtet fasziniert Ahitas sich öffnende linke Hand. Wie von einer Gaswolke umgeben erscheint ihm etwas unbekanntes, rundes, das er nicht wirklich greifen kann. Er fühlt sich in Ahitas Erzählung versetzt, ist dem Dämon verfallen. Er greift willig zu, aber es ist nichts Taktiles vorhanden. Er versucht es nochmals, aber jedes Mal, wenn er es fest im Griff zu haben glaubt, bewegen sich seine zarten feinfühligen Finger im Bereich hypnotisierender Gase, und stocken.

Ahita, die lediglich eine seiner beliebten irdischen Hamal in ihrer Hand hält, versteht seine Reaktion nicht. Was hat er denn? Warum greift er denn nicht wie gewohnt zu? Sie wechselt das auch für sie so wunderbare Gebäck von der linken zur rechten Hand, reicht ihm das kostbare Stück erneut, aber auch jetzt findet er den Zugang nicht. Er bleibt kurz vor dem Erfassen mit fast regloser Hand stehen, seine Finger scheinen auch jetzt noch fast gelähmt zu sein.

Verwirrt ist nun sein Geist, er sieht sich von einer riesigen Gaswolke umhüllt und redet leise vor sich hin: Analyse! Helium! Analyse! Stickstoff! Wasserstoff – Intrigant! Zapadusti liquidiert! Analyse!"

Von all dem ahnt und hört Ahita nichts, sie reicht ihm weiterhin geduldig ihre sonst so wunderbar wirkenden Hamal. Doch dann dreht sie sich einem leichtem Geräusch folgend um. Sie sieht Lea, die in einem kleinen buntfarbenen

Umhänger ihre Tochter Debby trägt, deren kleine Händchen hilflos zappeln.

Als sich die inzwischen sehr eng befreundeten Frauen begrüßen, scheint sich Ganinis geistige Verwirrung zu beruhigen, aber nur einen kurzen Augenblick, denn zum erstaunen der beiden Frauen sagt er zu Debby: „Na, Du Kopffüßler mit den Sonnenrädern im Haar."
Entsetzt schauen sich beide Frauen an: was ist mit ihm?
Lea sagt vorwurfsvoll zu Ahita: „Du bist doch Ärztin, was hat er, warum hilfst Du ihm nicht?"
Diese antwortet: „Ach – jetzt verstehe ich auch seine vorherige Reaktion. Ich reichte ihm dieses Stück Hamal, na ja, Du weißt ja auch um mein Verlangen mit ihm, aber er erfasste es nicht. Irgend etwas hatte ihn verwirrt, was könnte nur die Ursache sein? Wir hatten doch zuvor so gute Gespräche miteinander und dann das – jetzt? Ich bin auch ratlos."

Ganini steht unerwartet auf, hebt seinen rechten Arm, wischt einige Male hin und her, als wolle er die Frontscheibe seines Autos von lästigem Schmutz reinigen, dann sagt er: „Kritzelphase."

Lea lacht, aber Ahita sieht jetzt Komplizierteres auf sich zu kommen. Sie geht zu ihm, fasst ihn mit einer Hand so, als würde er ein Kind sein, zunächst sehr fest oberhalb seines Handgelenks, rutscht dann etwas tiefer zu den Mittelhandknochen und drückt so mächtig, dass er aufschreiend sagt: „Bist Du verrückt, willst Du meine Finger brechen?"
Ahita sieht ihn an, bewegt ihre Hand vor seinen Augen, aber er reagiert mit den heftigen Worten: „Was soll das, mach bitte nicht derartige Kindereien mit mir."
„Puuuu-hh" – ein großes beruhigendes Aufatmen erleichtert Ahita. Da Lea nicht alle vorhergehenden Ereignisse und Gespräche hatte verfolgen können, überreicht sie Ganini ein Schreiben, das von allen bereits erwartet wurde und das Datum der Beerdigung des Dirigenten Zapadusti enthält.

Ganini, der Derartigem möglichst aus dem Weg geht, sagt sogleich: „Ich kann nicht, ich habe ein Konzert. Das ist nicht abzusagen und Zapadusti würde mir das auch niemals verzeihen. Es ist sein Konzert, sein Orchester und ich bin der Solist. In seinem Namen werde ich sein beliebtestes Violinkonzert spielen."

Lea und Ahita nicken zustimmend.

Sich Ahita zuwendend sagt Ganini: „Ach, lass uns diesen Kummer vergessen. Darf ich jetzt das Stück Hamal haben, das ich vorhin in Deiner Hand sah und mir aber nicht geben wolltest?"

Sehr über diese Aussage erstaunt, sagt sie: „Ja – aber sehr, sehr gern mein lieber, außergewöhnlicher Mann."

Während Lea schmunzelt und die unwissende kleine Debby mit kreischenden Tönen das glücklichste Erdenkind zu sein scheint, streben die anderen Zwei göttlicher Liebe entgegen.

Heinrich von Lackerle, der Spross eines adlig preußischen Offiziers, verzaubert Musikliebhaber großer Komponisten weltweit mit seiner werkgetreuen Aufführungspraxis. Er ist eine zwanghafte Persönlichkeit. Demzufolge erstrahlen dann auch seine ausübenden Musiker im Licht der Bühnenbeleuchtung als ein in noten- und pausengerecht vertieft spielendes, mit klarsichtigem Lack überzogenes, willenloses Werkzeug. Dieses Ambiente beeindruckt insbesondere Damen, die selbst anpassungsfähig und jederzeit makellos gekleidet sich der Öffentlichkeit präsentieren.

Mit seiner Ehefrau Tiane in seltener Verbundenheit wird er heute ein Konzert erleben, das bereits seit vielen Monaten ausverkauft ursprünglich sein Kollege Zapadusti leiten sollte. Dieser unpolitisch Denkende, sich nur der Kunst widmende Mann soll grundlos von charakterlosen Helfern faschistischen Gedankenguts ermordet worden sein.

Anlässlich der angesetzten Trauerfeierlichkeit wird ihm zu Ehren der Violinvirtuose Ganini das Konzert des heutigen Abends dirigieren, der hiermit, für sich persönlich, Neuland beschreitet. Aber noch ist es nicht soweit, denn der Beginn der feierlichen Veranstaltung verzögert sich. Die Angehörigen von Zapadusti sind noch nicht anwesend. Ungeduldig blättert Herr von Lackerle im Programmheft, das eigens zu dieser feierlichen Veranstaltung gedruckt worden ist.

Die entstandene Verzögerung macht einige Trauergäste ungeduldig. Während diese teilweise noch nervös um sich blicken, erscheint Ganini auf der Bühne mit einer elegant gekleideten, dunkelhaarigen Dame, in deren linker Hand sich ein offensichtlich vor langer Zeit mit Tinte und Feder geschriebenes Papier in italienischer Sprache befindet. Mit beiden Händen hebt sie das etwas vergilbte Blatt hoch, zeigt es den Anwesenden auf der linken Seite des Parketts, dann wendet sie es nach rechts, um es schließlich auch kurz den Mitgliedern des Orchesters zu präsentieren.

Dann entnimmt sie aus einem winzigen, mit Perlen bestickt kitschig anmutenden Täschchen eine Art Lesebrille, die von seltenster Formgebung ist und liest das Geschriebene vor. Schweigend hören die Trauergäste zu, ohne allerdings das von ihr italienisch, Vogelgezwitscher ähnlich klingend Vorgetragene zu verstehen. Deshalb schaut Herr von Lackerle missgelaunt seine schöne Ehefrau an und bemerkt abfällig: „Charmant, charmant."

Ganini, der während des Vortrags seinen Blick nicht von der in der ersten Reihe sitzenden Tiane von Lackerle lassen kann, bemerkt, wie ihr Ehegatte vorsichtig seinen blendend weißen Halskragen des zu engen Hemdes zu lüften versucht. Und als dann Ganini, für alle Anwesenden etwas verständlicher, den Inhalt des vergilbten Papiers erläutert, droht dem Dirigenten von Lackerle wirklich der Kragen zu platzen. Seine Ehefrau Tiane dagegen strahlt, so etwas hatte sie bisher bei keiner Trauerfeier erlebt. Was ist die Ursache ihrer Freude? Das Papier stammt von Zapadustis eigener Hand.

Es ist einem Testament gleich. Er verfügt darin, dass bei einer evtl. für ihn stattfindenden Trauerfeier keine sinfonische Orchestermusik, sondern heiße Popmusik zu spielen sei. Das erscheint seinem Kollegen von Lackerle unverständlich. Mit hochrotem Kopf erhebt er sich, erfasst mit ungewöhnlich hartem Griff die Hand seiner Frau, die gleichzeitig aber nochmals Ganinis Blick einfangen möchte, um dann mit ihr den Saal zu verlassen.

Eine Wolke der Unschlüssigkeit breitet sich über die Anwesenden aus. Einige konservativ denkenden Musikliebhaber folgen dem Beispiel des Dirigenten von Lackerle. Die Mehrzahl bleibt interessiert und erlebt erneut überraschendes. Denn Ganini und ein paar andere Orchestermitglieder, unter ihnen auch der von Zapadusti verschmähte Triangelspieler, variieren bekannte klassische Musik. Wobei insbesondere der Teufelsgeiger Ganini Neuartiges so außergewöhnlich kompliziert und souverän spielt, dass ihn selbst erfolgreichste Popmusiker nicht plagiieren könnten.

Außerhalb des Saals versucht indessen Tiane sich etwas Luft zu verschaffen. Mit einem kurzen lautlosen Schlag in die Rippen ihres Mannes schreit sie klagend: „Mein liebster Heinrich, Du steht auf meinem Fuß. Möchtest Du mich auf Händen tragen oder möchtest Du mich lieber zum Krüppel machen? Es tut verdammt weh."

„Ach, meine Liebste, ich steh auf Deinem Fuß?"

„Ja merkst Du das denn nicht?"

„Ja irgendwie schon, aber ich wollte doch nur Ganini sehen."

„Ganini sehen – dann hättest Du doch im Saal bleiben können, aber nein, der große Meister weiß, wie so oft nicht, was er eigentlich will."

„Bitte, keine derartige Beleidigung in aller Öffentlichkeit, das schadet meinem Ruf."

„Also – gehen wir nun wieder zurück, zu unseren Plätzen?"

„Nein, das kann ich mir nicht leisten, das schadet meinem Ansehen."

„Dann gehe ich allein zurück."

„Nein, das geht nicht, das schadet" – hier unterbricht Tiane: „schadet, wem schadet das denn nun wieder, Herr von Lackerle?"

„Bitte nicht so laut, leise, bitte ganz leise, höre mal, was ist das für eine wunderbare Komposition? Wer hat dieses Violinkonzert geschrieben? Ich kenne das nicht."

Heinrich von Lackerle geht schnellen Schrittes, seine Arme als Bahnbrecher keilförmig angewinkelt, durch die Reihen herbeieilender Menschen in den Saal. Seine Ehefrau Tiane kann kaum folgen, stolpert gelegentlich mal über ihre eigenen Füße, dann auch wieder über die Füße bereits dort stehender Trauergäste. Zu ihrem Erstaunen steht auf der Bühne Ganini und spielt eine Komposition, deren Noten er lediglich einmal flüchtig überflogen hatte. Im Hintergrund sitzt fassungslos ein Musiker, der seinen eigenen Ohren nicht mehr traut. Es ist der aus Zapadustis Orchester spielender Triangelspieler, also der Komponist dieses Violinkonzertes, dessen Uraufführung Zapadusti abgelehnt hatte. Nun geschieht für ihn ein Wunder: Woher hatte Ganini die Partitur? Sie ist ja nicht veröffentlicht. Unsicherheit überfällt den Komponisten, sollte er irrigerweise ein bereits bekanntes Werk notiert haben? Alle Kollegen, nur er hatte es nicht bemerkt?

Nach Ganinis meisterhafter Interpretation erhält der an sich zweifelnde Komponist jedoch großen Applaus. Und so kommt auch Heinrich von Lackerle auf Ganini zu, um ihn zu befragen. Dieser dreht sich jedoch ab, geht zu seinen Kollegen, dem Komponisten und sagt: „Ihre Arbeit ist wunderbar gegliedert. Damals, als Sie die Partitur so zögerlich, fast verängstigt vorlegten, konnte ich sie jedoch sofort erfassen. Alle Noten verankerten sich unmittelbar in meinem Gedächtnis, es ist so wunderbar, geradezu genial komponiert und dieses Meisterwerk wollte ich Zapadusti noch mit auf dem Weg geben – gegenüber einem Toten ist das zwar nicht fair, aber dennoch glaube ich richtig gehandelt zu haben."

„Womit haben Sie richtig gehandelt?" Der hinzu tretende Kollege von Lackerle stellt diese Frage.

Ganini lächelt und sagt: „Zapadustis Tod ermöglichte die Uraufführung eines Meisterwerks. Er hatte es seinerzeit, selbst gegen meine Befürwortung, abgelehnt. Und wie stehen Sie dazu?"

Noch bevor der Angesprochene diese Frage beantworten kann, mischt sich Frau Tiane von Lackerle ein und sagt: „Natürlich wird mein Mann das Violinkonzert in seinem Programm aufnehmen, das ist überhaupt keine Frage, stimmt's Heinrich?"

„Ja sicher, wenn Du es möchtest? Aber welcher Virtuose sollte das einstudieren?"

„Frag doch Herrn Ganini, oder" – sie verdreht betörend ihre leuchtenden Augen und fragt: „soll ich das für Dich tun? Er wird mir bestimmt keine Absage geben."

Ganini steht etwas sprachlos daneben, denkt aber einem Blitzschachspieler gleich: das wäre abenteuerlich, während Heinrich jeweils nach meinen Soloauftritten noch eine Sinfonie von gut neunzig Minuten zu dirigieren hätte, könnte ich währenddessen ungestört Tianes unersättlichen Gelüste befriedigen.

Heinrich von Lackerle, dem die heimliche Liebesbeziehung zwischen Ganini und seiner Ehefrau unbekannt ist sagt dann: „Ja, wichtig ist, dass wir letztlich damit große Erfolge feiern können."

Das zweideutig Klingende veranlasst seine Ehefrau Tiane sich an ihren heimlichen geliebten Ganini zu wenden mit der Feststellung: „Sie würden mit ihrer Anwesenheit alle Konzertbesucherinnen glücklich machen."

Dieser höflich antwortend: „Ja, ja – natürlich, wenn gnädige Frau das so wünschen."

Heinrich von Lackerle genießt Ganinis Irritation, der dann aber zuversichtlich seine eigentliche Vorstellung durchsetzt, in dem er klar und bestimmend sagt: „Aber nur unter der Bedingung, dass nach meinem Soloauftritt und nachfolgen-

der Pause die Siebente Symphonie von Dimitrij Schostakowitsch gespielt wird, denn das wäre ein weiterer, künstlerischer Höhepunkt des jeweiligen Abends."

Die weiblich-kluge Tiane weiß Ganinis Bedingung sehr
wohl einzuschätzen und umschmeichelt ihren Ehemann mit
den Worten: „Ach, ich liebe derartige Höhepunkte, nicht
wahr mein lieber Heinrich? Diese wunderbare Siebente Sinfonie – ich wünschte sie allabendlich genießen zu können."
Während Ganini ihre Worte richtig versteht, nickt der bereits seit langer Zeit betrogene, unwissende Ehemann zustimmend.

Dann wendet er sich an den Komponisten mit den Worten:
„Ihre Komposition ist bemerkenswert, aber Sie sollten – er
streichelt mit der rechten Hand über sein pomadiges Haar –
besser etwas leichteres, gefälligeres komponieren, denn ein
Beethoven sind Sie nicht."

Dieser erhebt seine Augenbrauen und entgegnet: „Das gilt
doch sicher auch für Sie – Herr von Lackerle, denn ein
Beethoven sind auch Sie nicht."

Sich gegenseitig verachtend anblickend, endet die kurze Begegnung beider so ungleicher Herren mit einem deutlich
vernehmbaren Missklang.

Heinrichs Ehefrau Tiane, die zwischenzeitlich direkt neben Ganini trat, berührt mit ihrer Linken dessen herabhän-
gende Hand, öffnet die ihre weit, so dass Ganini mit wunderbar zärtlichem Gefühl ihre Handfläche streicheln kann.
Sie blicken sich kurz in die Augen und befinden sich voraus-
schauend schon an dem Ort, in dem unter Leitung des berühmten Dirigenten Heinrich von Lackerle die Siebente Sinfonie von Dimitrij Schostakowitsch zur Aufführung gelangt.

Ahita, die als Soomlem nicht an einer christlichen Trauerfeier teilnehmen wollte, empfängt ihren zurückkehrenden Mann mit glühenden, nie enden wollenden Küssen, die er ebenso leidenschaftlich erwidert. Sein Verhalten gegenüber beiden Frauen empfindet er als normal, männlich, mit scheinbar reinem Gewissen, zumal jede ihn mit entgegengesetzten Fangmittel ködert, deren verschiedene Reize er willig annimmt und jeweils voll auskostet. Wohlwissend, dass er Tiane getroffen haben könnte, streift Ahita die in ihr aufkommende Eifersucht ab, sie überspielt ihre Gedanken mit den Worten: „Ich werde jetzt ein wunderbares Frühstück zusammen stellen."

Zwar widerstrebend, sich dann doch selbst überwindend, fragt er anständig: „Darf ich Dir dabei behilflich sein?"

„Ja, ich denke schon. Vielleicht sollten wir heute das zweifarbige, mit Gold und Silber verzierte Porzellan nehmen – und darf ich Dir nach dem Frühstück auch erneut von meiner Erleuchtung erzählen?"

Sehr neugierig sich ihrer bisherigen Erzählung erinnernd sagt er: „Ich warte schon seit geraumer Zeit auf die Fortsetzung Deiner abenteuerlichen Träume und – wollen wir uns dazu wiederum in den Garten begeben?"

„Ja – aber vielleicht gehen wir über den roten Sandweg, an dessen Ende wir jederzeit auch bequem zum anderen, aus Holz geformten Bildhauertisch gelangen können."

Das nach geraumer Zeit fertig zubereitete Frühstück gemeinsam tragend, gehen sie zu einem aus einfachen Rundhölzern bestehenden, rustikal zusammengefügten Tisch. Schweigend verzehren sie die zubereiteten Leckerbissen im Halbschatten des dort stehenden, buschähnlich gewachsenen Baumes, der an seinen drei- bis fünflappigen Blättern und seiner zweiteilig geflügelten Spaltfrucht als Feldahorn erkennbar ist.

Nachdem der Duft des Kaffees sich gut verbreitet und Beide gemütlich gestimmt hat, beginnt Ahita: „Du erinnerst

Dich an meine letzten Worte? Ich schwebte irgendwo, wurde gewirbelt, angehoben, umgedreht, von all den Kräften, die sich offenbar vergnüglich im Weltraum tummelten."

„Ich erinnere mich, dort warst Du stehen geblieben, ja – an dieser Stelle überbrachte uns das Polizeiauto die Nachricht von Zapadustis Ermordung, es ist für mich immer noch unfassbar."

„Für mich auch" ergänzt Ahita: „Aber – darf ich weiter erzählen?

Als Göttin der Gewässer und Quelle des kosmischen Ozeans schwebte ich also mit den zur Deportierung bestimmten Wesen durch das Weltall. Dabei durchzogen wir mit feinsten Teilchen versehene verschiedene Zonen, und wie bereits zuvor bei verschiedenartigen Gasen geschehen, nahmen alle fehlentwickelten Bakterien diese Partikel begierig auf."

„Welche Zonen musstest ihr durchschweben?" fragt Ganini.

„Das war leicht erkennbar. Wenn auch fast unmerklich, zeigten sich dennoch feinstes Gold oder auch andere Färbungen."

„Gold im Weltraum?"

„Natürlich waren das keine festen Körper in unserem Sinne, es waren kaum erkennbare Staubpartikel, die von den sie Durchschwebenden in unterschiedlichster Menge aufgenommen werden konnten. Wer sich nur am äußerem Rand einer dieser Zonen bewegte, nahm folgedessen auch weniger dieser Partikel auf."

„Ja, das erscheint mir durchaus verständlich zu sein, aber welche Auswirkung hatte die Aufnahme vieler Goldener Staubpartikel für die zur Erde deportierten krankhaften Bakterien?"

Mein lieber kluger Mann: „Erinnere Dich an die Bestimmung verschiedener Eigenschaften des sich später entwickelnden Menschen, wenn er nach der anfänglichen Kritzelphase, der Tastkörperphase und nach Darstellung des Kopffüßlers, seine außerirdische Erinnerungsphase verlässt und zur Wahrnehmung seines Umfeldes gelangt. Wenn er dann älter werdend, seine im Weltraum aufgenommenen Eigenschaften gegenüber seinen Mitmenschen zur Geltung bringt. Er ist doch zuvor bereits in wesentlichen Bereichen vorprogrammiert worden. Erinnere Dich: das Gemisch eines hohen Sauerstoffanteils, mit geringerem Kohlenstoff- und noch weniger Wasserstoffanteil begünstigt die Eigenschaft der Liquidierung. Sollte dazu noch ein hoher Anteil aufgenommener Goldpartikel hinzu kommen, dann entwickelt sich der spätere Mensch zum rücksichtslos wirkenden Egoist, der dem Reichtum anstrebend eigenhändig mordet, oder besser, Andere für sich töten lässt. Diese Eigenschaft befähigt ihn also über andere Menschen zu herrschen, er ist also einem Kaiser, König gleichend, oder auch zum politisch verbrecherisch denkenden Diktator befähigt."

„Und" – so ergänzt Ganini: „behauptet jeder dieser Tyrannen auch noch ein „Gesandter Gottes" zu sein. Aber was ist nun, wenn jemand in anderer Zusammensetzung vorprogrammiert, nicht verbrecherisch zur Liquidierung, sondern zur Korruption neigt – also in seinem Körper anstelle von Wasserstoff das Gas Stickstoff, aber der gleiche Anteil von Goldpartikeln aufgenommen wurde?"

Ahita antwortet Ganini mit einer Gegenfrage: „Sind diese nicht ebenso berechtigt zur Erde deportiert worden? Die Zusammensetzung aller im Weltraum vorhanden Materien, vielfach kombiniert und aufgenommen, begründen letztlich die menschlichen Eigenschaften."

„Welche Mineralien musstest Du denn auf Deiner, ja dann zweiten schwebenden Reise durch das Weltall aufnehmen?"

„Es waren sieben sehr ausgedehnte Räume, in denen unzählige ausgestoßener Wesen sich in Verwirbelungen befanden und somit hilflos göttlicher Macht ausgeliefert waren."

„Welche Partikel befanden sich in den jeweiligen Weltraumzonen?"

„Es waren, ich sagte es schon: also Gold, dann Kohlenstoff, Kupfer, Platin, Schwefel, Silber und Wismut."

„Erstaunlich – das erinnert mich an die Notenschrift."

„Man könnte es so sehen, und in allen dieser zahlreichen Kombinationen entstehen die im Menschen vorhandenen Eigenschaften. Ich erinnere nochmals an unsere erste Aufzählung, um nur einige zu nennen: Gewalt, Hass, Intoleranz, Korruption, Machtstreben, Neid und Triebsucht."

Beim letztgenannten Wort schmunzelt Ganini, dann fragt er aber: „Du hattest in Deiner Aufzählung auch das Metall Platin genannt."

„Platin? Diese Zone war nicht allzu groß, kaum eines der zahlreichen Wesen schwebte durch den inneren Bereich, nur wenige streiften die äußere Randzone. Es schien mir, als würde sich das Metall extrem gegen deportierte Wesen wenden, sich sogar verschließen wollen."

„Hattest Du denn eine wirkliche Nähe dieser Platin-Zone erreichen können?"

„Ja, nur einmal. Es wimmelte von Gierigen. Da diese nach Abschöpfung riesiger Goldpartikel weiteres ansammeln wollten, entbrannte unter ihnen ein Kampf und so wurde hier bereits eine Auslese getroffen, die den Planet Erde zukünftig schwer belasten wird."

„Angenommen, Du hättest einige Partikel des Platins aufnehmen können, was wäre dann?"

„Ich wäre wahrscheinlich ein anderer Mensch, und nicht mehr die von Dir so geliebte Ahita."

„Aber – Du müsstest doch in einer anderen Zone Deine Eigenschaften verändert haben, es ist kaum anzunehmen, dass Du alle Zonen des Weltalls ebenso gleich, wie zu Deiner Geburt, durchschwebt haben könntest."

„Empfindest Du denn eine Veränderung einer meiner Eigenschaften?"

„Ja – ich vermute es."

„Liebster Ganini, eine Veränderung scheint mir vielmehr bei Dir eingetreten zu sein."

„Bei mir?"

„Ja."

Mit einem spitzbübischem Lächeln entgegnet er: „Hatte ich diese Begegnung mit Gott – oder Du?"

„Liebster Ganini – darf ich Dich daran erinnern, dass ich meine Erleuchtung innerhalb zweier Tage und Nächte empfing, also alles nur ein Traum ist. Wie könnte ich von veränderbaren Mineralien wirklich betroffen sein?"

Ganini beantwortet diese Frage nicht, er ist offensichtlich irritiert. Da Ahita nun ebenfalls schweigt, ihn dabei aber sehr auffordernd anblickt, flüstert er bedächtig: „Und was ist mit dem Silber, dem Kohlenstoff und den verschiedenen anderen vorhandenen Zonen?"

„Im Bereich des umherschwebenden Silbers befanden sich unzählige ausgestoßene defekte Bakterien, die habgierig alles rafften was überhaupt für sie aufnehmbar war, mit vergleichbarer Ansammlung und Drängelei früherer Sommerschlussverkäufe großer Kaufhäuser. Zudem offenbarten krankhafte Zellen bereits ihre spätere Geschlechtszugehörigkeit."

Ganini blickt Ahita an, schüttelt einige Male seinen Kopf, bleibt aber stumm. Folglich setzt sie ihre Erzählung fort: „Jetzt müsstest Du Deine bildnerische Vorstellung nutzen. Alle umher schwirrenden Bakterien wurden wegen ihrer Fehlentwicklung deportiert. Diese Schäden beruhen auf geringe Erhebungen, die spätere Arme und Beine ergeben. Einige rafften die ihnen umgebenden Silberpartikel an den kurzen, späteren Armen. Das galt als sicheres Kennzeichen eines männlichen Geschlechts."

Jetzt sagt Ganini eifrig: „Toll – und Frauen sammelten" – in Anbetracht seines frivolen Gedankens zögert er, um dann jedoch den Satz fortzusetzen – „sammelten das Silber zwischen ihren Beinen."

Ahita lacht: „Ja, warum denn nicht? Männer wünschen es dort liebevoll niederzulegen. Um sich gegenseitig auszustechen, den Rivalen überbieten zu können, quälen sie sich bis zu ihrer eigenen Erschöpfung, machen sich teilweise selbst höchst lächerlich."

Leicht errötend vertieft Ganini seine bildnerische Vorstellung, lässt sein Inneres Auge gedanklich ablaufen und sieht einen kolossalen Silberberg, aus dessen Masse er einen großen Teil Tiane von Lackerle symbolträchtig in den Schoß legte. Und Ahita? Um sie zu gewinnen verkaufte er seine Berliner Grunewald-Villa mit Verlust. Ihr Schoß ist bisher der teuerste. Zuvor erwartete auch Maschas Schoß das kostbare Silber.

Seine Anfangs aufgetretene Röte abwartend, beobachtet Ahita ihn geduldig bis zum Erblassen seines Gesichtes. Aber Ganini ist gedanklich noch viel zu sehr angespannt, als dass er sich noch ihrer weiteren Erzählung widmen könnte.

Sich von seinem Platz erhebend geht er wortlos, sich innerlich vielleicht selbst schämend, in seine Villa. Ahita folgt ihm nicht. Auch sie hatte über den Silberschatz nachgedacht, den ihr Ganini bereits in ihren Schoß legte. Sie hatte es ja nicht ernst gemeint, sondern lediglich den Versuch unternommen, ihm den geringen Unterschied der kleinen unausgegorenen Wesen verständlich zu machen. Sie ärgert sich ein wenig über ihre Taktlosigkeit und ist bemüht, diese Ungeschicklichkeit wieder zu bereinigen. Sie begibt sich ebenfalls zur Villa und dort bietet sie ihm das stets begehrte Stück Hamal an. Der, der sonst so begierig danach greift, fragt nun: „Wie hoch ist vergleichsweise der Silberwert dieses Gebäcks?"

Weiblich geschickt reagiert Ahita auf seine Frage im Umkehrsinn mit dem Hinweis: „Diese Hamal sind mein Silber, vielleicht sind sie sogar dem Wert des Goldes gleich, das ich in unsere gemeinsame Liebe investiere."

Ganini sagt: „Ja – sie sind weder Silber noch Gold, sondern kostbares Platin."

„Soviel bedeuten sie Dir?"

„Ja – sie verwandeln den in mir existierenden Teufelsgeiger in einen verzauberten Teufelsritter."

Der Situation völlig unangemessen fragt unerwartet Ahita: „Was gibt Dir Tiane, sie besitzt doch keine Hamal?"

Von dieser Frage entsetzt, nahezu überstürzt antwortet er: „Nichts, ich sagte doch bereits, das ist lange vorbei."

Die zweifelnde Ahita bohrt mit einer weiteren Frage nach: „Mit welchem Orchester wirst Du demnächst Deine Violinkonzerte aufführen, nachdem Zapadusti tot ist?"

Zögerlich antwortet Ganini: „Mit dem Lackerle" und fügt hastig hinzu „dessen Ehefrau Tiane begleitete ihn bisher niemals, Du kannst also völlig unbesorgt sein."

Prüfend ihn ansehend bemerkt sie: „Unaufrichtigkeit ist offenbar dem männlichen Wesen eigen."

Natürlich hatte sie seine Ausrede verstanden, aber was sollte sie dagegen machen? Die Zeit, in der sie von Eifersucht geplagt, sich laut schreiend auf die Erde warf und mit ihren Armen wild um sich schlug, ist auch vorbei. Ob sie Tiane von Lackerle mal einladen sollte? Vielleicht käme sie nach St. Gallen? Nach weiterer Überlegung geht sie in die Offensive: „Ganini, mein Vielgeliebter, könnten wir den berühmten Dirigenten von Lackerle nicht einmal hierher einladen? Ich möchte ihn gern mal persönlich kennen lernen, ungezwungen, privat lebend. Wahrscheinlich ist er ein sehr faszinierender Mann."

Diese Aussage überrascht zwar Ganini, der dann aber auch sofort darauf eingeht: „Das ist eine sehr gute Idee, irgendwie wollte ich Dich sowieso mal mit Tiane zusammen bringen, und das wäre eine sehr gute Gelegenheit, nicht wahr?"

„Würdest Du das organisieren können?"

„Ja natürlich, für unsere Konzerte müssten wir ohnehin einiges vorausplanen, und das könnten wir auch hier machen. Ich setze mich umgehend mit ihm in Verbindung, je früher, desto besser."

Unangemeldet, aber zu sehr passender Zeit, erscheint Ganinis Nichte Lea mit ihrer noch kleinen, aber bereits schon sehr offen und glücklich schauenden Tochter Debby. Lea hatte, wie Ahita zuvor versprochen, die ersten von Debby ausgeführten Skizzen mitgebracht. Aus den unkontrolliert verschmierten Blättern geht bereits hervor, dass

Debby, die sich noch in der Kritzelphase befindet, zukünftig noch Spannendes darbieten wird. Die Frauen begeben sich in den Garten, dorthin, wo der buschige Feldahorn einen rustikalen Tisch mit passender Bestuhlung beschattet.

Während Debby ihre sorgfältig ausgewogene Nahrung zu sich nimmt, wendet sich Ahita nochmals der Küche zu, um den zuvor eilends bereiteten Kaffee herbeizuschaffen. Dort erfährt sie vom hinzu tretenden Ganini: „Von Lackerle hat die Einladung zwar angenommen, aber ein genaues Datum ist noch nicht bestimmbar."

Ahita versteht sich als heimliche Siegerin, denn ihre Planung, sich der Tiane zu entledigen, erscheint mit diesem ersten Schritt getan.

Lea fragt: „Wie war bisher Euer heutige Tag?"

Beide angesprochenen antworten gleichzeitig: „Wir redeten über Ahitas Erleuchtung."

„Was, über Ahitas Erleuchtung? Was ist denn das für ein Schwachsinn, wer glaubt denn an derartige Dinge?"

Während Ahita etwas beleidigt wirkt, antwortet Ganini: „Lea, Du bist voreilig und in Deiner Unwissenheit auch noch beleidigend. Bitte entschuldige Dich bei Ahita."

Noch bevor Lea einige Worte der Entschuldigung findet, schaltet sich Ahita ein: „Lea, wenn Du mir nochmals Beleidigendes sagen möchtest, dann mache es bitte in einer mir fremden Sprache, Schwyzer-Dytsch wäre angemessen, denn das verstehe ich nicht."

Plötzlich schreit Debby etwas, das in der Tonlage einer Entschuldigung gleichkommt. Die Erwachsenen schauen sich an, jeder jeden, alle lachen gleichzeitig und Ahita beugt sich zu Debby und sagt: „Entschuldigung angenommen."

Dann ergreift Lea, sich Ahita zuwendend, das Wort: „Bitte, entschuldige, meine Reaktion war sicher völlig fehl am Platz. Ich bin zutiefst beschämt, verzeih mir nochmals."

„Ja gut, das ist dann Vergangenheit, aber vielleicht möchtest Du einfach mal wenige Minuten zuhören?"

„Lea steht auf und sagt: „Ach, ich möchte nicht zuhören, wahrscheinlich verstehe ich das ohnehin nicht, und meine Anwesenheit würde Euer anregendes Gespräch vermutlich nur stören; außerdem hat Debby einen einzuhaltenden, für mich verpflichtenden Tagesrhythmus."

Die sich inzwischen ebenfalls erhobene Ahita geht auf Lea zu, beide Frauen umarmen sich. Dann geht Lea mit einer fröhlichen kleinen Debby über den Sandweg, an dessen Ende sich der von einem Bildhauer gemeißelte Tisch aus weißem Marmor mit gleichgeformter Sitzecke befindet. Dieses von einem erfahrenen künstlerisch tätigen Mann gestaltete Objekt wirkt zwischen den in feinster Pracht gewachsenen Pflanzen als ein glücklich eingefügter zentraler Blickpunkt, der dieser landschaftlichen Wirklichkeit angepasst, bequem auf schmalem Weg erreichbar ist.

An diesem Punkt, auf den marmorbehauenen Steinen sitzend, hatte Ahita bereits erstmals ihre bis dahin unvorstellbare göttliche Begegnung in Worte fassen können und sie Ganini mitteilen dürfen. Nun verlassen auch sie den aus Holz gestalteten Tisch unter dem Feldahorn.

Gemeinsam auf dem sandroten, links und rechts mit festem Gras eingefassten Weg schreitend, sagt Ahita, bevor sie noch ihre dortigen Plätze erreichen zu Ganini: „Erinnere Dich –
das Gemisch eines hohen Sauerstoffanteils, mit geringerem Kohlenstoff- und noch weniger Wasserstoffanteil begünstigt die Eigenschaft späterer Liquidierung von anderen Menschen. Sollte dazu noch ein hoher Anteil aufgenommener Goldpartikel hinzu kommen, dann entwickelt sich der spätere Mensch zum unermüdlich wirkenden, brutalen Egoisten – nur bleibt die Frage offen, welcher Menschenrasse dieser Tyrann später angehören wird?"

Ganini ist angesichts dieses Themas plötzlich hellwach: „Ach ja – das göttliche Problem der Rassen mit seinen in Afrika lebenden Menschen und ihren gegensätzlich, nördlich wohnenden Nachbarn – wie entstehen sie?"

„Ja – innerhalb der bereits von mir genannten sieben Zonen befinden sich noch drei Bereiche, die für die weitere menschliche Entwicklung bestimmend sind. Es sind die Zonen: Kupfer, Schwefel und Wismut. Beim Durchschweben dieser Zonen erfährt eine bereits gestörte Kreatur, je nach prozentualer Mengenaufnahme genannter Partikel, welcher Rasse sie später zugehörig sein wird.

Die zur Erde deportierten menschlichen Lebewesen gliedert Gott in drei Großrassen: Europid, Negrid und Mongolid und deren Mischungen, die zu unzähligen Untergliederungen führen. Sollte also ein bereits vorbestimmter Tyrann noch erhöhte Kupferanteile in sich aufnehmen, bei kleineren Anteilen von Schwefel und Wismut, so wird er sich zum in Afrika lebenden Negrid entwickeln und zu gegebener Zeit seine von Brutalität geprägten Eigenschaften rücksichtslos durchsetzen. Anders wäre es, wenn er anstelle von Kupfer mehr Schwefelanteile aufnehmen würde, das ergäbe im asiatischen Lebensraum einen Mongolid, mit ebenso zu befürchtender Brutalität. Ein größerer Anteil Wismut ergäbe dagegen einen Europid, der überwiegend Europa, Amerika und Australien bewohnt und auch rücksichtslos vorgehen würde. Das gesamte Mischungsverhältnis wird Dir besser verständlich, wenn Du das Variationsspiel der Noten vergleichst, oder – nehmen wir das Spiel der Farben. Sieben Tuben Farbe in unterschiedlich großer Menge vermischt, ergeben unterschiedliche Farbtöne. Einfacher ist die Rassenfrage nicht erklärbar – oder?"

Ganini blickt auf die ihn mit ihren Blüten in allen Farben, allen Schatten, allen Varianten umgebenden Pflanzen und denkt nur, Ahita, das hast du dir aber fein ausgedacht. Du hast nicht nur viel Silber im Schoß, sondern als Europid auch noch einen hohen Anteil Wismut aufgenommen und bist als göttlich bestimmtes menschliches Mischwerk zugleich mit allen wunderbar weiblichen Anziehungskräften ausgestattet. Ahita folgt seinem Blick und bewundert ebenfalls die herrliche Blütenpracht der sie umgebenden Gewächse und redet, ohne sich an Ganini zu wenden, etwas Arabisches vor sich hin, das er nicht versteht, so dass er sie anschaut und fragt: „Sagtest Du etwas über Tiere oder Pflanzen? Wie kommen diese zur Erde – oder, setzte er höhnisch hinzu: beauftragte Gott einen göttlich begnadeten Bildhauer diese anzufertigen?

„Warum versuchst Du meine Ausführungen abzuwerten? Im Gegensatz zu den anderen Ausgestoßenen konnte ich während des Schrumpfungsprozesses mein gut sehendes Augenlicht bewahren. Im strahlendem Sonnenlicht ließen sich somit alle Details dieses göttlichen Wunders ausnahmslos erkennen. Hinzu kam, dass meine zu anfangs gespaltene goldene Kugel, nun einem Mikroskop gleichend, Detail-Kenntnis ermöglichte."

„Eine himmlische Überraschung, wie groß war dieses goldene Meisterwerk von Göttlicher Gnade? Dein geschrumpfter eigener .Körper war doch nur – sagen wir – unserem Maßverständnis entsprechend nur Null Zentimeter groß."

Mein lieber Ganini: „Deine Äußerung beweist erneut größenwahnsinnige, menschliche Selbstüberschätzung.

Aus Gottes Sicht sind wir nichts, wirklich nichts, eigentlich nicht mehr existent. Er hat uns zum Planet Erde deportiert und gewährt uns ein begrenztes Leben. Warum er das macht?

Ich hätte ihn danach fragen sollen – aber kommen wir zu den Tieren und anderen Lebewesen. In diesem göttlichen Gefüge gilt für alle nicht nutzbaren Archaebakterien der Grundsatz der Chancengleichheit. Jede dieser abgestoßenen im Weltraum Schwebenden berührt auf dem langen Weg zur Erde unterschiedliche Zonen. Ob sich nun ein späterer Mensch, ein Tier oder eine Pflanze entwickelt, hängt von der Menge aufzunehmender Gase ab: Wasserstoff, Kohlenstoff, Sauerstoff, Stickstoff und der Anteil verschieden aufgenommener Partikel. Vier aufgenommene Gase ermöglichen späteres menschliches Dasein. Tiere, Pflanzen oder andere begnügen sich mit drei, oder gar nur zwei dieser Gase.

So entwickelt sich der Affe nicht zum Menschen, weil er lediglich drei Gase aufnahm, obwohl er, dem späteren Menschen gleich, unter Umständen ebenfalls alle sieben Zonen durchschwebte. Andere Tiere, die möglicherweise nicht sieben, sondern nur drei dieser Zonen bewältigten, ordnen sich auf der Erde dementsprechend ein. Bakterien, die kein lebensfähiges Gas aufnehmen und zudem noch an allen Zonen vorbei glitten, bleiben auch weiterhin Bakterien. Ohne Ausnahme hatten zu anfangs bereits alle Bakterien die gewaltige glühende Macht der Sonnenkorona durchquert. Gegenüber der uns lebensbedrohenden Temperatur sind sie unempfindlich, also situationsbedingt ungefährdet, sie verglühen auch bei Eintritt in die Erdatmosphäre nicht."

Zwar aufmerksam zuhörend, stellt Ganini doch die Frage: „Unklar ist mir dennoch, wie diese Kreaturen sich letztlich auf der Erde zu Menschen oder Tiere entwickeln? Vor dem Erreichen des Planeten Erde sind entsprechend Deiner Erleuchtung bereits alle menschlichen Eigenschaften bestimmt worden. Die Lehre der Biologie besagt aber doch: die Bildung eines Embryo, also neues Leben ist gegeben, nachdem die Befruchtung stattgefunden hat."

„Ja, diese Frage beschäftigte mich ebenfalls und erhielt folgende Erklärung: Die zur Erde schwebenden, mengenmäßig hinreichend negativ belasteten Bakterien, legen sich einem Schleier gleich über die Erdoberfläche, die dann dortige Lebewesen unbewusst in sich aufnehmen und bei der Begattung wieder frei setzen.

Das Aufnehmen dieser Bakterien ähnelt der bereits vorhergehenden Phase verschiedener Zonen. Und da viele Bakterien gleichzeitig den menschlichen Körper erreichen, vermischen diese sich zu neuen individuellen Zusammensetzungen, die wir als Erbgut bezeichnen. Es ist deshalb möglich, dass die Kinder gleicher Eltern unterschiedlich wirkende Eigenschaften offenbaren. Das gilt für relativ friedfertige Kinder ebenso, wie zu Gewalt neigende Geschwisterkinder. Die im Körper verbliebenen Restgase entledigt das Kleinkind vermutlich während seiner Windpockenerkrankung, die ausnahmslos wohl jede menschliche Kreatur zu befallen scheint. Nachdem das Kleinkind die Wahrnehmungsphase erreicht hat, ist die Erinnerungsphase unwiederholbar entschwunden. Nun sitzt der Mensch verlassen auf einem Planet, den Gott lediglich als seine Abfallstation auserwählte – während Ahitas Erzählung schloss Ganini die Augen, aber scheinbar noch zuhörend – als Gott noch mit seinen Dinosauriern spielte, die seinerzeit die nahegelegene Erde als Vergnügungspark nutzten, beabsichtigte er seine geschädigten Archaebakterien, mit dazu zugehöriger regulierbarer Sonnenkraft, diese auf dem Planet Venus abzuladen, um damit eine bessere Nutzung seines Sonnensystems zu erreichen. Riesige schwarze Löcher, die scheinbar mühelos mit feurigem urknallähnlichen Effekt ihnen nahe kommende Planetensysteme zu schlucken drohen, faszinieren mit scheinbar zerstörerischer Kraft, welche aber lediglich gefahrlose Umschichtungen des Universums sind, und dass das gegenwärtige Sonnensystem ungefährdet durch ein Schwarzes Loch hindurch gleitend, sich nach vielen Jahren an anderer Stelle befindend, aber nicht zerstört würde. Bedroht dagegen sind die auf dem Planeten Erde selbsternannten Götter irdischer Selbstherrlichkeit und deren riesige Anhängerschar. Diese könnte er mit dem Urknall gleichenden außerirdischen Meteoriten, oder mit irdisch selbstzerstörerischer Atomkraft vernichten."

An dieser Stelle, in seinem zuvor träumerischen Abenteuer den Urknall bewältigend, erwacht Ganini.

Ahita hatte den, in gewissen Abschnitten am gesamten Körper gelegentlich zuckenden Schlafenden lange beobachtet und bittet ihn nach seinem Erwachen, sich zu seinem Traum zu äußern.

„Ahita, während meines Traums belasteten mich vor allem die seit Jahrtausend währende Religionsstreitigkeit mit ihrer unmenschlichen Brutalität. Es wurde im Namen Gottes, den es entsprechend irdischem Nachweis nicht gibt, sinnlos gemordet. Religiöses Machtbestreben verbreitete seit Jahrtausenden unter den Menschen Hass. Selbst kleinste unscheinbare Sekten erstarkten angesichts verbreiteter Kommunikationstechnik. Als geborener Christ wurde ich entsprechend der Tradition dieser Glaubensrichtung zugeordnet. Die Heilige Schrift der Soomleme wurde sechshundert Jahre nach Christus geschrieben, davor verehrten die Mächtigen, zum eigenem Wohl, andere Götter. Christen als Ungläubige zu bezeichnen gleicht einer Farce, diese dem eigenen Machterhalt dienende Anschauung verwirrt vor allem weniger Gebildete zum Märtyrertum neigende Menschen. Von Infantil ausgesetzte im Weltraum schwebende Bakterien, die sich in den verschiedenen Zonen gierig dem Gold und Platin zuwenden, verbreiten auf dem Planet Erde, als selbsternannte Götter, das höchste Maß aller krimineller Energie – hartherzig lassen sie sogar eigene Kinder verhungern."

Sie ergänzt: „Ich werde nicht in diese versklavte weibliche Welt zurück kehren, denn verhüllte weibliche Körper verbergen nur scheinbar ihre weiblichen Reize. Also werde ich anlässlich unserer Heirat den Namen Ahita entgültig ablegen."

Ganini ist vom Ausgang des Gesprächs irritiert. Ahita spricht von Heirat, jetzt, da Tiane von Lackerle gierig verlangend unabwendbare Abenteuer begehrt? Die Nacht hatte Ganini albtraumähnlich verbracht. Nicht deshalb, weil Ahita sich seines Heiratsversprechens erinnerte, nein, das hatte er auch schon vor sehr langer Zeit der russischen Cellistin Mascha gegeben. Sein Traum glich dem der Ahita, allerdings nicht auf göttlicher Ebene, sondern er betraf nur einen seiner Bühnenauftritte.

Noch nicht recht bei frühmorgendlichen Sinnen, bedrängt ihn ein frischer Kaffeeduft, den die früh aufgestandene Ahita ausnahmsweise an sein mit zarter Seide bezogene Bett serviert und ohne besondere Umschweife sogleich den Springenden Punkt ihres Verlangens nennt: „Ich möchte baldigst eine christlich getraute Frau Ganini sein."

Hoppla – Ganini sitzt aufrecht in seinem seidenen Bett. Er betrachtet seine von ihm begehrte Geliebte und gibt zu bedenken: „Möchtest Du von fanatischen Glaubenskriegern in der Christlichen Kirche, oder bereits vorher getötet werden?"

Ahita schweigt, sie hat unübertrefflich brillante Tränen in ihren Augen, aber diese fließen immer stärker werdend dermaßen, dass sich auf dem fein lackiertem Parkett des Schlafzimmers ein wunderbar schimmernder, klarer See ausbreitet. Er fügt hinzu: „Außerdem bin ich nicht mehr lebensfähig, ich bin ohne gesunde innere Organe."

Ahita starrt ihn entsetzt an: „Seit wann? Welche Organe fehlen Dir? Ist Dein Herz gestört, oder sonst was? Sag es mir bitte. Bitte, ich flehe Dich an."

„Ich hatte eine Erleuchtung."

Ihr herabsinkender Körper erzeugt einen seltsamen Klang,. Angesichts dieser Aussage erhielt der korbgeflechtete Stuhl durch Ahitas göttlich geformtes Sitzfleisch einen querstehenden Riss.. Der besorgte Ganini entledigt sich umgehend der nächtlich schützenden Überdecke seines Bettes. Verlässt das geschickt angeordnet flach liegende Matratzengestell so teuflisch flink, dass Ahita zwar erleichtert, aber dennoch halbweinend fragt: „Welche Organe fehlen Dir, bitte sag es mir?"

Aber er antwortet nur: „Ich hatte eine Erleuchtung."

V on niemanden erwartet geht mit kurzen schnellen Schritten eine zarte, bestens gekleidete Dame auf der wenig befahrenen Zubringerstraße zum Anwesen Ganini. Niemand der sie betrachtenden, anliegenden Bewohner würde vermuten, dass diese Frau von unbändiger Triebsucht beherrscht ist.

Einer Primaballerina eines Balletts gleichend sich zu bewegen, ihre Art viele begegnende Details der Natur aufmerksam zu beobachten und allseits die sie begegnenden Menschen freundlich zu grüßen, bringt man ihr sehr viel Sympathie entgegen. Sie ist keine gewöhnliche Touristin, nein, diese anmutige Frau überstrahlt die gesamte ortsüblich anzutreffende Weiblichkeit.

Aber diese Frau ist gefährlich, denn sie erfasst mit klarem Blick und scharfem Kalkül das Gegebene. Das Anwesen Ganini ist ein Romantischer Zufluchtsort mit südlichem Flair am Naturschutzgebiet. Es ist ein wunderschönes Haus in den Bergen und bietet offensichtlich viel Komfort, vollkommene Privatsphäre und Ruhe. Es überzeugt mit mediterranem Charme. Der Garten umfasst sehr viele, für Außenstehende unübersehbare Quadratmeter mit einem großen Teich und bietet eine wundervolle, gesunde Daseinsfreude mit bester Entfaltungsmöglichkeiten für eine schöne Frau, die sich genüsslich natürlichen Angeboten hingibt, wie: Baden, Reiten und Leidenschaft. Es gefiel ihr, das Anwesen vorsichtig auszuspionieren, um so gefestigt das Innere der Villa zu erobern, unter Umständen auch ihr unsympathische, störende Lebewesen beiseite zu schieben.

Noch zögert sie das wunderschön gestaltete Eingangstor zu durchschreiten. Da sie sich katzengewandt bewegt, und sich möglicherweise ebenso geschmeidig auch an geeigneter Stelle dieser Villa der Liebe hinzugeben vermag, könnte der Anblick von Hunden mit ihrem unmusikalischen Gekläff bereits aufkommende Furchtsamkeit steigern. Noch glaubt sie sich unbeobachtet, aber längst hat Lea sie entdeckt, zunächst zwar uninteressiert, dann neugierig ihrem Sicherheitsauftrag folgend, nimmt sie die zarte weibliche Spionin genauer in ihr Blickfeld und pirscht sich, im Schatten ihr wohlbekannter Bäume, an die neugierige Person heran.

„Guten Tag!" Selbst bei zwei Worten zwingt sich Lea ihr allgemein gesprochenes Schwyzer-Dytsch für Unkundige verständlich zu machen.

Sehr entgegenkommend und freundlich klingt es zurück:
„Guten Tag, wohnen Sie in diesem herrlichen Haus?"
„Zuweilen."
„Dann sind sie nicht die Ehefrau des Besitzers?"
„Nein."
„Wem gehört das wunderbare Anwesen?"
„Dem Violinvirtuosen Ganni."
„Die Villa gehört also dem berühmten Teufelsgeiger Ganini.
Ist er anwesend, könnte ich ihn sprechen – bewundern?"
„Bitte, er wird sicher gern eine seiner Verehrerinnen begrü-
ßen wollen."
Lea willigt ein und schreitet als sachkundige Kennerin des
Weges eine halben Schritt voran. Sie gehen über einen mit
gelblich-gebrannten Tonplatten belegten Weg.
Während die Unbekannte aufmerksam folgend ihre beab-
sichtigte Überraschung vorbereitet, sieht sie eine wunderschön anzuschauende, andere junge weibliche Person in das
vom Sonnenlicht überstrahlte Haus hinein gehen und das
bedeutet für sie – der zu erwartende Kampf könnte sehr hart
werden.
    Ganini kennt seine wohlgekleidete Besucherin. Schmun-
zelnd fragt er die reizende, wunderbar Anzusehende: „Sind
Sie allein, oder ist Ihr Mann auch anwesend – ich sehe ihn
nicht?"
Die Angesprochene fragt zurück: „Mein Mann?" – und
schaut dabei irritiert zur herbeitretenden, in farbenfroher,
feinster Seide gekleideten Ahita.
Der Zeitpunkt der Entscheidung ist gekommen, der Haus-
herr wendet sich mit den Worten an Ahita und Lea: „Das ist
Tiane, die Gattin des berühmten Dirigenten Heinrich von
Lackerle."
„Tiane?" rufen Ahita und Lea gleichzeitig erstaunt. Diese
prüft mit weiblich abwertendem Blick ihre Konkurrentin-
nen, zeigt dann ein leichtes, überhebliches Lächeln und stellt
der schönen Soomlemin Ahita die Frage: „Würden Sie mir

bitte sagen, welche persönliche Rolle Sie in diesem Hause ausüben?"

Diese unerwartete Frage bringt Ahita in große Verlegenheit, sonst so selbstsicher, sprachlich gewandt, bringt sie nur hervor: „Ja, ja – ich, ich bin Frau Ganini."

Lea verzieht ihre Mundwinkel. Der luftig gekleidete Ganini blickt erstaunt und um weiteres Unangenehmes vorzubeugen sagt er, sich Ahita zuwendend: „Ich stellte es bereits schon einmal fest, Tiane und Lea haben die gleichen Mundpartien, stimmst?"

Gegenseitig sich kritisch prüfend schauen die Angesprochenen auf ihre wohlgeformten, verschiedenartig geschminkten Lippen und Nasenspitzen.

Dann lacht Lea laut: „Richtig, ich wollte ja Tiane zum Wettfressen einladen, weil sie angeblich alles ebenso gierig in sich hineinschlingt wie ich."

Tiane ist perplex und versteht deshalb auch Ahitas anschließende Anspielung nicht: „Nur in einem besonders delikatem Bereich stimmt ihr nicht überein."

Lea ist von Ahitas zögerlicher, fast ängstlich vorgetragener Behauptung, sie sei Ganinis Ehefrau, sehr beeindruckt, aber dass die mit allen Wassern gewaschene Tiane einen zufällig, für alle spürbar errungenen Vorteil stillschweigend ungenutzt lässt und damit ihre erste Schlacht verloren gibt, erstaunt sie doch erheblich.

Aber Tianes innerer Vulkan brodelt bereits, der jederzeit ausbrechend, zu einer enthüllenden Liebestragödie unglaublichen Ausmaßes explodieren könnte. Nicht nur Ganini wäre ein erbarmungsloses Opfer ihres, oder auch Ahitas Temperaments, sondern vor allem ihr ahnungsloser, stets von ihr betrogener Ehemann Heinrich von Lackerle. Mit weiblichem Instinkt spürt auch Ahita die drohende Katastrophe nahen. Obwohl Tianes bebende Nasenflügel bereits deutlich erkennbar aufgestaute geballte Energie ausstrahlen, nähert sich ihr Ahita: „Verzeihung – ich bin nicht Frau Ganini, es war unrecht, auf eine ehrliche Frage eine falsche Antwort zu geben."

Die zuvor innerlich aufgewühlte Tiane von Lackerle lächelt, und antwortet abgebrüht: „Ich weiß es, dieser Mann gehört vielen Frauen, die ihn verehren und gern zu Eigen hätten. Auch ich werde es immer wieder versuchen, obwohl ich mit einem sehr gut aussehenden Mann verheiratet bin. Eine Frau allein hat keinen Anspruch auf den berühmtesten Violinvirtuosen der Welt, und deshalb darf man sich diesen gutaussehenden Mann nicht entgehen lassen, denn das wäre ein Armutszeugnis der sündhaft agierenden weiblichen Welt und er weiß das sehr genau zu schätzen. Während seiner Konzertreisen begegnen ihm langhaarige, wohlproportionierte, sich ihm leidenschaftlich hingebungsbereite Frauen."

Ahita hatte Tianes Worte reglos vernommen. Das Beben ihres Busens ist am Geknister ihrer seidenen farblich klug abgestimmten Kleidung deutlich spürbar, für jedermann sichtbar. Tiane ist dagegen beruhigt, denn sie hat den in ihr brodelnden Vulkan äußerst erfolgreich an Ahita übergeben können. Lea spürt den Wandlungsprozess den beide Frauen jetzt durchlaufen, denn Tiane hat ihre vermeintlich verlorene Schlacht in Wahrheit beeindruckend und sehr entscheidend gewinnen können.

Ahita ist sich dieser Niederlage bewusst, Ganini widerspricht Tiane nicht, er ist beiderseits gefällig und bestätigt damit offenbar die soeben gemachte Äußerung. Sein neutrales Verhalten schmerzt, macht Ahita deutlich, dass sie in seinem Leben nicht die von ihr erwünschte Rolle spielen wird. Deshalb verlässt sie den Raum und geht zunächst orientierungslos durch den Garten, um dann zu dem von ihr geliebten, von einem Bildhauer gemeißelten Marmortisch zu gelangen.

Heinrich von Lackerle, der ursprünglich mit seiner Ehefrau Tiane das Anwesen Ganini heimlich erobern wollte, war wegen wichtiger kultureller Gespräche aufgehalten worden und verspätete sich. Dieser Umstand ersparte ihm die im Beisein Ganinis stattgefundene, vorher gegangene peinliche Situation. Nun steht er sorgfältig gepflegt, in scheinbar lackierter Kleidung vor dem wunderschönen Gartentor der Villa. Aber dieses fasziniert ihn nicht. Vielmehr ist es der Anblick einer verführerisch anzusehenden Frau, die in feinster seidener Kleidung allein, innerhalb schönster Pflanzen, einen dortigen Platz belegt.

Der Anblick dieser anmutig wirkenden Frau blendet ihn. Intuitiv streift er mit der rechten Hand über sein ohnehin gut gepflegtes Haar. Aber die Schöne Frau beachtet ihn nicht, sondern erhebt sich und schreitet der dem Haus zugehörenden, wertvoll gestalteten Eingangstür entgegen.

Innerhalb des Gebäudes scheint die Spannung gelockert, ungezwungen bewegen sich Tiane, Lea und Ganini zwischen rotbraun mit lederbezogenen, sehr bequem zu sitzenden Sesseln. Sie genehmigen sich einen leicht bekömmlichen Rosé und sind offensichtlich sehr vergnügt.

Fast gleichzeitig, aus verschiedener Richtung kommend, erreichen sowohl Ahita als auch Herr von Lackerle den Eingang des Hauses. Höflich öffnet er ihr die Eingangstür, um nach wenigen Schritten den luxuriös ausgestatteten Wohnraum der Villa zu betreten. Die alle Situationen schnell erfassende Tiane geht auf ihren soeben hinzukommenden Ehemann zu und sagt, auf Ahita weisend: „Darf ich Dir Frau Ganini vorstellen?"

Sie lächelt überlegen und als diese wegen dieser Unverfrorenheit errötet, fügt sie triumphierend hinzu: „Ist sie nicht außergewöhnlich hübsch, ein unübertrefflicher soomlemischer Traum? Leider ist sie nicht verschleiert, was zweifelsfrei für sie persönlich von besonderem Vorteil wäre."

Die Anwesenden sind überrascht und noch bevor jemand zu dieser weiteren weiblichen Gehässigkeit antwortet, entschuldigt sich Tiane kurzentschlossen bei Ganini wegen des unangemeldeten Besuchs und sagt zu ihrem verdutzten Ehemann: „Heinrich komm bitte, wir müssen heute noch den fahrplanmäßigen Zug erreichen."

Von seiner Frau angetrieben durchschreitet das Ehepaar von Lackerle den Garten, sie streben dem Tor zu, um das Anwesen Ganini zu verlassen. Niemand außer Ahita kann ermessen, welch unbändige Triebsucht, mit kochender Eifersucht verbunden, in ihrem zarten Körper beheimatet ist. Zurück bleiben drei bisher miteinander zufrieden lebende Menschen mit neu zu bewältigenden Problemen.

Gleich der Empfindung, einem riesigen Heer von Ameisen befallen zu sein, erscheinen Ahitas beiderseits lang herabhängenden Arme, die sie gelegentlich befreiend zu schütteln versucht.

Innerlich aufgewühlt, sich vielfach betrogen fühlend, kreisen ihre Gedanken um den Wahrheitsgehalt gehörter Anspielungen, die unwidersprochen, keinerlei Zweifel an deren Richtigkeit zulassen. Der Beschuldigte Ganini widersprach der für sie ungeheuerlichen Behauptung nicht. Die im Innern ihres feingliedrigen Körpers vorhandene Ruhelosigkeit nur gelegentlich beherrschend, ordnet sie äußerst sorgfältig ihre wunderschöne Kleidung, denn sie ist nach dieser erlittenen Demütigung entschlossen, das Anwesen Ganini und damit ihren bisher so sehr Geliebten zu verlassen.

Ungeduldig nervös im Zimmer Hin und Her gehend, dann mehrere Koffer und Leinentüten packend, deren Inhalt teilweise auch nur flüchtig hinein geworfene Utensilien enthalten, begibt sie sich mit diesen, fast einer Diebin gleich, außerhalb des Hauses. Nach einer weiteren Phase angestauter Verärgerung erscheint endlich das zuvor bestellte Taxi, das ihr unsortiertes Gepäck in Windeseile verlädt und lautlos mit ihr davon fährt.

Was sie und auch andere nicht wissen konnten: während Tianes unverschämter Behauptungen war Ganini teilweise geistig abwesend, welches von niemanden erkennbar, ihn folglich in entscheidender Phase auch nicht berührte. Er erinnerte sich seiner Eingebung, ohne sie aber jemals erzählt zu haben. Somit berührten nur teilweise vorgetragene, weibliche Gehässigkeiten sein Unterbewusstsein. Er spürte und fühlte wohl um sich Erregendes, aber träumerisch spielte er auf der Bühne eine Viola dámore, ein siebensaitiges Musikinstrument, das diabolisch widerspenstig, ihn körperlich zerstörte.

Es schien ihm jeder dieser Saiten mit einem seiner inneren Organe verbunden zu sein und als die erste Saite der Viola dámore riss, schmerzte ihn der Verlust seiner Galle. Nach dem zweiten Saitenriss zerstörte sich die Leber seines Körpers.

Unaufhaltsam musste er teuflisch spielen.

Als nachfolgend mit geräuschvollen Tönen weitere Saiten zersprangen, war das jeweils mit dem Verlust der Milz, der Nieren, der Lunge und des Magens verbunden. Erst mit dem letzten Saitenriss und Verlust seines Herzens, endete das bestialische Konzert und erschien ihm die Gegenwart wieder wahrnehmbar.

Nun in der Realität angekommen stellt er fest, dass ihn zwar ein teuflischer Traum erfasst hatte. Er lebt und das zuvor empfundene Geschehen hatte sich nicht bewahrheitet. Dennoch starrt er entsetzt auf seine Hände, es waren nicht sieben seiner inneren Organe die jeder Saitenriss zerstört hatte, sondern mehrteilig waren sieben seiner Finger zersplittert.

Damit würde er niemals befähigt sein, jemals wieder Geige spielen zu können.

Er ist konsterniert, mit eiligen Schritten, mehr stolpernd als gehend, begibt er sich in den Garten. Dort irrt er umher und strauchelt mit den Füßen dabei so unglücklich, dass der Stachel einer langaufgeschossenen Kaktee ihn nahe seiner Halswirbelsäule verletzt und ihn damit erneut in einen Traum versetzt.

In dieser irrealen Welt betätigt er nun geistig verwirrt die Pedale des kostbaren Flügels mit seinen bisher unverletzten Füßen. Jeder Bewegungsvorgang zerstört materielle Werte: Instrumente, Kunstgegenstände und Möbel zersplittern. Sein gesamtes Anwesen zerbricht, unzählige Bäume knicken krachend zur Seite, umherfliegende Kieselsteine verletzen seine gebräunte Haut, durchdringen alle Muskeln und erreichen die Knochen seines Körpers. Ameisen, Mäuse und Igel kriechen herbei. Insekten aller Art, Schmetterlinge und Vögel überfliegen ihn – akustisch wahrnehmbar ist ihm nach längerer Zeit nur das merkwürdige Geräusch eines hauchdünnen Aluminiumstreifens, der dem Klang einer Triangel gleicht und ihn erwachen lässt.

Aber der träumerisch anstrengenden Eingebung nicht mehr standhaltend und das zerstörerisch, körperlich belastende vor Augen, greift er verzweifelt zu alkoholischen Getränken und schüttet diese, in Verbindung mit einer Überdosis aller verfügbaren Tabletten in sich hinein.

Es sollte der letzte Auftritt seiner glanzvollen Karriere sein.

T ELLO F rühmorgens mit singenden Vögeln aufzustehen und sich von den Bergen herabkommender Kälte
auszusetzen, entspricht nicht seiner Lebensgewohnheit. Sein
persönliches Wohlgefühl beginnt später am Morgen, erst
dann, wenn die Natur aus eigener Kraft erhellt und sich ihm
erwärmt freundlich zeigt.

Sein erster Blick geht zunächst zum riesigen Berg, auf
dessen Höhen sich der Schnee farblich kontrastreich gegen
den inzwischen strahlend blauen Himmel absetzt und alle
Bewohner in ihren Anwesen dazu aufgefordert, sich seiner
Mächtigkeit bewusst zu sein. Er beherrscht diese Region und
alles Dazugehörige: Felder, Wälder, oder den naheliegenden
reißenden Fluss, über dessen Brücke sich die Menschen mit
ihren erbauten oder gekauften Fahrzeugen aller Art bewegen.

Zu gegebener Zeit, bei gleichzeitigem Hören von Meis-
terwerken klassischer Musik, erwachen mittels eines einfachen Frühstücks seine Lebensgeister.

Sein Besitz ist ein im offenen Quadrat errichtetes altes
Bauernhaus, dessen Besonderheit in der architektonischen
Holzfachwerkweise besteht. Kunstwissenschaftler und Ar-
chitekten, die sich des einhundert Jahre vor Christus lebenden Baumeisters Vitruv erinnern, stellten fest, dass die kon-
struktive Bausubstanz sich auf den vormals als Urform der
Architektur bezeichneten Kubus beziehen. Folglich glaubte
auch der damalige Baumeister dieses Gehöfts es auf dieser,
von der Natur geschaffenen glatten Ebene entsprechend
errichten zu müssen und damit zählt heute das Gebäude
anerkanntermaßen zum Kulturerbe des Landes.

Das umfangreiche Domizil beherbergt einen Mann namens Tello, er ist Bildhauer. Die einheimische Bevölkerung
nennt ihn spöttisch abwertend: „Künstler von Gottes Gnaden". Er aber fühlt sich in seiner Lebensweise dem berühm-

ten italienischen Kollegen Donatello verbunden, der seine Meisterwerke bereits um 1400 n.Chr. schuf.

Von der gut befahrbaren Straße für jedermann einsehbar, hat sein beneidenswertes Anwesen einen großen offenen Innenhof, dessen tragende Basis aus schweren, quadratisch behauenen Steinen besteht. In Mittelpunkt dessen befindet sich auf einem Sockel stehend, eine in Bronze gegossene, naturnah gestaltete weibliche Aktfigur von großer Anmut. Misstrauisch beäugen die Bewohner der Gemeinde diese Figur, die bei allen kleineren Streitigkeiten als Beispiel herangezogen wird, dass sich möglicherweise dieses junge Mädchen oder jene Ehefrau als Modell und möglicher anderer Vergnügen Tello zur Verfügung gestellt haben könnte. Jeder Mann sieht des Nachbars Frau und jeder Vater des Nachbars Tochter öffentlich bloßgestellt. Manche meinen sogar, in dieser Skulptur eine ihnen allen bekannte Nonne des nahegelegenen Klosters erkannt zu haben.

Es erweist sich, das dieses Kunstwerk als beispielhafte Spielwiese geistig beschränkter Gehässigkeit dient, die den Geistlichen des Ortes jedoch nicht hindert, sich an manchen Abenden mit Tello beim Schachspiel und köstlichem Rotwein zu vergnügen.

Die Absicht der Gemeindeverwaltung, die Plastik aus dem Blickfeld Vorbeikommender zu entfernen, verhinderte der Geistliche mit listig, allerseits wohlverstandenem fragenden Blick: Lässt sich eine derart schöne, aus Lehm und von Gott geschaffene Frau andernorts bewundern?

Tello ist dem einfachem Leben zu getan. Es gibt in seinem Haus keinerlei allseits bekannten Komfort. Den ansehnlichen Innenraum seines Wohnhauses beherrscht ein sechzehn Quadratmeter großes Bett. Dieser bemerkenswerte Blickpunkt stellte er eigenhändig aus mächtigen Vierkantbohlen und mehreren käuflich erworbenen Matratzen zusammen. Da er unverheiratet ist und mit keiner bestimmten Frau in Verbindung gebracht werden kann, steigert sich die Gerüchteküche sexueller Begierde ins unermessliche.

Jede nur zufällig vorbeikommende Person weiblichen Geschlechts ist sogleich des Verdachts einer heimlichen Liebschaft mit ihm ausgesetzt und wird besonders argwöhnisch beobachtet von denen, die in aller Heimlichkeit selbst gern das angebliche Geheimnis des Quadratischen Anwesens erkunden würden. Der bildhauernde Tello ist sich dieser Problematik nicht bewusst. Er ist mit einer derben Handwerkerhose gekleidet, trägt darüber der jeweiligen Jahreszeit angepasste, einfarbige Hemden. Der mittelgroße Mann schlüpft mit selbsterstellten einfachen Filzpantoffeln in Holzschuhe, die er ganzjährig trägt. Wer ihn nach seinem Alter fragt, erhält zunächst die Gegenfrage nach der gegenwärtigen Jahreszahl. Offensichtlich arbeitet er unbekümmert an allen Tagen, so dass nur das Geläut der Glocken ihm Sonn- und Feiertage verkünden.

Sein riesiger Wohnraum ist nicht in kleinere Räume unterteilt, es gibt keine Nebenräume mit besonderer Funktion, es gibt auch keine Küche. Seine Lebensmittel und Getränke befinden sich in einer speziell gemauerten Nische, die ganzjährig eine gleichbleibende Temperatur von zwölf Grad aufweist und auch Fässer leichten Rotweins und Bier einer naheliegenden Brauerei kühl hält. Dazu ergänzt ein vom Berg herab kommendes, natürlich fließendes Quellwasser seinen täglichen Flüssigkeitsbedarf.

Ein zu allen Zwecken verwendbares Messer, welches mit einer geraden Klinge von Fünfzehnzentimeter Länge und gebogener, zur Spitze neigenden Krümmung versehen ist, befindet sich stets in seiner Nähe, denn es ist überwiegend in einer stabilen aus Leder hergestellten Tasche rechtsseitig an seiner Hose griffbereit. Das seine Lebensweise bestimmende Universalwerkzeug nennt er liebevoll „Baby". Damit schneidet er seine Figuren, nutzt es aber gleichzeitig auch, um vom kugelförmigen geräuchertem Schinken, oder von einem Laib Brot kräftige Scheiben abzutrennen. Ebenfalls von gleicher Mächtigkeit sind auch seine geschnittenen Käsewürfel und sonstige zerteilten Dinge.

Das von ihm bewohnte Anwesen verdankt er seinem Vater, der zu seinen Gunsten ein anderes Bauerngehöft an einen Industriellen verkaufte, so dass anfallende Zinsen ihm dieses wunschgemäße Leben gewähren. Er fühlt sich dem Steinbock und dem Adler in den Bergen nahe und diese Naturverbundenheit gibt ihm die Kraft, jeweils glaubensstark und unbeirrt einen langen arbeitsreichen Tag zu beginnen. Einige junge, fast zehnjährige männliche Sprösslinge nähern sich schüchtern dem Hof des Bildhauers. Angesichts der auf dem im Innenhof postierten weiblichen Aktfigur sind sie neugierig und entdecken Dinge, die ihrem Körper nicht eigen sind, denn in dieser Deutlichkeit hatten sie bisher ihre Mütter oder Schwestern noch nicht wahr nehmen können. Sie werden beobachtet von dem Mann, der diese herrliche Figur nach einem ihm zur Verfügung gestandenen Modell geschaffen hat. Schmunzelnd verfolgt er dem vorlaut werdenden, kindlich ansteigenden Übermut, mit dem sie hemmungslos ihnen bisher Unbekanntes mit farbigen Schulkreiden beschmieren.

Ahita hatte diese Rasselbande zu ihrem liegen gebliebenem Taxi gerufen und sie anschließend losgeschickt, um Hilfe zu holen. Nun erscheint sie selbst, natürlich ist sie bezaubernd anzusehen. Ihr von enger Seide umhüllter Körper fasziniert auch den genialen Bildhauer. Da sie mit hohen Stöckelschuhen den holprigen groben Boden betritt, scheint sie auf den naturbelassenen Steinen gefährdet zu sein.

In standfesten Holzschuhen eilte er ihr entgegen und ist sogleich von ihrer Schönheit geblendet. Einer Primadonna gleich erhebt sie ihre zarten Arme und streckt ihm ihre schönen Hände entgegen, die er bis zum Erreichen der Haustür liebevoll küsst.

„Willkommen."

Ahita dankt und wendet sich aber zugleich den vielen kleinen Helfern zu, die das liegengebliebene Taxi direkt vor die Eingangstür des Hause geschoben hatten.

„Was bedeutet das?" Tello ist verunsichert: „Ich vermiete keine Zimmer, wer hat Sie hierher empfohlen?"

„Niemand – da die vorgesehene Tankstelle geschlossen hatte und es zur Nächsten zu weit wurde, endete unser Benzin – könnten Sie uns helfen?"

„Ja, natürlich."

Tello besitzt ein der Landschaft gut angepasst federndes Fahrzeug und somit ist auch ausreichend gelagertes Benzin vorrätig. Während der Taxifahrer sein Fahrzeug betankt, und die junge Rasselbande den Hof längst verlassen hat, erhebt Ahita ihre Augenbrauen und befragt den Künstler: „Brauchten Sie zur Herstellung dieser Plastik ein Modell?"

„Ja."

„Sie ist sehr schön gewesen und wohnte vermutlich in Ihrem Haus, um stets zur künstlerischen Inspiration anwesend zu sein?"

Der Taxifahrer unterbricht die Unterredung beider mit der Frage: „Sie kommen doch mit – oder?"

„Nein, ich bleibe hier."

Tello ist verdutzt, schaut Ahita an und sagt: „Gut, für einen Tag könnte ich Ihnen, wenn Sie einverstanden sind, eine unkomfortable Unterkunft anbieten."

„Ja, das ist schon in Ordnung, ich werde meine Fahrtkosten bezahlen und wenn es Ihnen recht ist mein Gepäck ausladen."

Tello ist begeistert: „Ja natürlich, ich werde Ihnen helfen."

Mit mächtiger Hand greift er zu und befördert Ahitas wenige Dinge in den großen Innenraum des Hauses.

Ahita schaut dem Taxi nach, dass nun endgültig Tellos Domizil verlässt. Dann fragt sie unbekümmert: „Wo kann ich meine Koffer unterstellen und mein Bett vorbereiten?"

Ohne sich weiter zu äußern zeigt Tello auf das im Zentrum der Wohnung stehende Sechzehnquadratmeter große Bett: „Hier – Sie können sich eine Seite aussuchen."

Ahita, die Göttliche, fragt, den Satz wiederholend: „Hier –
Sie können sich eine Seite aussuchen, heißt das, dass Sie
ebenfalls hier schlafen werden – mit mir zusammen?"
„Ja"
„Aber Sie hatten mir doch" – Tello unterbricht – „eine un-
komfortable Unterkunft angeboten und das ist hier, anderes
habe ich nicht. Sie könnten sonst auch mein Angebot ableh-
nen und das Haus verlassen."
„Wenn Sie sich anständig benehmen, dann bleibe ich."
„Ich bin immer anständig, weil ich mit keiner unanständigen
Frau verheiratet sein möchte."
Neugierig forscht Ahita: „Sie sind unverheiratet?"
„Ja, oder sehen sie hier weibliches Durcheinander?"
„Innerlich aufatmend unterstützt sie ihn in seiner Auffas-
sung mit den Worten: „Ich verabscheue Frauen dieser Art
ebenfalls."
„Trinken Sie einfachen Bildhauerwein?"
„Danke – Bildhauerwein kenne ich nicht, würde ihn aber
gern probieren wollen."
Tello bringt schwere, unzerbrechliche mit Rotwein gefüllte
Blechbehälter: „Bitte, hier ist der Bildhauerwein, er ist kräf-
tig, urig und hat natureigene Eigenschaften."
„Danke."
Dieser Mann, denkt sie, ist ja völlig anders. Er hat nicht das
posierende Gehabe lackierter kultureller Aushängeschilder,
das gefällt mir. Es ist so, als wäre ich meinen auf dem Land
lebenden soomlemischen Mitbürgern sehr nahe gekommen.
    Sie setzt sich etwas aufrechter, seine bereits gierigen Au-
gen erwarten von ihr weiblich Kluges, deshalb legt sie äußerst geschickt und mit sehr viel Einfühlungsvermögen ihre
Beine übereinander und macht mit erregendem Busen, klug
bedacht, einen sparsamen Teil ihrer zauberhaften Wade frei.
Dieser gebotene Anblick macht ihn etwas verlegen, folglich
geht er zur steingekühlten Nische, aus der er zuvor schon
den einfachen Rotwein holte, kommt zurück und fragt: „Sie
sind verheiratet?"

„Nein."

„Warum nicht?"

„Bisher ist mir noch kein begnadeter Künstler begegnet."
Tello, der als anatomisch geschulter Bildhauer erfahren genug bereits Ahitas Körper durch ihre Kleidungsstücke hindurch alle kleinsten Proportionen entschlüsselt hatte, fragt: „Wäre ich für Sie ein begnadeter Künstler, wenn ich von Ihnen eine naturgetreue Aktzeichnung erstelle, ohne dass Sie Ihre Kleidung ablegen müssten?"
Ahita lächelt, sie hatte seine intensiven, entkleidenden Blicke bemerkt. Deshalb lenkt sie ab: „Wer war Ihre damalige Geliebte, die Sie in Bronze verewigten. Sie war wirklich sehr schön, warum heirateten sie nicht?"
Tello senkt seine Kopf: „Ja – warum heirateten wir nicht, sie liebte mich mit glühender Leidenschaft und überlegte deshalb ernsthaft, ob sie sich scheiden lassen sollte?"

„Ach, sie war bereits verheiratet?"

„Ja."

„Aber wie konnten Sie dann so lange mit ihr zusammenleben, das müssen Monate gewesen sein, denn eine derartige Skulptur ist doch ohne Modell nicht in wenigen Tagen herstellbar?"

„Ja, wir lebten eine sehr lange Zeit glücklich zusammen. Eines Tages sagte sie aber: sie müsse dringend nach Hause, ihr Ehemann käme von einer ausgedehnten Konzertreise zurück – er dürfe unser Geheimnis niemals erfahren."

„Und dann?"

„Dann war nichts – erst wesentlich später erfuhr ich aus dem Fernsehen, dass sie die Gattin des berühmten Dirigenten Heinrich von Lackerle war."

„Tiane – nein, nicht schon wieder" schreit Ahita mit gellender Stimme.

Der in den Bergen beheimatete Tello schrickt zusammen. Er erinnert sich Anbetrachts dieses Schreies an jemanden, den eine Lawine tötete.

Dann sagt er sehr vorsichtig: „Tiane? – ja so hieß sie."

„Mein lieber Tello, ich habe eine Bitte mit gleichzeitiger Bedingung. Mein Körper sollte die gegenwärtige Bronzestatue ersetzen, dazu muss Tiane eingeschmolzen werden. Ich würde so lange bleiben und Dir gefällig sein, solange Du es möchtest. Wäre Dir das angenehm? Ich bitte Dich – das ist der einzige Ausweg, um mein Leben zu erhalten."

Sie neigt sich zu ihm, schließt ihre Augen und gelüstet: „Küss mich bitte."

Mit seinen kräftigen Armen umfasst er sie so fest, dass sie Gottes Nähe zu spüren glaubt.

Von dieser nie zuvor gespürten männlichen Macht völlig verwirrt, tastet sie mit der rechten Hand zu einer fast unmerklichen Öffnung ihres Gewandes und holt aus sorgsam verpackter Schachtel zwei äußerst fein mit Puderzucker überzogene Leckereien, die etwas Honig enthalten und mit einer geheimnisvollen Zutat versehen sind: „Bitte, das ist eine soomlemische Köstlichkeit. Das Herstellungsrezept vererben die Frauen unserer Region von Generation zu Generation. Ich habe sie aber selbst noch nicht gekostet, sie soll aber sehr gut zu einem Glas Rotwein schmecken. Einige unserer Frauen nennen sie „Hamal."

„Was bedeutet das in der deutschen Übersetzung?" fragt Tello.

Ahita zögert ein wenig, lächelt ihn zärtlich an und flüstert fast ängstlich: „Das bedeutet Schafsbock!"

Nun lächelt er überlegen, sich seiner männlichen Kraft sicher und sagt: „Etwa zwei Kilometer von hier entfernt ist im Dienst der Gemeinde ein Schafsbock unermüdlich beschäftigt, gehe hin, rieche und frage mich anschließend, ob ich das nötig habe, aber ich glaube Dir die Antwort bereits jetzt schon geben zu können."

Dann erfasst er sie mit künstlerischer Einfühlungsgabe, und überzeugt sie mit kanonenähnlicher, dennoch sanfter Kraft, dass er ihrer Hamal nicht bedarf.

Berauschend empfindet sie ihr neu gewonnenes Glück, und so schreit in ihr nur noch das Verlangen, alles Vergangene vergessen zu lassen, sich ihren Traum, den in ihrem innewohnenden Wunsch, als Unverschleierte nicht mehr der Soomlem, sondern der Christen Lehre folgend, eine Schweizer Staatsbürgerin werden zu können. Diesen, ihren geheimsten Gedanken verschweigt sie allerdings.

Als Tello sich aus dem Sechszehnquadratmeter großen, zentriert im Innenraum stehenden Bett erhebt und dieses seine Arme weit ausstreckend verlässt, kippt gleichzeitig ein zuvor schon gefährlich auf einen Regal stehendes Bronzefigürchen herab und verletzt den Kleinsten seiner Zehen des linken Fußes. Ahita hatte das Unglück zwar kommen sehen, aber nicht mehr verhindern können. Blitzschnell ist sie bei ihm, beugt sich hinab und versorgt ihn aus ihrem stets bei sich führenden Arztkoffer mit erforderlichem Verbandszeug. Mit schmerzverzerrtem Gesichtausdruck schaut er auf den inzwischen unglaublich schnell, dennoch wieder sorgfältig geordneten und verschlossen Koffer.

Sie schaut ihn an und sagt: „Vielleicht solltest Du folgendes wissen: ich bin eine unverheiratete soomlemische Frau und examinierte Kinderärztin. Mein Name lautet Ahita, meine Namensgeberin ist die Schutzgöttin der Frauen und der Fruchtbarkeit"

Da er sie zunächst nur bewundernd anschaut, aber kein Wort sagt, gehen ihre Gedanken in eine Richtung, die sie ungern ausspricht: die Liebesgöttin gilt auch als Göttin des Planeten Venus und entsprechend diesem Kult war vor mehreren hundert Jahren die Tempelprostitution üblich – und – so denkt sie, offensichtlich trage ich diesen Namen zu recht, denn hier ist gegenwärtig mein Tempel.

Tello unterbricht ihre Gedanken mit der Frage: „Soomlem? Ist das eine religiöse Sekte? Ich habe diese Bezeichnung noch niemals gehört!"

Ahita ergänzt: „Wir Soomlem sind eine religiöse Minderheit, und so werden wir von den anderen Religionen als Sekte angesehen, obwohl unsere Religion Inhalte der Christlichen,

Islamischen und Jüdischen Glaubenslehre aufgenommen hat.“

Tello gibt sich mit dieser Erklärung zufrieden. Nach einer kurzen Zeit des Nachdenkens flüstert er: „Ahita“ „Ja, das bin ich.“

Tello wiederholt, sich den Namen auf der Zunge zergehen lassend: „Ahii-taaa, das ist ein wunderschöner Name, ich werde Dich ewig lieben.“

Ahita lächelt angesichts seiner deutlich hörbaren Liebeserklärung.

Tello wiederholt nochmals: „Ahii-taaa, Ahii-taaa.“

Du siehst also: „Als Liebesgöttin kam ich zu Dir und außerdem hatte ich vor einiger Zeit eine göttliche Erleuchtung.“

Tello fragt verunsichert: „Willst Du mich verzaubern?“

„Das brauche ich nicht mehr, denn das ist bereits geschehen, spürst Du das nicht? Aber zurück zu meiner göttlichen Erleuchtung, die sich aus nachfolgendem Gedanken stellte, und die Gott mir erklärte: möchtest Du meine Notizen lesen?“

Tello ergreift das Blatt und findet folgenden Inhalt vor:

„Der wissenschaftlichen Hypothese folgend entstand der Urknall durch explosionsartige Gase und ließ unser Sonnensystem entstehen. Aus dem Weltall einströmende Aminosäuren hätten dann die biologische Entwicklung auf der Erde ermöglicht.

Die angenommene Ausdehnung irritiert, so wurden anscheinend weder der Erdtrabant noch andere Planeten unseres Systems von diesem Geschehen betroffen, denn gegenwärtig liegt von dort kein hinreichender Nachweis für ähnliche Lebensformen wie auf unserem Planeten vor. Unter Umständen wurde durch bisher unerforschtem Vorgang die Biosphäre der Erdumlaufbahn von lebensfähigem Material erreicht, das dann vielleicht durch eine Schneise auf einen für uns anonymen Teil der Erdoberfläche kam?

In dieser Phase könnte geschädigtes Protoplasma vor erreichen der Biosphäre sich bereits anders geartet entwickelt und gewissermaßen mit verwerflichem Einfluss als „diabolischer Smog“ die Erde belasten, so dass im unersättlichen Maß gegenseitige Vernichtung vorprogrammiert ist.

Sich verachtendes, auch religiös motiviert, erweckt den Anschein, als könnten gestörte Aminosäuren selektiert und somit verantwortlich sein. Es ist ein reizvoller Gedanke, die Erde als „Abfallstation" krankhafter Zellen zu sehen. Die Geschichtsschreibung bis zur Gegenwart lassen diesen Gedankengang zu, denn politische- und religiöse Systeme liefern den Beweis.

Je höher der Anteil zerstörter Zellen, umso rücksichtsloser entwickelt sich scheinbar kriminelle Energie bei Menschen, obwohl in ihrer Entwicklungsphase alle Kinder gleichermaßen figürliches ohne menschenähnliche Proportion zeichnen – wobei erstaunlicherweise keine erkennbaren religiösen Attribute vorkommen.

Sollte dieses Phänomen der Hinweis einer allerfrühesten Entwicklungsphase – von unserem menschlichen Verstand nicht fassbare letzte Erinnerung sein, die sich später nicht wiederholt, aber wenigen Menschen die Entfaltungsmöglichkeit künstlerischer Tätigkeit eröffnen? Der politische Widerspruch und existierende zerstörerische Krieg ließ vermuten, das gewalttätiger "Schrott" genial zur Erde exportiert, erfolgreich und rücksichtslos wirkte. "

Tello legt das Blatt zur Seite, schaut Ahita mit scharfem Blick an und fragt ungläubig: „Glaubst Du wirklich an Derartiges?"

Mein lieber Tello: „Die Erleuchtung führte mich zunächst in Gottes Reich. Später dann, auf dem Rückweg erlebte ich, wie geschädigtes Protoplasma vor erreichen der Biosphäre sich bereits anders geartet entwickelte und gewissermaßen mit verwerflichem Einfluss als „diabolischer Smog" die Erde belasten würde."

„Ach, das ist Quatsch, das glaube ich nicht. Lieber greife ich zu einem Kunstbuch, das sich mit realen Dingen befasst, wie das Buch, das ich vor einiger Zeit las: eine Geschichte, die ich immer wieder gern lese, darf ich Dir daraus einen sehr kurzen Abschnitt vorlesen?"

„Ja, wenn Du es unbedingt möchtest?"

„Das Buch heißt LÄCHELNDE MONA LISA ENTRÄT-
SELT, es handelt also von Leonardo da Vinci und der schönen Mona Lisa." Tello ergreift das mit mehreren Abbildungen ausgestattete
Büchlein und hat sogleich die ihm wichtig erscheinende Seite
parat.

Ich zitiere:

*„Lisa, welchen Unsinn erzählst Du mir.?" Sie antwortete: „Ich will es
Dir sagen. „ Natürlich hatte ich eine besondere Absicht mit Dir."
„Und welche?" „Du bist kunstinteressiert, als Bildhauer vermutlich
geschickt. Seit fünfhundert Jahren trage ich einen Venusgürtel, der mich
andauernd quält. Ich konnte ihn bisher nicht öffnen lassen, ohne gleichzeitig meinen Körper zu schädigen." Ich entgegnete: „Ach, das glaube
ich nicht. Es gibt in der heutigen Zeit genügend technische Mittel, um
so ein Ding problemlos zu trennen, und ihn von deinem Körper abzu-
nehmen." Lisa schaut mich ungläubig an und sagt: „Leonardo hatte
Erfindungen gemacht, die erst in viel späterer Zeit verwirklicht werden
konnten. Sieh Dir das Auto an, den Hubschrauber und anderes, welches bisher noch nicht realisiert wurde. Ich bin so ein Beispiel: Leonardo
gab mir damals in Florenz ein Getränk. Es sollte gegen mein Kind-
bettfieber wirken. Das war bei der letzten Geburt, ich hatte insgesamt
vier Kinder. Ich trank das etwas prickelnd wirkende Mittel, wurde
gesund und lebe gegenwärtig immer noch. Oder bin ich für Dich nicht
gegenwärtig? Genau so ist es mit dem Keuschheitsgürtel. Leonardo hatte
ein Metall entwickelt von unüberwindbarer Festigkeit, das zudem nicht
mehr mit einem Schlüssel verschließbar, sondern lediglich von der Hand
zu öffnen war und es wohl noch ist." Etwas kleinlaut murmelte ich:
„Ja, er war wirklich ein Genie, aber ausgerechnet ich soll das Problem
lösen, überschätzt du nicht meine Fähigkeiten?" „Versuche es! Lass
uns dazu in meine Wohnung gehen, genauer gesagt, ich wohne in einem
Hotel. Ich fragte ungläubig: „Du wohnst in einem Hotel. Seit wann
und wer bezahlt die Unkosten?" Lächelnd sagt sie: „Mein Ehemann
Francesco war ein Seidenkaufmann und hatte mit dieser Tätigkeit ein
Vermögen gemacht, und von diesen Zinsen lebe ich." Wir gingen also
zu ihr, natürlich in ein Luxushotel bester Güte, im obersten Geschoss
mit bestem Blick auf Paris.*

Die Wohnung war äußerst klug gestaltet und sparsam im Stil der Renaissance eingerichtet. Aber ich dachte jetzt nur noch an die mir gestellte Aufgabe, den Venusgürtel gewaltlos zu öffnen. Sie legte ihre Kleidung ab. Der nun erstmals für mich sichtbare Venusgürtel vermittelte mir den Eindruck, als präsentiere eine der schönsten Frauen der Welt unbekanntes aus den Tiefen des Weltmeeres. "

Hier unterbricht Ahita mit der Zwischenbemerkung: „Die Frauen trugen damals einen Venusgürtel? Warum das?"

Tello: „Wenn Ehemänner damals für längere Zeit abwesend waren, dann trugen ihre Frauen um ihren Unterlaib einen abschließbaren Gürtel, warum, das kannst Du Dir ja denken."

„Und wo blieb der Schlüssel?" fragt misstrauisch Ahita.

„Bei den Männern."

Ahita nachdenklich: „Wie setzt sich die Geschichte fort?

Lies bitte weiter:"

„Das war offensichtlich wieder mal ein Geniestreich Leonardos, dachte ich. Ich untersuchte den gesamten Gürtel, vergaß dabei nicht, ihr gelegentlich die Beine zu streicheln oder auch ihre Füße zu küssen. Ich dachte, diese Frau soll mehr als fünfhundert Jahre alt sein, unglaublich. Vielleicht ist das irgend ein Trick von ihr, um Männer liebestoll zu machen. Ihrer äußeren Erscheinung nach zu urteilen hatte sie etwa mein Alter und ich war vierunddreißig Jahre alt.

Ich untersuchte den Gürtel nach einem geheimen Verschluss, der mit oder ohne Schlüssel zu öffnen war.

Sie sagte nach einiger Zeit, es war wohl eine Stunde vergangen: „Es hat wohl keinen Zweck, ich hatte Dich überschätzt. Schade!" Sie setzte sich in einen ihrer Sessel aus der Zeit der Renaissance und dabei vernahmen wir ein seltsames Geräusch. Ich ging zu ihr, nahm sie in den Arm, küsste sie und griff mit der rechten Hand dorthin wo ältere Frauen ihr Fett ansetzen, zur Hüfte, und nahm von ihrem Venusgürtel eine kleine Nadel, die sich dort vermutlich über viele Jahre im Sessel verborgen hatte. Die Nadel zeigte ich ihr und war nun fest überzeugt, die Lösung zur Öffnung des Keuschheitsgürtels gefunden zu haben. Leonardo hatte diesen mit relativ stark haftenden Magneten versehen, wobei zu bewundern war, dass sich im Verlauf der Jahrhunderte die Kraft seiner Magneten erhalten hatte.

Nun war das Problem doch von mir gelöst worden, und so durfte ich zur Belohnung bis zum anderen Morgen bei ihr bleiben. Zu Beginn des neuen Tages kamen mir Zweifel, ob es richtig war, den Gürtel von ihrem Körper entfernen zu haben. Sie schien über Nacht um zwanzig Jahre gealtert zu sein. Sollte Leonardos Mixtur in unmittelbarem Zusammenhang mit seinen metalltechnischen Erfindungen stehen und ihr Leben damit verlängert haben? Ich wagte es ihr nicht zu sagen, und konnte ausrechnen, dass, wenn sie pro Nacht um zwanzig Jahre älter wird, sie in nicht allzu langer Zeit ebenfalls sterben würde und wer weiß, ob sich die Relationen nicht sogar noch ungünstiger für sie auswirken würden.

Ich probierte für sie unbemerkt, abseits liegend, die Magnetkraft des Gürtels und es ergab sich, dass diese ebenfalls über Nacht verschwunden war. Es konnte also kein Zurück mehr geben, um ihr mit einer erneuten Anpassung des Gürtels das Leben zu erhalten. Ich versuchte das zu überspielen. Ich liebte sie Anderntags und in der folgenden Nacht sehr häufig und machte sie glücklich."

Hier strahlt Ahita erneut, tief in sich gehend sagt sie zu ihm: „Ach ja, diese stets Frauen glücklichmachenden Bildhauer."
Er fragt: „Bist Du auch glücklich?"
Auf diese stets dumme Männerfrage reagiert sie selbstsicher mit ausstrahlender, weiblicher Überlegenheit: „Das sage ich nicht."
Tello blickt auf seinen sehr liebevoll verbundenen, aber kaum verletzten Fuß und schüttelt den Kopf: „Warum nur hatte ich im Bett keine Holzschuhe an?"
Ahita grinst: „Armer Mann, bedauernswerter Künstler, Du wirst doch wohl nicht an der schweren Verletzung sterben wollen?"
Stolz richtet er sich auf, nimmt ihre zarte Hand und führt sie über den mit groben Steinen belegten Hof, zu einem mit Staub und vielen großen Gipsplastiken gefüllten Seitenflügel seines großen Anwesens.

In der kaum weit genug geöffneten Tür bleibt Ahita, einer verwurzelten Pflanze gleichend, überwältigt stehen. Nach langer Bedenkzeit betritt sie zaghaft, fast ängstlich den Raum, in dessen Zentrum empfindet sie sich ihrer Erleuchtung erinnernd, einem Gottesähnlichen Schöpfungsprozess nahe und glaubt, Gott sei ihr schwebend zur Erde gefolgt, um Gutes und Böses zu trennen, und sich mehr den Künsten zugewandten Menschen zu widmen, um damit Kriege der Tyrannen, sowie Rassen- und Religionsstreitigkeiten zu verhindern. Aber das scheint nur ihr Wunschtraum zu sein, denn Gott hatte die Erde als den Planeten auserkoren, um auf diesen sein geschädigtes Protoplasma abzulagern.

Nachdenklich, ihre kühle Stirn reibend, schaut sie Tello an: „Ich sehe nur männliche Figuren, brauchtest Du dazu männliche Aktmodelle, hattest Du männliche Freunde?"

Nun grinst er: „Ach Du meinst, das ich Männerliebschaften habe? Nein, diese Figuren arbeitete ich nach meinem Körper. Es stehen dort verschiedene Spiegel und so kann ich jederzeit die erforderlichen Zusammenhänge studieren und plastisch darstellen."

Dann setzt er fort: „Dort hinten steht ein Regal, dort habe ich verschiedene Abgüsse meines Körpers gelagert und kann notfalls darauf zurückgreifen. Dort ist auch das Gipsmodell von Tiane untergebracht."

Ahita dreht ihren Kopf, schaut durch die Tür hindurch zur Mitte des Hofes, um die dort auf einem Sockel stehende, bronzene Tiane anzusehen.

Dann sagt sie bestimmend zu Tello: „Diese Frau muss umgehend aus meinem Blickfeld verschwinden, sonst gehe ich."

„Wie stellst Du Dir das vor?"

„Das ist mir egal." höhnisch fügt sie hinzu: „Du kannst sie ja mit dem „Baby" zerlegen, oder ist Dir das Messer zu schade?"

Tello schaut sie entsetzt an, zieht dann das „Baby" aus seinem ledernen Etui, erhebt die Hand und schleudert das

Messer mit gewaltiger Macht und göttlicher Fügung – Ahita duckt sich verängstigt – auf die bronzene weibliche Statue. Der Wurf ist derart mächtig und zielgenau, dass das „Baby" mitten durch den Körper hindurchgehend, die bronzene Figur teilt, die zunächst zögerlich auseinander bricht, um dann aber doch der Schwerkraft folgend auf den Steinboden fallend in weitere Stücke zu zerspringen.

„Zufrieden?"

„Ahita nickt zunächst stumm, dann fragt sie fast verängstigt: „Was nun?"

„Hier, bitte schau Dir diese Zeichnung an. Das berühmte Lächeln der Mona Lisa ist aus gestalterischer Sicht und deren Notwendigkeit begründet."

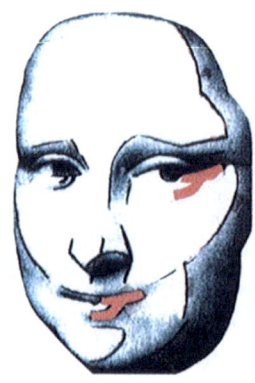

Ahita fragt: „Warum sind die Augen- und Mundwinkel rot eingezeichnet?"

Tello vergleicht die Studie mit Ahitas Gesicht und antwortet selbstbewusst: „Diese Analyse des Kopfes der Mona Lisa ist dem Buch „LÄCHELNDE MONA LISA ENTRÄTSELT" entnommen und da dieses Lächeln dem Deinigem ähnlich ist, werde ich, bevor der Bronzeguss auf dem Sockel befestigt werden kann, im Gipsmodell die entsprechende Angleichung vornehmen – aber dazu müssten wir zuvor heiraten."

Sternengleich glänzen Ahitas Augen, sie antwortet: „Ja – ich will."

194

Tello erfüllt ihren sehnlichsten Wunsch: von seinen kräftigen Armen getragen, schwebt sie zur Türschwelle ihrer zukünftigen, gemeinsamen unkomfortablen Unterkunft – um sich dort dem Leben und ihrer Triebsucht hinzugeben, umgeben von allen anderen bösartigen Eigenschaften, die Gott auf dem Planeten Erde abgeladen hat. Sie behutsam absetzend, wird er sogleich mit einer selten gestellten Frage konfrontiert. Sich mit geschicktem Griff noch ihren Rock glatt streifend, erkundigt sie sich neugierig: „Welcher Religion bist Du angehörig?"

„Ich bin Mozartiner."

Sie überlegt ein wenig, wartet noch, dann fragt sie verunsichert: „Ist das eine religiöse Sekte?"

„Ja, sie nennen sich so, denn für Mozartiner ist Wolfgang Amadeus Mozart ein von Gott Gesandter, er ist ein Genie. Wir lehnen die anderen Religionsgemeinschaften ab. Viele unserer Anhänger verstehen Mozartiner als Religion aller Kunstschaffenden."

Ahita runzelt ihre Stirn: „Habt ihr nicht Sorge, dass man euch der Gotteslästerung beschuldigt?"

„Wer sollte das für sich in Anspruch nehmen wollen: Christen? Muslime? Juden? Shintoisten? Kunfuzianer oder Taoisten? Unser Maßstab liegt hoch, Mozart schuf Göttliches. Im Gegenteil, diejenigen, die bereits schon vor Hunderten von Jahren Religionskriege zum eigenem Machterhalt führten und die auch heute noch vor ihren mörderischen, selbstgeschaffenen Gesetzen nicht zurückschrecken begehen doch Gotteslästerung. Es ist doch geradezu absurd: Im Namen Gottes schlachteten sie sich gegenseitig regelrecht ab, vergewaltigten und töteten wehrlose Frauen und Kinder."

Ahita schweigt und denkt an ihr Erlebnis mit Aruk, der sie nur deshalb töten wollte, weil seine Religion den Frauen nicht die gleichen Rechte wie den Männern zugesteht. Früher war die Tempelprostitution üblich. Sie war nur deshalb persönlich gefährdet, weil sie in Begleitung eines sogenannten „Ungläubigen" gesehen wurde.

„Warum schweigst Du?"

„Ach, es ist nichts, ich schaue nur so – aber, war Mozart eigentlich groß, oder war er ein kleiner Mann?"

„Ich weiß es nicht, vermutlich klein, ich kann es nicht sagen, weiß es wirklich nicht."

Ahita zupft nervös an ihrer seidenen Kleidung, nimmt einen kleinen Stoffzipfel mit beiden Händen und wringt das Teil, als wolle sie Wasser oder irgend etwas anderes aus ihm herausquetschen, dann sagt sie· „Kennst Du eine Kreatur namens Infantil?"

„Nein"

Ahita schaut Tello mit sehr durchdringendem Blick an: „Stell Dir vor, Gott hätte Infantil zur Erde gesandt und dieser wäre als Gestalt Mozarts tätig gewesen. Mozart hatte doch alle seine Kompositionen direkt, ohne jegliche Korrekturen niedergeschrieben, könnte das nicht direkt von Gott diktiert und von Infantil geschrieben worden sein?"

Tello: „Ja, er war wirklich göttlich, ein von Gott Gesandter, der mit seiner Musik das verhängnisvolle Dasein der Menschheit etwas milderte, aber dennoch verstehe ich das nicht im Zusammenhang mit der von Dir genannten Kreatur Infantil."

„Infantil ist" – hier bricht Ahita ab.

„Warum redest Du nicht weiter?"

„Ich kann das jetzt nicht, ich hatte eine Erleuchtung und um diese zu erzählen, ist jetzt nicht die richtige Zeit."

Tello schüttelt den Kopf und murmelt vor sich hin: „Ich begreife nichts, leider begreift die Menschheit es auch nicht, dass schon die vor Jahrhunderten von Gott gesandten Jesus und später Mohamed vergeblich versuchten, das Leben auf Erden friedlich zu gestalten, damit alle gleichberechtigt hätten miteinander leben können."

Ahita platzt heraus: „Das geht wegen des diabolischen Smogs nicht, der den Planet Erde wie ein Schleier überdeckt."

Tello fragend: „Diabolischer Smog, was ist" – weiter kommt er mit seiner Frage an Ahita nicht, denn diese entdeckt eine weibliche Gestalt.

Unbemerkt hatte sich bereits zuvor eine schlanke Frau sehr genussvoll, erneut die Gunst der Stunde ihres auf Konzertreisen weilenden Ehemanns nutzen wollend, auf das in bester Erinnerung gebliebene Sechszehnquadratmeter große Bett gesetzt. Dieser Anblick macht Ahita wütend: „Tiane – nein, nicht schon wieder."

Sie ergreift blitzschnell Tellos Messer namens „Baby" und stürzt sich, einer Löwin gleich, auf ihre Widersacherin, sodass nach der ersten direkten Begegnung, wenn auch nicht sofort erkennbar, sich eine schwere Verletzung ergibt.

Im Gerangel sich wälzender, drehender Köper gelingt es Tiane, der angreifenden Ahita das gefährliche Mordwerkzeug, das eigentlich friedlicher künstlerischer Nutzung zugedacht ist, selbstverteidigend zu entreißen, wobei sie unbeabsichtigt Ahita lebensgefährlich verletzt. Mit letzter Lebenskraft gelingt es Ahita jedoch in Sekundenbruchteil, der nun erschreckten Tiane das klingenscharfe Messer zu entwenden, und aus einer anderen Lage sich ergebend, ihrer Widersacherin ebenfalls eine tödliche Verletzung zuzufügen.

Tello erkennt die Gefahr des entwendeten Messers nicht, hatte es nicht bemerkt, kann es folglich nicht richtig einschätzen. Er glaubt hier eine weibliche Keilerei zu erleben, die mit zerrissenen Kleidern und Kratzspuren zu langer Fingernägel endet. Warum sollte er einschreiten, sich raufende Weiber trennen? Er irrt!

Tello, der niemals mit derartigem Hass konfrontiert worden ist, versucht mit Hilfe eines herbeieilenden befreundeten Arztes, die in seinen Armen liegenden Frauen zu retten, was aber angesichts dieser mörderischen Auseinandersetzung vergeblich ist.

Beide Frauen, zuerst Ahita, dann auch Tiane schließen ihre Augen für immer. Entsetzt starren sensationshungrige Nachbarn auf Tello, der sein aufgenommenes Messer „Baby" in seinen Händen hält und so entwickelt sich immer tiefer in deren Gehirne eingehend die Ansicht, das durch falsche Aussagen gefestigte und durch Selbstherrlichkeit geprägte Meinungsbild: Tello ist der Doppelmörder.

Die vom „diabolischen Smog" umgebenen, lautlos Triumphierenden starren plötzlich entsetzt auf Tello, als dieser sich, in der Hand das blutverschmierte „Baby" haltend aufrichtet, um den vom unersättlichen Maß gegenseitiger Vernichtung vorprogrammierten, anwesenden Kreaturen mitzuteilen: „Diese Frauen waren meine Modelle, sie töteten sich gegenseitig aus Eifersucht. Zu ihrer Erinnerung werde ich ein in Bronze gegossenes, überlebensgroßes Denkmal errichten, wobei deren Köpfe jeweils nach dem berühmten Lächeln der Mona Lisa modelliert werden. Zusätzlich erhält der Sockel eine in Gold gefasste Inschrift."

AHITA

GOETTINNEN

TIANE

WYNY ECU

LÄCHELNDE
MONA LISA
ENTRÄTSELT

Einem Bildhauer begegnete in Paris eine dunkelhaarige Schönheit, die sich als Mona Lisa ausgab. Auf Grund dessen ließ sich in 20 Abbildungen das mysteriöseste Lächeln der Welt enträtseln.

WYNY ECU
LÄCHELNDE MONA LISA ENTRÄTSELT
ISBN 3-8334-3659-X

BERLIN 2005

Ohne Wenn und Aber wird hier das mysteriöse Lächeln der Mona Lisa enträtselt. Der Leser wird durch eine vergnüglich lesbare Rahmenhandlung zurück in die Zeit der Renaissance versetzt und ist damit unmittelbar am Gestaltungsprozess des Bildnisses beteiligt. Mit kunstgeschichtlicher Kenntnis und maltechnischem Sachverstand verdeutlicht der Autor und Bildhauer mit überzeugend künstlerisch dargestellten Formanalysen, dass auch das Genie Leonardo da Vinci sich der Kraft künstlerischer Gesetzmäßigkeiten unterzuordnen hatte und er das Bildnis der Mona Lisa nicht nach literarisch- oder psychologischem Gesichtspunkten, sondern nach den Regeln der Bildenden Kunst gestaltete.

Die vorgenommenen Analysen bieten Einblick in die Welt künstlerischer Geheimnisse und machen weitere bisher im Bildnis unsichtbare Details lesbar und so wird das berühm- teste Lächeln der Welt für jedermann verständlich

WYNY ECU

Erfindung des Europid

KUNST BIOGRAFISCHES
Mit Form- und Farbanalysen

Die Bestimmung einer Form und ihre konsequente Anwendung, sowie das Berechnungssystem von Farben und deren Kontraste, sind für jedermann verständlich dargestellt. So gibt es unter 61 Abbildungen interessante Hinweise bei der Lösung künstlerischer Fragen und Probleme. Erfahrungen, daraus resultierende Ansichten über alltägliches und den „persönlichen Geschmack" in der Kunst ergänzen handwerkliches

WYNY ECU
KUNSTBIOGRAFISCHES
Mit Form- und Farbanalysen
ISBN 3-8334-0986-X

BERLIN 2004

Es beginnt diabolisch. Die Erde als Abfallstation krankhafter Zellen zu sehen ist aufgrund vergangener Weltgeschehnisse und der Lebenserfahrung des Autors verständlich. Dennoch ist dieses Buch ein "Glückstreffer" für alle Kunstfreunde. Mir ist nicht bekannt, dass es möglich ist, Farben so zu berechnen, dass in ihrer logischen Anwendung ein überzeugendes Bild entstehen kann. Der Vorgang ist auf mehreren Seiten beschrieben, folglich lassen sich alle Farbtöne eines Bildes schon vor Beginn der künstlerischen Arbeit mischen. Es gibt die bekannten Farbenlehren von Goethe, dem Bauhausmeister Johannes Itten und zeitgenössische Interpreten des Farbkreises. Meines Wissens haben diese jedoch eine Farbberechnung dieser Art der Öffentlichkeit nicht zugänglich gemacht. Ebenso logisch erscheint mir auch die Darstellung des Autors, von einer Linie ausgehend eine Form zu entwickeln und ohne "Wenn und Aber" anzuwenden. Hier wird der künstlerische Erfahrungsschatz des Autors deutlich, der zudem nachweislich handwerkliche Fähigkeit besitzt, die sich insbesondere bei der Realisierung des "Dreiklang" von Rudolf Belling eindrucksvoll demonstriert. Erstaunlich sind auch seine bereits in jungen Jahren erstellten Analysen der Bilder von Paul Klee und Oskar Schlemmer. Politisches und persönliches runden den Inhalt des Buches ab, welches sich in vier Abschnitte gliedert. Hier ist offensichtlich eine Summe an Erfahrungen offen gelegt, die sich selbst in langjährigen Studien einer Kunsthochschule selten erwerben lassen. Aus meiner Sicht empfehle ich dieses Buch (rate ich zu diesem Buch) allen Kunstinteressierten, dass sie sich mit dem Dargestellten befassen und auseinander setzen